醫統江山

卷12

一石二鳥

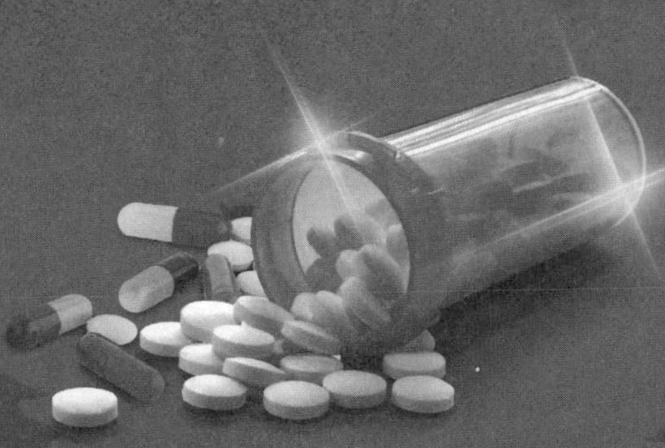

石章魚 著

想要保護一個人有兩種方法
一是貼身防護
二是盯住危險
不讓危險有靠近她的機會

目錄

第一章 羽魔李長安……5
第二章 熊孩子的開山斧……27
第三章 談笑風生中的突變……57
第四章 樂瑤的替代品……87
第五章 後會無期……121
第六章 不可能的任務……151
第七章 是敵是友……187
第八章 一石二鳥……215
第九章 李代桃僵的偽公主……249
第十章 人間的最後一夜……279

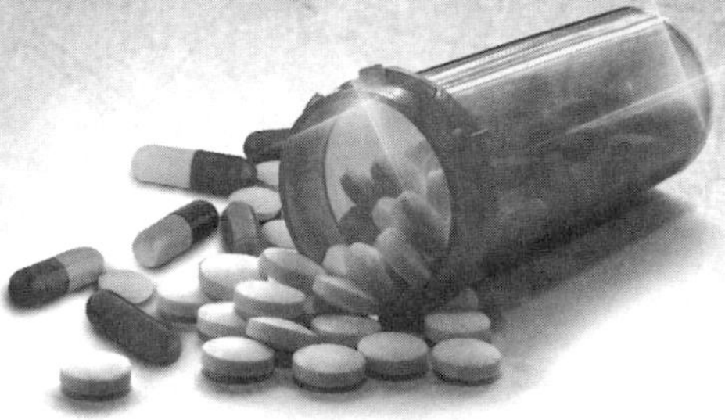

第一章

羽魔李長安

文博遠聽到這名字不由得暗吸了一口冷氣，
眼前就是有羽魔之稱的李長安，
此人曾經是天機局最頂級的馭獸師，
後來因為和洪北漠不睦憤而出走，
說起來已經是十年前的事了……

在隊伍最前方負責引路的胡小天也被風沙吹打得苦不堪言，才說了沒幾句話，就已經灌了一嘴的黃土，拿出水囊，用清水漱了漱口，此時一隻手從旁邊伸了過來，卻是一名灰頭土臉的武士，普通的武士當然沒這麼大膽，縱然塵土瀰漫，胡小天還是從對方冷冽的雙目之中認出，這武士應該是須彌天所扮。

須彌天接過水囊，漱了漱口，然後飲了兩口水。

胡小天心中暗笑，這娘們兒喝老子的口水會不會上癮？想起須彌天跟自己莫名的關係，這貨心裡不由得有點小激動。

須彌天將水囊交給胡小天的時候，以傳音入密道：「前方有人埋伏。」

胡小天聞言一驚，不是已經收服了渾水幫了嗎？怎麼還會有人埋伏？難道那幫匪徒陽奉陰違，獲得自由之後，賊心不死捲土重來？這兩天胡小天的傳音入密已經修煉得有模有樣，低聲道：「渾水幫嗎？」

須彌天搖了搖頭：「小心為上！」

胡小天慌忙將梁英豪叫住，又讓展鵬傳令下去，所有人暫停行進。

梁英豪頗為不解，來到胡小天面前，愕然道：「胡大人，再往前一里左右就是回沙灣，那裡可以躲避風沙，您為何……在這裡停下？」

胡小天道：「我突然改了主意，決定繞過回沙灣，還有沒有其他的出路？」

梁英豪道：「出路倒是還有一條，只不過繞過回沙灣要多走近五里的冤枉路，而且道路崎嶇，途中還要經過鳳眼峽，那裡可是風暴最大的地方。」他為人機警，從胡小天突然提出改變路線已經猜到了什麼，低聲道：「大人是不是懷疑我？」

胡小天道：「不是懷疑你，而是我心中有一種不祥的預感，總覺得回沙灣會有埋伏。」

梁英豪道：「大人若是覺得不妥，咱們就另選其他的道路。」

此時文博遠也走了過來，聽聞胡小天又要變更路線，不由得火起：「胡小天，前方就是回沙灣，可暫避風沙，你卻突然更改路線，捨近求遠，究竟是何居心？」

胡小天道：「我的預感一向很靈，回沙灣可能有埋伏。」

文博遠冷笑道：「預感？捕風捉影的事情就不要說出來了，以免貽笑大方。」

胡小天道：「你若是堅持走這條路，我也不攔著你，反正公主肯定是跟著我一路走。」他懶得跟文博遠廢話，直接抬出公主的名號。

文博遠道：「回沙灣沒問題，我看是你有問題……」他的話還沒有說完，突然聽到空中傳來一聲鵰鳴，狂烈的風沙聲也未能將這聲淒厲的鵰鳴掩住。幾人齊齊將目光投向沙塵瀰漫的上空，隱然看到一道白色的光影穿梭在沙塵之中。

文博遠瞳孔驟然收縮，他迅速從身後摘下長弓，彎弓搭箭，弓如滿月，鏃尖閃爍著深沉的金屬寒光，咻！鏃尖撕裂混濁的空氣，發出一聲尖銳的嘶鳴，朝著天空中的那道白光直射而去。

眾人屏住呼吸，目光全都追逐著羽箭的方向，可是這一箭顯然沒有達到想要的效果，白光一閃，羽箭落空，又從天空中急墜而下，鏃尖的方向竟然朝向人群。人群中發出一陣驚呼，眾人慌忙向周圍閃去，生恐被從空中落下的羽箭誤傷。眼看著羽箭就要落下，卻聽到嗖！的一聲勁響，一支黑色羽箭直奔那空中箭桿而去，兩支羽箭的鏃尖撞擊在一起，金屬碰撞聲中，迸射出數點火星，兩支羽箭也先後偏離了人群，歪歪斜斜飛向一旁，斜斜插入黃土之中。

文博遠臉色變得非常難看，他的目光向發箭的位置望去，剛才施射為人群解圍之人正是展鵬。

其實展鵬並非是有意賣弄他的箭法，而是害怕文博遠這一箭落下傷人。

胡小天大聲道：「大家聽我的號令，馬上離開這裡，儘快前往鳳眼峽。」

梁英豪無奈搖了搖頭，胡小天捨近求遠，他也只能遵從。

文博遠雖然心中不情願聽從胡小天的命令，可是安平公主站在胡小天的一方，正如他自己說過的話，公主去哪裡，他就要去哪裡。

眾人頂著風沙艱難跋涉了一個時辰方才抵達鳳眼峽，經過這裡的時候風沙變得更大了，唯一值得欣慰的是途中並沒有遇到敵人的阻殺。鳳眼峽是個風口，長約一里，等隊伍小心通過鳳眼峽，夜幕已經降臨了。

說來奇怪，走出鳳眼峽之後，馬上變得風平浪靜，地面上也開始露出枯黃的草色。雖然夜幕降臨，可是胡小天仍然不敢停下宿營，問過梁英豪之後，得知從這裡走出峰林峽還需要一個時辰左右，他和吳敬善簡單商量了一下，決定連夜前進，今晚走出峰林峽再說。

離開鳳眼峽，眾人紛紛上馬，胡小天四處張望卻沒有找到須彌天的身影，心中不由得有些奇怪，難道真是須彌天惡作劇，故意擺了自己一道？可這種事只能放在心裡，無法對他人提及。

展鵬也看出胡小天今天的舉動頗為奇怪，低聲道：「大人好像在找人？」

胡小天道：「沒有，咱們繼續走吧，總覺此地顯得詭異，越早離開越好。」

梁英豪放緩馬速和胡小天並轡而行，離開鳳眼峽，風沙停歇之後，他明顯變得輕鬆了許多，梁英豪笑道：「大人放心，風沙已經停歇，天色也已經放晴了，雖然咱們還是在峰林峽內，但是接下來的道路平坦寬廣，只需要沿著這條道路一直走到底，就可以順利出去了。」

胡小天點了點頭，無論須彌天是不是在故意整他，多走點冤枉路無非就是多消耗一些體力，只要無驚無險的通過這裡就行。可轉念一想，須彌天卻不是輕易開玩笑的人，她做每件事都有明確的目的性，應該不會無聊到騙自己玩的地步，難道這女人又在策劃什麼陰謀？

此時唐輕璇縱馬來到胡小天身邊，她輕聲道：「胡大人！」

胡小天道：「唐姑娘有事？」

唐輕璇壓低聲音道：「公主病了！」

胡小天聞言一驚，慌忙隨同她一起來到公主的座駕旁，胡小天拉開車門進入車內，卻見安平公主躺在紫鵑的懷中，美眸緊閉，紫鵑含淚道：「胡公公，公主不知怎麼就生病了，此刻已經昏迷過去了。」

胡小天怒道：「你怎麼不及時通知我？」

紫鵑道：「是公主不讓我說，其實今晨出發的時候她就有些發熱，因為擔心胡公公會分心，所以公主才讓我守住秘密，本以為休息一下就會好轉，可是沒想到她病情越來越重，剛剛說起了胡話，現在已經人事不省了。」

胡小天伸手摸了摸龍曦月的額頭，觸手處燙得嚇人。憑藉他的經驗，龍曦月的體溫應在三十九度以上。探了探龍曦月的脈息，心跳非常快，在一百二十次左右。

胡小天馬上傳令隊伍即刻停下休整，文博遠和吳敬善聽說胡小天又要就地休整，馬上兩人就趕過來詢問究竟，聽說公主生病了，都是一驚。原本文博遠還想找胡小天興師問罪，可是現在也不得不暫時按捺念頭。

胡小天讓人紮起營帳，將公主送了進去，他將唐輕璇叫到營帳之中，教她給龍曦月物理降溫的方法，又低聲交代唐輕璇，讓她仔細檢查龍曦月的身體，確信龍曦月沒有受過外傷。一切交代完畢，方才離開了營帳，胡小天率先來到周默身邊，詢問今日有沒有他人進入安平公主座駕內。周默始終守在公主座駕旁，除了紫鵑之外，再也沒有人進入公主座車內。唐輕璇也是剛過來探望公主，方才發現她發病。

胡小天點了點頭，看到不遠處吳敬善正在那裡焦急等待，舉步走了過去，中途卻遇到含淚啜泣的紫鵑，她見到胡小天就跪了下來，泣聲道：「胡公公，是紫鵑錯了，您責罰我吧。」

胡小天道：「紫鵑，你先起來，公主只是受了些風寒，休息一下就好，事情已經發生，你也不必自責。」

紫鵑含淚點了點頭。

胡小天道：「唐姑娘在帳內陪著公主，你不用擔心，今晚你就在車內休息。」

紫鵑眨了眨眼，明白胡小天終究還是懷疑她，這是要讓她和公主保持距離。

胡小天正欲離開時，卻聽須彌天的聲音再度在耳邊響起：「她不是什麼風寒，而是中毒，有人在她體內下毒。」

胡小天四處張望，並沒有找到須彌天的影子。

吳敬善已經來到他的面前，關切道：「怎樣？公主殿下的病情怎樣？」

胡小天道：「應該只是普通的風寒，吳大人不必擔心。」心中卻忐忑不已，須彌天說龍曦月是中毒，難道跟她有關？

吳敬善舒了口氣道：「沒事就好，公主要是出了什麼事情，老夫可無顏回去面對皇上了。」

胡小天笑道：「吳大人還是放寬心，好好休息一下，明天咱們就能離開這鬼地方……」他的話還沒有說完，忽然聽到頭頂傳來一聲淒厲的雕鳴。胡小天猛然抬起頭來，卻見一隻身形俊偉的白色雪雕張開巨大的翅膀，在他們營地上方緩緩盤旋。

聯想起剛才空中的那道白光，胡小天忽然明白這隻雪雕正是文博遠施射的那一隻。

雪雕兩翼舒展開來足有兩丈，纖塵不染的雪白羽毛在孤月的映射下，閃爍著寒光，雪雕的雙目犀利而陰冷，充滿著凜冽的殺機，牠並沒有急於降落，而是在營地上方緩緩盤旋，似乎在觀察著什麼，尋找著什麼。

文博遠在同一時間留意到了空中的雪雕，出於本能的反應，他再次摘下長弓，羽箭尚未來得及上弦，就已經察覺雪雕的背上竟然有一人凌空而立，定睛望去，雪雕背上乃是一名白髮男子，白髮披肩，鷹鼻深目，身材高大。以他魁偉的身材站在雪雕之上，讓人不禁擔心那雪雕承受不住他的重量。

雪雕在空中時而盤旋時而側飛，可是無論如何變換飛行的姿勢，那名男子的身軀都紋絲不動，腳上如同生根一般，又如同和雪雕成為一體。

眾人看到眼前的奇特場面，一個個驚得目瞪口呆。

那白髮男子忽然從雪雕之上一躍而下，身體有若柳絮一般悠悠蕩蕩落在營地之中，雙手負在背後，表情倨傲冷酷，雙目陰森森盯住文博遠道：「須彌天人在哪裡？把她給我交出來！」

文博遠生性孤傲，自從離開康都之後在胡小天那裡屢屢受挫，今天更是被胡小天完全佔據了主導地位，早已憋了一肚子的火氣，看到這名白髮男子如此傲慢，積壓許久的怒火不由得爆發了出來，大聲道：「什麼須彌天？我沒有聽說過，你是何人？竟敢擅闖我們的營地？」

白髮男子一雙深目寒光浮現：「看來你是想死了！」

「大膽狂徒，竟然對文將軍無禮！」卻是董鐵山英勇無畏地衝了上來，揮動手中大劍照著白髮男子劈斬下去。

白髮男子雙目一凜，揚起右拳，竟然用拳頭直接迎向董鐵山的劍鋒，董鐵山能夠得到文博遠的信任也非等閒之輩，一劍揮出夾雜著風雷之聲，聲勢頗為駭人，他甚至看到自己一劍將這名白髮男子劈成兩半的慘烈情景，唇角露出一絲殘忍的笑意。

董鐵山的笑容突然就凝結在自己的臉上，他聽到拳頭和大劍相撞的聲音，血肉骨骼構成的拳頭竟然將他價值不菲的大劍從中擊斷，然後那只拳頭徑直擊打在董鐵山的胸口，董鐵山魁偉的身軀如同騰雲駕霧一般飛了出去，足足飛出十餘丈，撞擊在一根黃土柱之上方才停下繼續飛行的勢頭，落地之時，口中鮮血狂噴。

白髮男子冷冷道：「留你一條狗命，下次不會那麼幸運。」

文博遠面露凝重之色，他的手握住鯊魚皮包裹的刀鞘，緩緩將虎魄從刀鞘中抽了出來。

白髮男子看到文博遠手中的那把刀，微微頷首道：「虎魄！想不到風行雲竟然將他的愛刀送給了你，看在我和他一場交情的份上，我不跟你這小輩計較。」

文博遠聞言一怔，抽出半截的長刀凝而不發，對方既然一眼就能夠看出他這把刀的來歷，足以證明他和自己的師尊有些淵源，在不知對方是敵是友的前提下，還是不要盲目動作。文博遠頓時謹慎起來，低聲道：「敢問先生大名？」

白髮男子道：「李長安！」

文博遠聽到這名字不由得暗吸了一口冷氣，眼前就是有羽魔之稱的李長安，此人曾經是天機局最頂級的馭獸師，後來因為和洪北漠不睦憤而出走，說起來已經是十年前的事了，不過羽魔和他的師父刀魔風行雲倒是有些交情。文博遠早在跟隨師父學藝之時就聽他提及過這件事，雖然他是第一次遇到羽魔，可是在聽聞對方身分之後，也頓時客氣了許多，還刀入鞘，拱手行禮道：「原來是李先生，在下文博遠這廂有禮了。」

李長安表情依然冷漠：「須彌天在不在這裡？」

文博遠道：「我們此行乃是為了護送安平公主前往大雍完婚，隊伍之中並無須彌天這個人。」

李長安環視他們的營地，沉聲道：「須彌天乃是易容高手，她若是混在隊伍之中也未必可知。」

文博遠聽他這樣說，心中也是一沉，天下第一毒師須彌天的名頭他是聽說過的，李長安一口咬定她就藏在己方隊伍中，若沒有證據他不會孤身前來，想起此前手下武士集體中毒的事，文博遠越發覺得奇怪。他低聲道：「李先生意欲如何？」

李長安道：「你只管放心，我對你們沒有任何惡意，來這裡的目的就是為了尋找須彌天，找到她之後我馬上就走。」

文博遠道：「既如此，我讓人清點一下人數。」

胡小天分開人群走了過來，朗聲道：「你當我們這裡是什麼地方？你想搜就搜嗎？」

李長安望著胡小天，雙目之中籠上了一層殺機：「你是什麼人？」

文博遠低聲道：「這位是貼身伺候公主的胡公公。」一句話就將胡小天的底細給兜了出來。

胡小天滿臉不屑地望著李長安道：「你又是什麼人？」

身後眾人都對胡小天的行為頗感不解，李長安並沒有尋找他的晦氣，卻不知胡小天為何要強出頭？誰又能知道胡小天心中的苦楚，就在剛才須彌天用傳音入密向他道：「你要想公主活命，就將李長安從這裡趕走，解藥在我手中，我若是有麻煩，公主就有麻煩。」

胡小天雖然找不到須彌天此時的所在，卻知道她並非危言聳聽，沒有什麼是這個女魔頭做不出來的。現在胡小天總算明白須彌天為什麼要混在他們的隊伍裡，又為什麼建議他們繞過回沙灣，從這裡離開，根本原因還是出於對李長安的忌憚，以須彌天的本事居然還不敢和李長安發生正面衝突，可見這位有羽魔之稱的李長安何其厲害。

胡小天本不想出頭，可是須彌天卻以龍曦月的安危逼迫他，強迫他不得不和她坐在一艘船上。

李長安望著這個不知天高地厚的小太監，無形殺氣從他的周身彌散開來。

胡小天毫不畏懼，微笑望著李長安道：「這位老先生，我們這裡根本就沒有須彌天這個人，趁著我沒有發令讓人將你抓起來之前，你還是儘快離開，千萬不要惹火燒身。」

「小子，你在威脅我？」

胡小天笑道：「不敢不敢，就是說了幾句實話。」他環顧周圍的武士，最後目光又來到李長安的臉上：「看您這一頭的白髮，年紀應該不小了，你以為你一雙拳頭能夠敵得過七百多名身強力壯武功高超的武士？」

李長安冷笑道：「不試試又怎麼會知道？」

胡小天道：「我不懂武功，您老就算打贏我，也勝之不武，不如這樣，咱們比賽比賽腳力，我逃你追，咱們讓大家做個評判，找一人摸著脈搏數到五百下，你抓不住我，就算我贏。」

李長安也是頭一次遇到這號人物，江湖人送給他羽魔稱號，不僅僅因為他擅長驅策禽鳥，更因為他輕功身法絕佳，身輕如燕，有如鳥兒一般靈活。李長安對自己的步法也是相當自信，聽說胡小天居然要跟自己比拚步法，心中暗笑這太監不知天高地厚。他不屑道：「你找人，不用數到五百，如果在一百以內我抓不住你，就算我輸。」

胡小天可沒因為別人鄙視他而難過，單從李長安的拉風出場就能夠推斷出此人是個深不可測的高手，他倒是希望李長安更加傲慢一些，有種你說數到十以內。

李長安雖然傲慢，可也不至於托大到如此的地步，畢竟他不清楚這個小太監的來路，數到一百已經留給了自己足夠的餘地，放眼天下，能夠在自己眼皮底下從容逃脫的還真沒有幾個，尤其是年輕一代。

胡小天向文博遠道：「那就勞煩文將軍幫忙數到一百，摸著自己的脈門數，最好摸著心窩子，不許快也不許慢。」

文博遠冷冷道：「你不用擔心，我不會偏袒任何一方。」

胡小天嘿嘿笑道：「你跟這位李先生很熟啊，我還以為你會向著我多一些呢。」心中當然明白文博遠恨不能將他給坑死。

李長安道：「開始吧！我索性再大方一些，讓你先跑十步。」他畢竟自重身分，還算是有些高人風範。

胡小天道：「這可是你說的。」這廝說完轉身就跑，面對李長安這種前輩高人，硬碰硬比拚根本沒有任何取勝的機會，雖然己方人多，可是真要是發生衝突，己方想必也會死傷慘重，更何況文博遠還是其中的變數。既然不能力敵，那就只有智取。胡小天對自己的躲狗十八步還是極有信心的，須彌天也是非常厲害的角色，在魯家村的地下密道中還不是被自己繞得一愣一愣的，如果不是拿唐輕璇的性命作為要脅，她根本抓不住自己。不過須彌天現在應該正處於低潮狀態，她的武功絕非處在巔峰狀態，否則何以會對李長安如此畏懼，又何必利用他們的營地藏身。

胡小天跑了幾步卻又突然停下腳步，向李長安道：「對了，你只能用輕功，不可用武功，不可借用外力，還有你要是輸了，就不能再找我們的麻煩。」

李長安道：「好，我若是在規定時間內追不上你，我就馬上離開，再不打擾你們。不過，你要是被我抓到，我說什麼，你們就得做什麼。」

胡小天道：「有本事抓住我再說！」

李長安看到胡小天跑出了十步，足尖在地上一點，身軀宛如鷹隼一般扶搖而起，轉瞬之間已經跨越了他們之間的距離，猶如蒼鷹搏兔一般伸手向胡小天抓去。

周默和展鵬都在關注著眼前的情景，看到李長安如此卓絕的身法，兩人心中都是一驚，胡小天奔跑之時已經用傳音入密向兩人吩咐，若是他敗了，大夥兒就一擁而上，來個人海戰術將李長安給拿住。

文博遠心中暗笑，別說數到一百下，只怕連十下都數不到胡小天就得被抓。

可是事情的發展卻出乎他的意料之外，眼看李長安的手指就要觸及胡小天的肩頭，不知怎麼胡小天突然就改變了方向，和李長安之間的距離頃刻間拉開了一步，就是這一步之遙讓胡小天成功躲過了李長安的手掌。

李長安一把抓空，比起任何人都更加感到驚奇，胡小天那邊道：「十……」

負責數數的是文博遠，他這邊還沒有開始，倒不是他有意要陰胡小天，而是他壓根沒想到胡小天能在李長安手下逃脫。

周圍看熱鬧的所有人在心理上都傾向於胡小天一方，就算是之前跟他不睦的董鐵山，剛剛被李長安一拳打了個半死，這會兒被同伴攙扶回來，他也巴不得胡小天取勝。

正所謂同仇敵愾，胡小天這麼一開始嚷嚷，周圍眾人就開始幫忙計數了：「十一、十二……十七……」原本是文博遠負責這事兒，現在變成了所有人一起評判，人多力量大，而且居然心氣往一處使，越喊越快，轉眼之間已經叫到了三十。依照這個速度，用不了多久時間就要到了。

李長安表情陰鷙，目光如冰，盯住不遠處的胡小天，他不動胡小天也不動，一旦他動作起來，胡小天馬上就變換腳步，人不可貌相，想不到這小太監步法竟然精妙如斯。李長安聽到眾人的計數聲，不由得好勝心起，拋開抓住須彌天的事情不談，今天無論如何不能陰溝裡翻船，栽在這個小子的身上。有了這樣的想法，他當然不會再保存實力，施展渾身解數，向胡小天追逼而去。

眾人只覺得眼前一晃，但見一條白色身影宛如一道閃電般衝向胡小天，快到不可思議，快到已經看不清李長安的身材樣貌，整個人化成了一團白光。

周默暗叫不妙，羽魔以身法見長，想必他施展的就是引以為傲的追風逐電，胡小天此次只怕難以逃脫他的追蹤。

胡小天腦海中忽然憶起那老乞丐的話：「快到來不及眨眼那就不必去看，這世上哪怕最細微的動作都會引起周圍環境的一連串變化，舉手抬足，周圍氣息鼓動，速度越快，氣流湧動的速度也是越快，無論你的動作有多快，都快不過周圍鼓蕩的氣息。」

胡小天凝神靜氣，感覺一股氣流朝著自己奔湧而至，雖然沒有去看李長安的動作，可是腦海中已經清晰把握了他前來的方位和距離，他強任他強，清風繞山崗。

李長安形成的閃電尚未來得及將胡小天環繞其中，胡小天準確無誤地從缺口中踏了出去。

現場白影閃爍，一道道白色殘影似乎無所不在，眾人看得眼花繚亂，心驚膽顫，嘆服李長安快捷身法的同時不由得想到，若是自己身處其中只怕早已被他抓住了，由此可見胡小天的厲害，誰也沒想到這位終日笑容滿面的太監竟然是位深藏不露的高手。

周默和展鵬看得喜笑顏開，兩人雖然知道胡小天懂得一些武功，卻沒有想到他的步法精妙如斯，其實連胡小天自己也沒有想到，如果不是上次在須彌天的身上得到了驗證，這小子也不敢冒險向李長安挑戰。

眾人已經數到了七十，文博遠摸著脈搏，按照正常的方式應該是五十一才對，這幫人顯然是在幫助胡小天。看到胡小天如此表現，文博遠的心中最不好過，難怪胡小天敢一而再再而三地跟自己作對，原來他有絕技壓身，怪不得如此猖狂。

胡小天雖然到現在都有驚無險，可是他感到的壓力卻是越來越大，李長安貼身抓他不成之後，馬上變換了策略，擴大了包圍圈，圍繞胡小天三丈之外迅速旋轉，形成了一道白色的光圈，這光圈不停旋轉，不停向中心縮小，胡小天舉目望去，卻見四周全都是白色的身影，竟然沒有一絲一毫的縫隙，眼看著這包圍圈逐漸向中心壓榨而來，此時眾人也數到了九十。

胡小天心中暗歎完了，功虧一簣，這最後的十下老子撐不過去了，雙目一閉，右手握緊了袖口內藏著的暴雨梨花針，只要你李長安敢接近我，我才不管你是什麼妖魔鬼怪，一樣將你變成刺蝟。

李長安並不知道胡小天心中在想什麼，看到自己計策得逞，唇角不由得露出一絲冷笑，任你步法如何精妙，終究還是無法逃出我的掌心。

眾人越數越快，已然數到了九十六，李長安距離胡小天也已經近在咫尺，他充滿信心地伸出手去，眼看就要抓住胡小天，突然之間，胡小天腳下的地面卻坍塌下去，連胡小天自己都沒有想到，驚呼一聲，失足落入下方突然出現的地洞之中，李長安出手雖然很快，卻只來得及抓住胡小天肩頭的衣裳，嗤的一聲，留在手中的只剩下一塊破布，再看眼前，哪還有胡小天的身影。

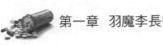

與此同時，眾人同聲大叫：「一百！時間到了！」

李長安臉色鐵青，怔怔望著眼前那個突然出現的地洞，表情難堪到了極點。胡小天從煙塵瀰漫的地洞中爬了上來，雖然有些狼狽，可臉上的表情仍然像個凱旋而歸的將軍，笑眯眯道：「承讓承讓，僥倖得勝！」

李長安一言不發，緩緩點了點頭，忽然凌空一掌劈向地面，激起一道塵土形成的土牆，兜頭蓋臉向胡小天撲去。

胡小天看到眼前一堵黃土牆鋪天蓋地而來，嚇得魂飛魄散，慌忙把頭縮入地洞之中。

其實李長安並不是想傷他，而是想給他一個難堪，在眾人面前找回些許顏面。

兩道罡風從對側席捲而來，力量雄渾無匹，擊落在那道土牆之上，如同悶雷炸響，發出蓬的一聲巨響，一時間塵土激揚，四處瀰漫。眾人紛紛側臉捂鼻躲避，李長安一身白衣佇立在漫天塵土之中，白衣之上仍然纖塵不染，暗夜之中目光變得越發明亮，透過前方瀰漫的塵土，他看到一個朦朧魁梧的身影。

周默靜靜站在他的對面，淵如山嶽，表情古井不波。

李長安緩緩點了點頭，他的目光又轉向側方的展鵬，展鵬此時長弓已經悄然握在手中，羽箭也已經搭在弓弦之上。

李長安吹了個呼哨，雪雕從半空中俯衝而下，雙翅震動虎虎生風。李長安冷冷道：「剛才是誰射我雕兒一箭？」目光灼灼盯住展鵬。

展鵬剛才雖然射箭，可是目標絕非是這隻雪雕，而是文博遠施射在先，他是出於擔心那支落下的羽箭傷人，這才射出那一箭，改變落下箭矢的方向。

不少人目光投向文博遠，文博遠此時卻只當沒聽到一樣，這讓他一直以來樹立的勇武形象大打折扣，關鍵時刻竟然不敢承擔。

胡小天再度從地洞中爬了上來，趴在洞口處懶洋洋道：「願賭服輸，李先生，您這樣的身分應該不會反悔吧？」

李長安呵呵冷笑了一聲，騰空飛掠而起，緩緩落在雪雕背上，雪雕振翅載著他飛向深沉的夜空。由此看來李長安倒也是個信守承諾之人，不過這也能夠看出他懂得審時度勢，無論是周默還是展鵬都不好對付，真要是衝突起來，他未必能夠在眾人的圍攻之下占到任何便宜，這才是他真正決心離開的原因。

胡小天從地洞中爬了上來，梁英豪也緊跟在他的身後現身，現在眾人方才明白，這個突然出現的地洞和梁英豪有關，正是梁英豪在關鍵時刻的出手，方才讓胡小天在最後時刻從李長安的手下逃過一劫，所以說起來胡小天還是借助了外力。倘若不是眾人越喊越快，倘若不是梁英豪在地下動了手腳，他的步法就算再玄妙一些，也難以逃脫李長安的追逐。

胡小天撣去身上的塵土，來到文博遠面前望著他道：「我記得剛才明明是文將軍射出的那一箭，怎麼敢做不敢認呢？」

文博遠橫了他一眼，可是畢竟心虛，轉身就走。

胡小天冷嘲熱諷道：「遇到危險的時候都是弟兄們往上衝，功勞全都是你的，責任全都是別人的，這將軍當得真是威風啊！」

文博遠緊握刀柄，終於忍無可忍再度轉過頭來。

胡小天才不怕他，轉向文博遠手下的那幫武士道：「不怕走錯路，就怕跟錯人，諸位兄弟還是擦亮眼睛，別最後被人賣了，還要幫人數錢。」

文博遠怒吼道：「閹賊，我忍夠你了！」不等他上前，就已經被吳敬善給拉住：「息怒，息怒，公主病情沉重，我等正是同舟共濟之時，豈可再鬧內訌？」吳敬善嘴上說得公道，可心中確定是幫著胡小天的，剛才的情景他都看到了，文博遠的表現越發讓他感到失望，這樣的人又怎能服眾？不但吳敬善這樣想，連文博遠的一幫手下也心思浮動。董鐵山尤其感到心冷，他衝上去是為了維護文博遠，卻被李長安一拳打飛，文博遠非但沒有替他出頭，反而跟人家套起了關係，顯然沒把他的死活放在心上。可以說，胡小天剛才的那番話，字字句句都說到了他的心坎裡。

胡小天也沒有留下來跟文博遠鬥爭到底的意思，他仍然牽掛著龍曦月的病情，現在回想起來，龍曦月的這場病來得的確有些蹊蹺，來到龍曦月的營帳前，咳嗽了一聲方才走了進去。

唐輕璇按照胡小天所說的方法幫龍曦月物理降溫，胡小天摸了摸龍曦月的額角，感覺到她的體溫降低了一些，輕聲道：「有沒有其他人進來過？」唐輕璇搖了搖頭。

胡小天道：「今晚要辛苦你了。」

唐輕璇溫婉笑道：「我可不是因為你，我和公主是金蘭姐妹，照顧她原本就是我應該做的。」說完這句話，又意識到有些不妥，俏臉不由得一熱，還好胡小天並沒有留意到她的表情。

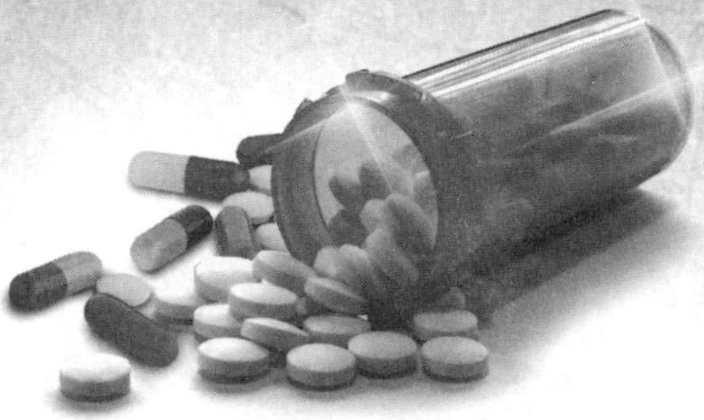

第二章

熊孩子的開山斧

熊天霸看到自己的開山斧被崩出了一個豁口，心疼萬分：
「你姥姥的，竟然弄壞了我的傳家之寶，哇呀呀！再吃我一斧！」
斧面傾斜，照著文博遠的脖子橫削而來，
沉重的開山斧在他手中竟似乎輕如鴻毛。

胡小天看到龍曦月依然沉睡，從她的症狀來看並不像是中毒，心中隱約猜想到可能須彌天沒有說實話。應該是形勢所迫，所以才故意佯稱龍曦月中毒，以此來要脅自己不得不維護她。

離開營帳，看到紫鵑仍然孤零零站在馬車旁，向這邊觀望著，可是並不敢走過來。如果龍曦月不是中毒，那麼紫鵑也就等於洗清了嫌疑，胡小天本想過去安慰她幾句，卻忽然聽到須彌天的聲音道：「你來小灰這邊，我有話跟你說。」

胡小天來到自己的營帳旁邊，小灰正吃著草料，周圍坐著幾名傷兵，胡小天料想到須彌天就隱藏在其中，可是從外表上無法認出究竟是哪一個。

一名用紗布包著右眼的武士轉過頭來，僅剩下的那隻獨目朝胡小天眨動了一下，胡小天馬上明白這就是須彌天，她果然沒走，一直隱藏在隊伍中。胡小天故意指了指她道：「你跟我過來！」

須彌天趁機站了起來，跟隨胡小天一起來到小灰身旁，在外人看來，似乎胡小天交代她如何照顧馬匹，其實兩人卻是用傳音入密交談。

胡小天道：「公主到底中的是什麼毒？」

須彌天唇角露出一絲笑意：「我也就是隨口那麼一說，你居然當真。」

胡小天對此已經有了心理準備，惡狠狠瞪了她一眼道：「居然騙我！」

須彌天道：「如果不是這樣說，你豈肯盡心盡力地幫我？說不定早就將我賣了出去。」

胡小天道：「那個李長安當真如此厲害？」

須彌天輕蔑道：「武功也算不錯，只可惜我神功未成。」她嗟然歎息，心中大有虎落平陽被犬欺的感覺，如果她不是正處於低潮狀態，區區一個李長安又何足道哉。想想這些事情全都和胡小天有關，如果不是他坑害自己，或許自己早已成就了萬毒靈體。

胡小天道：「我還以為天下間沒有你害怕的人物呢。」

須彌天道：「此一時彼一時，誰都有倒楣的時候。」

「你不是打算混在我們隊伍中一直藏下去吧？」

須彌天用獨眼瞪了他一眼道：「這就迫不及待地趕我走了？擔心我連累你？」

胡小天嘿嘿笑了一聲，心思不言自明。

須彌天道：「你不用擔心，等進入大雍我自會離去，以為我稀罕你嗎？」

胡小天心中暗道：「稀不稀罕老子我不知道，不過你惦記著咱家的寶貝那是千真萬確的。」

小灰此時把腦袋側了過來，兩隻長耳朵支楞著，好像在偷聽他們兩人的對話，須彌天忽然揚起手來照著小灰的腦袋就是一巴掌。這巴掌把小灰打得嗚律律一聲慘叫，揚起後蹄去踢須彌天。

須彌天腰身一擰已經藏到了胡小天的身後，胡小天慌忙牽住馬韁，伸手摸了摸小灰的腦袋，怒視須彌天道：「牠招你惹你了？」打狗還需看主人，須彌天這一巴掌分明是衝著自己來的。還好她沒有真下狠手，不然這匹馬兒只怕就要性命不保。

須彌天道：「別說是一個畜生，就算是你惹了我，我一樣饒不了你。」

小灰報復心還挺重，看準機會，又一撩蹄子，想要給須彌天一下，須彌天怎會這麼容易被牠踢中，閃電般繞到小灰左側，照著牠腦袋又是啪的一巴掌，這巴掌打得雖然不重，可是小灰卻眼冒金星，暈頭轉向，四蹄一軟噗通一下就趴倒在地上。

胡小天還以為她一巴掌把小灰給拍死了，面孔一板，擺出要跟須彌天翻臉拚命的架勢，須彌天道：「只是讓這畜生睡著了。」

胡小天真是有些哭笑不得：「明知是畜生，你又何必跟牠一般見識。」

須彌天咬牙切齒道：「最好別得罪我，只要是得罪我的，無論人或畜生我都不會放過。」

「李長安得罪你了，你倒是去找他出氣！」胡小天言辭也刻薄得很。

須彌天道：「沒到時候，等我的功力恢復如初，我絕對要讓他好看。」

落實了龍曦月沒有中毒，胡小天自然放下心來，正準備離去，卻聽須彌天又道：「她的那個侍女有些不正常。」

胡小天心中一驚，須彌天口中的侍女指的應該是紫鵑。低聲問道：「有什麼不正常？」

須彌天道：「私下裡和文博遠接觸過幾次，你和文博遠可是對頭啊。」

胡小天盯住她的左眼，看了好一會兒方才道：「你沒騙我？」

須彌天冷笑道：「就你，值得我花費那麼多心思嗎？」

胡小天點了點頭道：「也是，對我心動不如行動，你素來務實，敢說敢幹！」

須彌天馬上明白他這句話蘊含的意思，恨不能衝上去一把扯破這廝可惡的嘴巴。胡小天卻一臉壞笑，似乎已經吃定了她。

在人屋簷下怎敢不低頭，即便是須彌天這種強者也不得不在現實面前低頭，她還要依靠胡小天幫忙成就萬毒靈體，以她現在的武功別說是對付李長安，即便是胡小天的那幾名心腹手下，硬碰硬比拚只怕她也不是對手。須彌天道：「你的手下有不少厲害角色。」說話間目光投向遠方的周默，此時周默也在警惕地望著這邊，顯然時刻在關注胡小天的安危。

胡小天笑道：「他們不是我的手下，全都是我的兄弟。」

須彌天嗤之以鼻：「你倒是蠻會收買人心。」

此時看到唐鐵漢朝他們走了過來，須彌天低下頭去，默默走到一邊。

胡小天迎向唐鐵漢向他抱拳道：「唐大哥！」

唐鐵漢笑道：「胡大人真是客氣呢，您叫我名字就行。」來到胡小天近前，他壓低聲音道：「文博遠剛才統計傷患的數量，說是到了青龍灣就讓他們回去。」

胡小天道：「讓他們回去養傷也是應該的。」

唐鐵漢道：「他還說讓我和三弟兩人負責護送那幫傷患回去。」

胡小天皺了皺眉頭，馬上就明白了文博遠的用意，肯定是文博遠看到自己和唐家兄弟越走越近，所以才想出了這個主意，想借此來削弱自己的力量。胡小天道：「要說這次受傷最多的就是你們的人，他讓你們護送傷患回去也不是惡意。」

唐鐵漢道：「胡大人難道看不出，他根本是要借著這件事支開我們？真相是排除異己的手段罷了。」

胡小天沒想到唐鐵漢居然也能看穿這件事的實質，不由得笑道：「都是一條路上的，大家聚在一起無非是想把公主平平安安地送到雍都，談什麼排除異己？即便是有什麼摩擦也不是你死我活的深仇大恨。」

唐鐵漢眨了眨眼睛，一臉敬佩道：「胡大人的心胸真是廣闊，常聽人說宰相肚裡能撐船，就是胡大人這種吧。」

胡小天呵呵笑了起來，唐鐵漢一向魯莽無腦，居然也學會了拍馬屁，而且拍得恰到好處，真是可喜。他拍了拍唐鐵漢的肩膀道：「這件事還沒有最終定論，等到了青龍灣再說。」

胡小天找到吳敬善，吳敬善雖然累了一天，可是因為心中牽掛著安平公主的病情，到現在也沒有入睡，聽說胡小天過來找他，慌忙鑽出了營帳，急慌慌道：「怎樣？是不是公主的病情又有變化？」

胡小天道：「吳大人放心，公主的體溫已經降下去了，病情正在好轉。」

吳敬善長舒了一口氣，擦了擦額頭的冷汗道：「那就好，那就好，公主若是出了什麼差池，老夫多少顆腦袋也不夠砍。」

吳敬善的家將吳奎拿來兩張凳子，胡小天和吳敬善在篝火前坐了。吳敬善撚著山羊鬍道：「胡大人真是深藏不露，老夫過去只知道胡大人文采出眾，卻想不到胡大人武功也是高明如斯，當真稱得上文武雙全。」

他這番話可不是恭維，和胡小天相處的時間越久，越是發現這個年輕人深不可測，其實胡小天身上值得稱道的何止這兩樣，醫術智謀更是超人一等。不怕不識貨就怕貨比貨，文博遠也是大康年輕一代中的翹楚人物，在京城的名聲很盛，可是將文博遠拿出來和胡小天一比，馬上就發現兩人之間的差距。吳敬善雖然年紀大了，可是頭腦並不糊塗，眼光更是非常獨到，不然何以能夠安然度過大康的這場宮廷劇變而安然無恙。

胡小天謙虛道：「我那叫什麼武功，被人追得沒頭蒼蠅一樣到處亂跑，如果不是大家幫忙，只怕已經輸了。」

吳敬善笑瞇瞇望著胡小天，說來奇怪，過去他對這小子可謂是深惡痛絕，可自從迫不得已跟他同路之後，卻發現這小子身上越來越多的閃光點，現在的胡小天在他眼中非但沒那麼可惡，反倒有些可愛了。胡小天的坦蕩不羈，樂於自嘲，關鍵時刻卻又勇往直前，這些全都是文博遠所缺少的。

吳敬善道：「明天咱們就可以走出峰林峽了。」

胡小天道：「在青龍灣港口，可以好好休整幾日。」

吳敬善點了點頭，似乎欲言又止。

胡小天看出他的心思，微笑道：「吳大人是不是有什麼話想說？」

吳敬善道：「也沒什麼大事，只是咱們在峰林峽遭受伏擊，有不少人受傷，其中不乏傷情嚴重之人，若是繼續帶他們上路，必然要分出人手照顧他們，非但會拖慢公主的行程，對他們自身傷情的恢復也沒有好處。」

胡小天道：「吳大人言之有理，依您之見……」其實胡小天已經從唐鐵漢那裡得悉了這件事，也料到之所以由吳敬善提出也是文博遠在背後起作用。

吳敬善道：「不如兵分兩路，讓那些傷患病號就此回去，或者就留在青龍灣港口養傷，反正過了庸江，就是大雍的國界，他們會派人過來迎接。」

胡小天道：「文將軍也是這麼認為？」

一句話問得吳敬善有些尷尬，他為人何其老道，頓時就明白胡小天心中所想，慌忙道：「其實老夫也是這個意思，並未和他商量過。」吳敬善急忙劃清和文博遠之間的界限。

胡小天道：「吳大人不必多想，我也是這般想法。」

吳敬善聽他這樣說，不由得鬆了口氣，笑道：「如此甚好。」難得三人能夠意見一致。

胡小天道：「只是文博遠準備讓唐家兄弟護送那幫傷患離開呢。」

吳敬善眨了眨眼睛：「有何不妥？」

胡小天道：「經歷了這麼多事，吳大人應該能夠看得出來，什麼人是踏踏實實做事，什麼人只是顧著出風頭耍威風，關鍵時刻卻畏縮不前。」

吳敬善呵呵笑了一聲：「老夫既不糊塗也不是老眼昏花，心裡明白。」他這句話等於沒說一樣。

胡小天暗罵吳敬善老奸巨猾，向兩旁看了看，吳敬善使了個眼色，吳奎等幾名家將趕緊退到遠處。胡小天這才道：「我只擔心有些人借著這個機會排除異己，趕走的全都是真心保護公主安全的，真正踏實出力的，留下的全都是他的親信。」

吳敬善道：「應該……不會吧。」

胡小天道：「過了庸江就是大雍的地盤，公主的安全自然有大雍的將士保護，我覺得比在大康境內還要穩妥得多。反倒是這些牲口行李才是問題呢。」

吳敬善道：「依胡大人的意思……」

胡小天道：「吳大人心裡什麼都明白。」他說完就站起身來：「吳大人還是早些休息，期待今晚公主的病情儘快好轉，咱們也好抓緊趕路。」

胡小天還沒有來到營帳前，就見到周默走了過來，卻是公主已經醒了，說是要見他。

胡小天和周默一起來到公主的營帳前，唐輕璇得知他到來，從營帳內出來，向胡小天笑了笑道：「公主醒了，說是要單獨跟你說句話。」

胡小天應了一聲，躬身進入營帳之中。

黯淡的燈光下，安平公主已經坐起身來，靜靜望著營帳的入口處，一雙美眸也似乎沒有了昔日的神采。

胡小天來到她身邊，故意揚聲道：「小天參見公主千歲千歲千千歲！」明顯是說給外人聽的，他也知道有周默在外面守著，不可能會讓外人偷聽。

安平公主輕聲歎了口氣道：「我還以為自己這次再也醒不過來了。」

胡小天伸出手去摸了摸她的額頭，觸手處汗津津的，額頭的肌膚已經涼了下去，看來她的高熱已退，胡小天心中暗自感到安慰：「公主的病已經開始好轉了，也不是什麼大病，只是受了風寒。」

龍曦月點了點頭，抓住胡小天的大手，靜靜貼在自己的腮邊，小聲道：「我想好了，等過了庸江，你們就回去，反正有大雍的軍隊保護我，沒必要讓你們繼續跟著受累冒險。」

胡小天搖了搖頭，以傳音入密道：「我絕不會走，我既然答應過你要帶你離開，就一定做到。」

龍曦月美眸圓睜，在她聽來胡小天的這番話聲音可是不小，她生恐被外人聽到，有些擔心地指了指外面。胡小天掩住她的嘴唇道：「你不用害怕，我剛剛學會了一門傳音入密的功夫，現在我跟你說的話，只有你能聽到，外面沒有人可以聽得清楚。」

龍曦月點了點頭，美眸中流露出欣喜之色。

胡小天道：「我已經部署好了周詳的計畫，可以做到萬無一失，你無須擔心，只要按照我安排的去做，咱們就可以安然無恙的逃脫困境。」

龍曦月的表情將信將疑，進入大雍之後，圍繞她的保護只會更加嚴密，想要逃走豈不是難上加難，更何況她若是走了，大康怎麼辦？雖然皇兄無情，可是她的這場婚姻絕非是她個人的事情，如果她一走了之，說不定會為大康的百姓帶來一場無妄之災。她輕聲道：「天意難違，為何你直到現在仍然不懂得這個道理？」

胡小天盯住她的一雙美眸低聲道：「我只問你，如果給你一個和我終生廝守的機會，你願不願意放棄公主的身分？」

龍曦月根本沒有考慮，用力點了點頭。

胡小天抿起嘴唇，旋即露出一個陽光燦爛的笑容，衝著龍曦月這句話，即便是為她上刀山下火海也是值得的。

龍曦月道：「為何沒見紫鵑？」

胡小天也不瞞她，將紫鵑行為可疑的事情告訴了她，也讓龍曦月多加小心。龍曦月對此卻深表懷疑，紫鵑從小就在她身邊，是她最為信任的人之一，這次又是紫鵑自己主動提出陪她嫁入大雍，她又怎會出賣自己？胡小天看出她並不相信，低聲道：「總之多點小心總不是壞事。」

當晚胡小天本以為須彌天會來騷擾自己，卻想不到居然一夜無事。第二天清晨龍曦月的病情也好轉了許多，於是眾人決定繼續上路，前往青龍灣的路上再也沒有遇到任何麻煩。

青龍灣乃是大康北方的一個小港，隸屬於武興郡倉木縣，原本只是一個普普通通的碼頭，主要負責運送來往庸江兩岸渡河的商旅，可後來大雍勢力逐漸南侵，領地不斷擴張，大康日漸衰微，最後形成了隔河相望劃江而治的局面，於是青龍灣這個小港的戰略地位自然而然地凸顯了出來。兩國之間大小戰事不停，為了鞏固北方防線，大康這些年積極發展水軍力量，武興郡也因此崛起成為北方第一軍事重鎮。

只是近些年來，大康天災不斷，國家經濟深陷泥潭，庸江流域因為屢發洪災，搞得民不聊生，良田荒蕪。甚至連駐守在北方邊防線的這幫將士，也有數月未曾領到糧餉，近日在武興郡發生的民亂，歸根結底還是老百姓為了生計，民以食為天，倘若連填飽肚子這個最基本的要求都得不到保障，必然會人心思變。

他們一行人抵達倉木縣城的時候，正是黃昏時分，夕陽即將落山，將每個人的身影都拖得很長，這樣的光影讓人心中平生出一種蒼涼的沉重感。胡小天瞇起雙目向西北方向望去，倉木縣城的輪廓已經清晰出現在他的視野之中。

縣城很小，城牆也沒有想像中雄偉高闊，面臨水面深闊的庸江天塹，的確不需要在城牆上多作經營，只是這城牆也過於殘破了些，外牆上的顏色斑駁陸離，綠色褐色和深灰色交織在一起，綠色的是苔蘚，褐色的是泥土，深灰色的是牆磚，走近還能看到牆上暗紅色的印記，那是曾駐守城池將士浴血奮戰保家衛國留下的鮮血。

城池陳舊，守城的士兵也顯得無精打采，事實上這樣的表情同樣出現在大康的其他地方，整個國家都如同此時天光，暮氣沉沉，夜色將至。

很快有人去通報，可是城門依然關閉，吊橋高懸。連文博遠都感到有些納悶了，難道這裡的守將根本沒有聽說安平公主要從這裡登船的事情？

距離城門不到半里時，吊橋方才緩緩放下，城門大開，從中衝出一隊人馬，為首的卻是一個又黑又瘦的小子，一身陳舊的棕色皮甲，肩頭披風也早已洗得看不出原來的顏色，手中拎著一把開山斧，胯下黑馬也是體瘦毛長，跑起來有氣無力，在他身後跟著二十餘人，全都是老弱殘兵，從城門跑過吊橋就已累得氣喘吁吁。

文博遠看在眼裡不由得皺了皺眉頭，什麼時候大康的北方將士都變成了這幫成色，說他們歪瓜裂棗也不為過。

那黑瘦小子揚起手中的斧子，那開山斧通體漆黑，似乎為精鋼打造而成，看起來至少也有五十斤的重量，不過他舉起來似乎全不費力，這小子大聲道：「呔！來者何人？」

展鵬縱馬迎了上去，朗聲道：「我等奉當今皇上的旨意，護送安平公主前往雍都成親，經過此地，爾等難道沒有聽說過嗎？」

黑瘦小子眨了眨眼睛：「什麼？公……公主？」

展鵬點了點頭。

黑瘦小子又道：「聖旨何在？我怎麼知道你不是在騙我？」

展鵬怒道：「大膽狂徒，安平公主大駕光臨，還敢無禮，不怕皇上降罪嗎？」

黑瘦小子道：「可總得有個信物吧，沒人通知我說公主會來到這裡，我若是隨隨便便放你進去，熊大人若是降罪下來，我豈不是要吃不了兜著走。」

文博遠看到連一個小小的下級軍官都敢攔住他們的去路，不由得心頭火氣，怒道：「展鵬，無需跟他廢話，他若是再敢阻攔公主入城，格殺勿論！」

黑瘦小子聽到格殺勿論四字，一雙眼不由得瞪圓了，揚起斧頭指向文博遠道：

「嗳，你說什麼？殺我？當我怕你啊？來，我跟你大戰三百回合，看誰先死。」

胡小天聽到這裡不由得哈哈大笑起來。

文博遠聽到胡小天發笑，不由得將滿腔怒火全都轉移到了他的身上，心中暗自發狠，胡小天，我絕不會讓你活著回到大康。

黑瘦小子被胡小天的笑聲所吸引，望向他道：「嗳，你笑話誰呢？」

胡小天催動胯下坐騎緩緩向前方行去，黑小子被小灰的樣子給吸引住了，看到小灰的兩隻長耳朵，他忍不住哈哈笑了起來：「你這人好生有趣，怎麼騎著一頭騾子呢？」

胡小天道：「小兄弟，聖旨我們有，不過只有你們倉木縣的城守才能看，你們熊大人在不在？」

黑瘦小子道：「你怎麼知道我們大人姓熊？」這小子也夠糊塗的，剛剛明明是他自己說過的，現在竟然忘得乾乾淨淨。

胡小天道：「我不但知道你們大人姓熊，我和他還是好朋友呢。」

黑瘦小子驚喜道：「真的？可是我咋沒聽我爹說起過呢。」

胡小天道：「你也姓熊對不對？」

黑瘦小子點了點頭，摸了摸後腦勺道：「你咋知道的？」

胡小天身後的那群人強忍住笑，敢情這小子是個傻子，原來是城守的兒子，真是傻氣透了，全都是自己報給人家的，這會兒居然犯起了迷糊。

胡小天道：「我當然知道，我還知道你就是城守熊大人的兒子。」

黑瘦小子照著自己的腦門子上拍了一巴掌：「哎呀，神了，你真認識俺爹啊，你是算命的吧？」

胡小天微笑不語，這小子的頭腦實在是有點問題。

文博遠冷冷道：「胡公公，你跟一個傻子費什麼話，來人，將他拿下！」

黑瘦小子卻因文博遠這句話，突然反應了過來：「呃……不對啊，好像你知道的全都是我說給你聽的，你唬我啊！」他雖然慢了半拍，可總算還是明白過來了。

胡小天原本想將這小子哄住，卻想不到文博遠一打岔，讓這黑小子又醒悟了過來，暗罵文博遠多事。此時耳邊突然響起須彌天的聲音：「他熊天霸，小名熊孩子，乃是倉木縣縣尉熊安民的兒子，生就力大無比，但是少根筋。」

胡小天心中暗喜，大聲道：「我騙你作甚？你這個熊孩子，居然對長輩無禮，等你爹回來，看我不讓他狠狠揍你一頓。」

黑小子愣了，愕然道：「你居然知道我小名？」

胡小天道：「何止小名，你大名叫天霸還是我給你起的呢。」胡小天說得煞有其事。

熊天霸這會兒已經信了個九成，眨了眨眼睛：「你……真認識我爹……」

胡小天道：「我騙你作甚，不信等你爹回來再問，我說熊孩子，客人到了門前，你堵住城門不讓我們進去，這是哪門子的待客之道？等你爹回來，他那張老臉往哪兒擱？」

熊天霸把斧頭垂落下去，點了點頭道：「那……就先進去吧，我爹這兩天就要回來，你要是敢騙我，我可饒不了你。」

胡小天笑道：「你還是擔心自己的屁股吧。」

熊天霸嘿嘿笑了一聲，示意手下人閃到兩旁。

文博遠一提馬韁，準備一馬當先進入倉木城內，目光惡狠狠瞪了熊天霸一眼，他也是囂張慣了。可熊天霸是個缺心眼少根筋的貨色，看到文博遠居然這麼惡毒地看著自己，頓時又火了，他向胡小天道：「他是你朋友不？」

胡小天搖了搖頭，他實事求是，文博遠的確不是他朋友。

熊天霸一聽不是胡小天的朋友，自然就不可能是他爹的朋友，當下怒吼一聲：「小白臉，你瞪誰呢？」

文博遠心中這個氣啊，這一路之上在胡小天面前處處受制，現在來到大康這個邊陲小城，連一個缺心眼的小子也敢跟自己作對，他冷哼一聲，鏘地將腰間虎魄刀抽了出來。

別看熊天霸少根筋，可是這貨生就好鬥，看到文博遠拔刀，已經認定他要向自己出手，熊天霸的動作要比頭腦靈活，就連他胯下的那匹瘦馬也在突然之間就恢復了精氣神，帶著熊天霸宛如一道黑色閃電般向文博遠衝去，他高高擎起手中的開山斧，大吼道：「小白臉，你吃我一斧。」熊天霸出招要在說話之前。

文博遠壓根沒想到這小子能這麼快，他揚起手中虎魄刀，反手向上方削去。論到兵器的重量，對方手中的開山斧數倍於文博遠的這把刀，但是文博遠手中這把刀乃是刀魔風行雲所贈，削鐵如泥。刀斧撞擊在一起，發出噹的一聲巨響，虎魄竟然將開山斧的刃緣崩出一個缺口。

眾人看到這火花四濺的碰撞，心中都是一驚。文博遠雖然拔刀在先，可是熊天霸卻是先一步出手，而且他用的武器占優，雖然如此，文博遠絲毫沒有落入下風，由此可見文博遠絕非浪得虛名，他的武功的確在年輕一代中堪稱翹楚。

真正的情況只有交戰雙方知道，文博遠雖擋住了熊天霸雷霆萬鈞的一擊，也被他震得雙臂發麻，他真是沒想到這愣頭愣腦的黑瘦小子竟然擁有那麼強大的膂力。

熊天霸看到自己的開山斧被崩出了一個豁口，心疼萬分：「你姥姥的，竟然弄壞了我的傳家之寶，哇呀呀！再吃我一斧！」斧面傾斜，照著文博遠的脖子橫削而來，沉重的開山斧在他手中竟輕如鴻毛，呼！夾雜著風雷滾滾奔向文博遠的頸部。

如果單純以膂力而論，文博遠不如熊天霸，但是他經過名師指點，武功根基又豈是熊天霸這個愣頭青所能比肩的，身體向後一仰，後背幾乎平貼在馬背之上，開山斧落空從他的身體上方橫掃而過，文博遠手中虎魄巧妙地向上反削，這次他學了個乖，親身體會到熊天霸的霸道力量之後，他當然不會跟這傻小子硬碰硬，這一刀正砍在斧柄之上，鏘！的一聲，二臂粗細，精鐵鑄成的斧桿被他一刀削成兩段，斧頭失去了羈絆，宛如風車般旋轉著向隊伍中飛去。

眾人齊聲驚呼慌忙向兩旁閃避，誰也不敢嘗試去阻攔這不受控制的斧頭。可馬上他們又發現，這斧頭竟然飛向了安平公主的座駕。

危急關頭，展鵬抽出羽箭，弓如滿月，離弦之箭撕裂空氣發出一聲刺耳的尖嘯，鏃尖在高速奔行中被空氣摩擦得發亮，搶在那斧頭落在安平公主座駕之前射在斧頭之上。

噹！又是一聲巨響，展鵬及時射出的一箭雖然改變了斧頭飛行的軌跡，讓安平公主轉危為安，卻無法徹底制止斧頭飛行的勢頭，斧頭在空中變換了方向，繼續飛向右側的人群。

看到明晃晃的大斧頭朝他們的頭頂飛來，眾人嚇得臉色都變了。就在此時一個魁偉的身影勝似閒庭信步地迎上，右手伸了出去，寬厚的大手穩穩抓住了那旋轉飛行的斧頭。

周默的表情宛如古井不波，彷彿飛來的不是斧頭，只是一團棉花，神策府的那幫武士看在眼裡，內心卻是震駭到了極點，誰也想不到這個負責公主座駕維護的車夫竟然是這樣一個深藏不露的高手，其實周默昨日硬撼羽魔李長安的時候，因為現場混亂，再加上煙塵瀰漫，很少有人看清到底發生了什麼，此時還沒有天黑，所有人都看得清清楚楚。

熊天霸的大吼聲讓眾人將注意力重新回到交戰的雙方身上，熊天霸心疼這祖傳的兵器被文博遠毀掉，舉起剩下的斧頭桿向文博遠的心口戳去。

文博遠冷哼一聲，心中暗生殺機，以刀脊磕開熊天霸的斧桿，一提韁繩，坐騎前衝，手中虎魄向熊天霸左肩斜劈而下，倘若他這一刀落下，熊天霸只怕免不了身首異處的下場，黑小子看到文博遠刀如急電，臉色不由得變了，顫聲道：「乖乖……完了！」

胡小天看到文博遠出刀，心知要壞，大聲道：「刀下留人！」

文博遠又豈會給他這個面子，眼看虎魄就要落在熊天霸的身上，忽然感到一股金戈之風從側方襲來，文博遠出於本能，不得已放棄對熊天霸的殺招，揮刀向來襲的方向斬去，噹！卻是那把斷裂的斧頭，周默在熊天霸生死存亡之際出手救了他的性命。

熊天霸雖然少根筋，可他並不是真傻，知道自己不是文博遠的對手，硬撐下去等於自尋死路，一提馬韁向己方陣營逃去。文博遠充滿怨毒地望著周默，恨不能一刀砍了這個多管閒事的傢伙，周默毫無畏懼地和他對望著，文博遠抿了抿嘴唇，竟然沒有發作，緩緩將虎魄還刀入鞘，單從周默剛才的出手，他就能夠看出周默的武功只怕還要在自己之上，此人絕對是胡小天手中的一張王牌。

胡小天道：「文將軍，你何等身分，不會跟一個熊孩子一般計較吧？」

文博遠冷哼一聲：「他驚擾公主座駕，其罪當誅！來人……」

此時遠方煙塵陣陣，一行三騎向城門處飛速趕來，來的正是倉木縣的縣丞熊安民，他七天前去武興郡公幹，今日方才得以返回，還沒有進入倉木城就覺察到這邊情況不對，料想到這裡肯定出了亂子，而且十有八九和他的愣頭青兒子有關，於是趕緊趕了過來。

熊安民高聲道：「大家住手，大家住手……」他在武興郡已經聽說了安平公主要前往武興郡的事情，期間公主並沒有按照計畫前往武興郡，於是猜測到公主可能取道峰林峽直接前來倉木，這才是他提前回來的原因。

熊安民來到近前，看到胡小天一方隊伍的陣勢，已經猜到十有八九就是公主的車隊，心中暗暗叫苦，希望自己的傻兒子千萬不要冒犯了公主才好。

熊天霸看到老爹回來了，催馬迎了上去，大聲道：「爹！您來得正好，那個小白臉欺負我……」

熊安民不等他說完就斥責道：「混帳東西，胡說什麼？」他翻身下馬，來到文博遠面前抱拳道：「敢問這位大人，可是護送安平公主的車隊嗎？」

文博遠冷哼一聲，根本沒有理會他，神情倨傲之極。

熊天霸看到文博遠對自己老爹無禮，怒道：「小白臉，我爹跟你說話呢。」

文博遠冷冷道：「衝撞公主車隊，侮辱朝廷命官，你可知罪？」

熊安民一聽就知道自己兒子肯定闖了大禍，慌忙跪倒在地上，連連叩頭道：「公主殿下，小臣不知公主千歲大駕光臨，冒犯之處還望海涵……」

「爹……」

「跪下！」

熊天霸一臉的不情願。

「我讓你跪下！」熊安民怒吼道。

熊天霸道：「爹，您不是常說男兒膝下有黃金嗎？」

熊安民暗自叫苦，今天可惹了天大的麻煩。

一旁響起爽朗的大笑，卻是胡小天騎著小灰緩緩行了過來。

熊天霸看到他如同看到了救星：「叔叔，你是我爹的好朋友，你別讓人欺負他啊！」

熊安民哪見過胡小天，可是看到胡小天的穿著氣派已經知道對方身分不凡，慌忙斥責兒子道：「熊孩子，不得胡說！」

胡小天道：「熊大哥，您起來吧，原沒有什麼大事，就是點小誤會，已經解釋清楚了。」

熊安民忐忑不安，顫聲道：「下官誠惶誠恐，不敢高攀……」胡小天已經一伸手把他拉了起來，揚聲道：「公主殿下，倉木城守熊安民熊大人過來迎接您了。」

龍曦月嬌柔的聲音從座車內傳出：「平身吧！」

熊安民從胡小天的言行中已經猜到他的身分，應該是這次的副遣婚使，皇宮新近躥升起來的一位當紅宦官胡小天。當下試探著問道：「可是胡大人？」

胡小天微笑道：「熊大哥，真是貴人多忘事。」

熊安民被他弄得一頭霧水，心中暗忖，我好像從未和你打過交道呢，何以對自己如此親熱，自己多少還是有些自知之明的，一個倉木縣城的小小官吏又怎有機會攀交到這種當紅人物。

胡小天道：「熊大哥，總不能讓公主就在城外老這麼等著吧？」

熊安民經他提醒方才醒悟過來，慌忙讓人帶路迎接安平公主入城。

倉木縣城可以用滿目瘡痍來形容，街道之上也是人煙稀少，途中見到的百姓大都是衣衫襤褸，面黃肌瘦，整座城市在黃昏中流露出莫名的蕭瑟和落寞，縣城內別說是驛館，甚至連像樣的建築都沒有一個，有錢人早就南遷了，這兩年接連水災後鬧起了饑荒，有點能力的老百姓也離開這裡自謀生路，剩下的大都是些老弱病殘，除此以外就是奉命在此駐守的士兵。

縣衙也是空空蕩蕩，比起昔日胡小天任職的青雲縣還要貧瘠破敗，除了一個大堂，就是一座空空蕩蕩的院落。胡小天和吳敬善商量之後，決定就在這縣衙裡面暫時紮營。

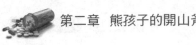

眾人忙著紮營的時候，熊安民來到胡小天身邊，表情顯得頗為尷尬：「胡大人，倉木貧瘠，士兵已經數月沒發糧餉了。」

胡小天當然明白他的意思，熊安民這是哭窮，是在告訴他沒錢招待他們一行，胡小天道：「你不說我也看出來了，你不用管我們的事情，平時怎麼做，現在仍然怎麼做就是。」

熊安民點了點頭：「多謝胡大人體諒。」

胡小天道：「我看這城裡的百姓不多，是不是都往南方逃難去了？」

熊安民歎了口氣道：「有往南方的，也有偷偷渡河前往大雍的。大人千萬不要怪罪犬子無理，最近這一帶亂民四處鬧事，下官幾天前被召往武興郡議事，臨走之前，專門叮囑我那個傻兒子，讓他守好倉木，千萬不要發生民亂，他從小就是個實心眼兒，我讓他怎樣做，他就怎樣做，所以才冒犯了公主。」

胡小天道：「我倒是很喜歡他，挺憨直厚道的一個年輕人。」

熊安民道：「他小時候本來也算聰明伶俐，可突然生了一場病，病好之後，頭腦就有些糊裡糊塗的，不過這孩子心腸不壞，只是脾氣暴躁了一些。」

兩人正談論著熊天霸，熊天霸就走了過來，熊安民慌忙將他拽住道：「熊孩子，你又來作甚？」

熊天霸道：「我來找那個小白臉，他把我的家傳寶斧給弄斷了，我要他賠。」

熊安民叫苦不迭道：「小祖宗，你別再給我惹事好不好，你知不知道那位將軍是誰？他乃是當朝文太師的公子，國舅爺，陛下的愛將。」

熊天霸不忿道：「我管他是誰？弄壞了咱們家祖傳的寶斧就得賠！」

胡小天不禁莞爾，他笑道：「我看這事算了，以後我賠你一把更好的。」

熊天霸直愣愣望著胡小天道：「我為什麼要你賠？又不是你給我弄壞的，我做事向來丁是丁卯是卯，誰對我好，誰對我壞我知道。」

熊安民氣得揚起手照著熊天霸後腦勺拍了一巴掌：「熊孩子，你給我滾回家去，再敢出現，老子把你吊起來打。」

熊天霸道：「也就是因為你是我老子，不然就你這身子骨，還真禁不起我一拳！」

「好你個忤逆子，我這就打死你，省得留在世上給我丟人現眼。」

熊安民作勢要揍他，熊天霸傻笑著往胡小天身後躲。冷不防一隻大手從後面抓住了他的衣領，將他往後一帶，熊天霸立足不穩，噗通一聲摔了個屁蹲兒，他勃然大怒：「那個王……」抬起頭看到周默魁偉的身影出現在面前，頓時止住不說，周默今天從文博遠的刀下救了他的性命，他當然不能罵。

周默橫眉冷道：「混小子，哪有這麼跟自己父親說話的？」

熊天霸道：「念在你幫過我，這次算了，下次再敢偷襲我，我連你都打。」

周默道：「你打得過我嗎？」

熊天霸撇了撇嘴，看到周默朝著胡小天走去，趁著周默不備，爬起來從後面衝了上去，他是想給周默一個突然襲擊，小小報復他一下。可是他剛衝到周默身邊，周默身影一閃就已經不見了，熊天霸前衝的勢頭太猛，雙腳還未站定，周默的聲音又在他身後響起：「空有力氣，沒有頭腦，若是在戰場上，不知死多少次了。」

周默的大手在熊天霸後背輕輕一推，這小子原本就衝得太猛，這下噗通一聲摔了個狗吃屎。

熊天霸抹去嘴唇上的泥巴，狼狽不堪地站了起來，這下可急了眼：「你陰我，有種跟我面對面打上一架。」

熊天霸猛然一拳向周默打去，周默這次果然沒有再躲，也是一拳迎擊而出，蓬！雙拳硬碰硬撞擊在一起，拳風捲起的氣浪將兩人腳下的沙石都激飛了起來，熊安民不巧被灰塵迷了眼，淚水直流。

周默心中暗讚，雖然他沒有使出全力，可是也有八分，這傻小子根本沒有修煉過內力，純粹是仗著天生的氣力跟他比拚，竟然不落下風，此子果然是天生神力，若是能夠得到名師點撥，這傻小子絕對能夠成為一員猛將。

蓬蓬蓬，兩人連續對了三拳，周默腳下紋絲不動，熊天霸雖然勇猛，可是全力擊出的三拳如同打在了山岩之上，他已經使出了全力，卻根本無法動搖對方分毫，現在他完全明白了，自己根本不是人家的對手。

熊天霸停下手來，左手揉著右手拳峰，雖然他骨骼堅硬，此時也被震得肉疼。

周默微笑道：「不打了？」

熊天霸搖了搖頭道：「你當我真傻啊，打不過還打，那不是找挨揍嗎？」

幾人聽他如此說話都不禁笑了起來，熊天霸忽然撲通一聲跪在了周默面前：「我熊天霸活這麼大從來沒服過誰，師父，您以後就是我師父了。」

周默真有些哭笑不得，這傻小子還真是奇葩，你拜師，也得問我同不同意啊。

熊安民慌忙道：「熊孩子，別滋擾這位大人。」

周默微笑道：「熊大人客氣了，我不是什麼大人，我只是一個趕車的。」

看到周默剛才的表現，誰也不相信他只是一個趕車的那麼簡單。

熊天霸是個死心眼兒，任誰讓他起來他都不肯起來，大有周默不收他當徒弟，就要長跪不起的意思。

胡小天愛惜熊天霸勇猛，笑道：「周大哥，我看你就收他為徒吧，你叫霸天，他叫天霸，說起來你們還真是有些緣分呢。」

其實周默心中對熊天霸頗為喜歡，否則今日也不會在他危難之時出手救他，這孩子雖然少根筋，可並不是真傻，更何況天生神力，若是能夠正確引導調教，以後說不定能夠成為棟樑之才。所以胡小天一開口，周默就點頭應承下來：「既然胡大人為你說情，那我權且收下你。」

熊天霸樂不可支，跪在地上結結實實地磕了三個響頭：「師父在上，請受徒兒三拜！」

周默道：「你過去怎樣我不管你，可是你既然認我當了師父，以後要記住，第一要孝敬父母，不可再有任何不敬，第二做事要坦坦蕩蕩，不得為非作歹，第三要尊敬胡大人，對胡大人要跟對待我和你爹一樣。」

熊天霸道：「是！」他又給胡小天磕了三個頭，胡小天笑道：「起來吧！」

熊安民看到兒子因禍得福，他對周默雖然不瞭解，可是胡小天的權勢他多少還是聽說了一些，能夠和胡小天搭上關係，這個傻兒子說不定以後會有出頭之日，總比跟著自己在這個邊陲小城渾渾噩噩混上一輩子要強。

熊安民道：「兩位大人，如果不嫌寒舍簡陋，還請去舍下去坐坐，下官備些薄酒略表存心。」

胡小天笑道：「今晚就不必了，我們剛剛來到倉木，要好好休整兩天才走，肯定會有機會。」

熊安民聽他這樣說，只能點頭。

胡小天問起青龍灣目前的狀況。

熊安民歎了口氣道：「青龍灣雖然在倉木縣的境內，但是並不屬於下官管轄，水師提督趙登雲趙大人過去常駐青龍灣，可是去年武興郡興建水寨，趙大人便率部去了那邊，青龍灣只剩下小部分水軍駐守，據我所知，如今還有三艘軍船。」

胡小天點了點頭道：「有件事還要勞煩熊大人前往聯繫，後天我們要從青龍灣渡河，還需水軍方面出動船隻護送過江。」

熊安民道：「胡大人放心，這件事包在我的身上。」

熊安民父子離去之後，周默笑道：「你好像很喜歡那小子呢。」

胡小天道：「熊孩子天生神力，如果能夠遇到一位好老師，以後說不定能夠成就一番功業呢。」

周默道：「你是不是打算帶他一起前往大雍？」

胡小天笑道：「為什麼不？文博遠不是想借機削弱咱們的力量，我就偏偏不讓他如意，凡是跟他作對的，就是我要支持的。」

周默不禁哈哈大笑。

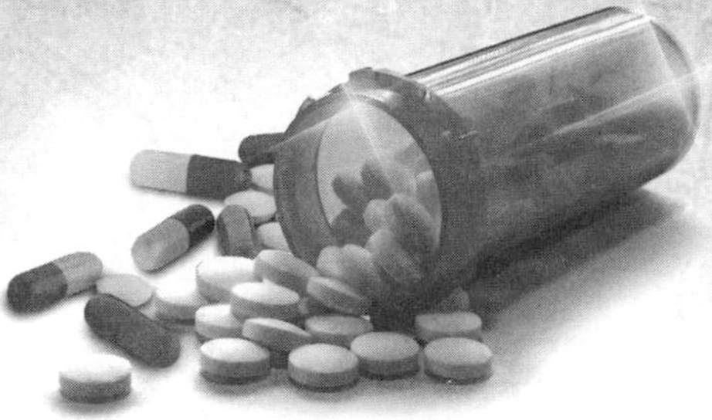

第三章

談笑風生中的突變

于至善也向前湊了湊，眨了眨眼睛：
「沒錯，你……你一定去過我們的總舵……」
話還沒說完，胡小天閃電般揚起手來，一道寒光掠過于至善的頸部。
于至善慘叫一聲，伸手捂住喉嚨，可惜已經太遲了。

龍曦月的身體已經完全康復了，看來昨日只是受了風寒，並非是須彌天所說的中毒，當時須彌天也只是為了讓胡小天幫她掩飾行藏，所以才故意欺騙。雖然此事已經過去，可是胡小天對紫鵑的懷疑並未能夠完全消除。須彌天的話未必可以全信，但是紫鵑最近的行為的確有些異常。胡小天提醒過龍曦月，龍曦月對此卻並不擔心，仍然將紫鵑召了回來，讓她在身邊伺候。出於謹慎起見，胡小天讓唐輕璇留在龍曦月的身邊，名為陪著公主聊天解悶，事實上卻是讓唐輕璇幫忙盯著紫鵑，順便保護龍曦月。

胡小天走入營帳之後，紫鵑馬上就告退，她似乎對胡小天非常害怕，低著頭甚至不敢正眼看他。

胡小天目光追逐著紫鵑的身影，等她離去之後方才道：「這紫鵑是怎麼了？見我跟老鼠見貓似的。」

龍曦月道：「還不是你之前將我生病的事情歸咎到她的身上，將她嚇得不輕，到現在紫鵑還好生自責呢。」

胡小天向唐輕璇道：「幫我倒杯茶來。」

唐輕璇柳眉倒豎，這貨居然把自己當成端茶送水的丫鬟了。正想發作，卻見龍曦月已經倒了杯茶親手端了過去。

胡小天佯裝誠惶誠恐的樣子，雙手接過茶杯：「公主親自賜茶，小天真是誠惶誠恐。」

唐輕璇道：「裡面有毒，你不怕喝了腸穿肚爛？」

胡小天哈哈大笑，仰首一飲而盡：「就算是有毒，我也喝了。」

龍曦月道：「我正跟輕璇說，讓她留在大康呢。」

唐輕璇道：「姐姐，不是之前已經說好了，這次我陪你一起去雍都嗎？」

胡小天道：「難得唐姑娘對公主如此金蘭情深，乾脆你陪嫁過去算了，以後留在大雍跟公主做個伴，倒也有個人陪著說話。」

唐輕璇被他說得俏臉通紅，龍曦月嗔道：「胡小天，你又在胡說八道了，不得欺負我輕璇妹子。」

唐輕璇道：「姐姐給我做主，從我認識他，他就一直欺負我。」嘴上說著欺負，可臉上卻沒有半分委屈的表情，反倒顯得有些嬌羞難耐。龍曦月看在眼裡，心中不由得一動，難道唐輕璇對胡小天產生了情愫？如果真是這樣，倒也不失為一件好事，自己嫁入大雍之後，若是能有個人關心他安慰他，也許他就不會太過傷心。

龍曦月心性善良，雖然胡小天多次說要帶她逃婚，可是她始終認為胡小天的想法不切實際，在現實面前，她只能接受命運安排，想起自己嫁入大雍之後的種種，對胡小天肯定是個天大的打擊，所以龍曦月開始考慮如何才能讓他心裡好過一些。

龍曦月道：「他若是再敢欺負你，我就把他趕出皇宮，將他賞賜給你當隨從好不好？」

唐輕璇脫口道：「好啊……」可馬上又意識到自己失言了，紅著臉道：「我才不要呢，若是有這樣的奴僕，只怕我每天都要頭疼了。」

龍曦月看了看唐輕璇，又看了看胡小天，胡小天何其精明，單從龍曦月耐人尋味的目光中就已經猜測到她的想法，慌忙岔開話題道：「唐姑娘，文博遠已經提出讓你的兩個哥哥和那些傷者一起留下，提前護送他們返回康都。」

唐輕璇還未聽哥哥說起過這件事，不禁愕然道：「為何要如此？一定是他想要公報私仇。」

胡小天道：「唐姑娘，文博遠這個人我多少還是瞭解的，此人睚眥必報，之前你幫我作證，已經得罪了他，依我之見，你們早些離開反倒是好事，至少不至於招惹是非。」

他這樣說完全是為唐家兄妹考慮，且不說離開大康之後他就要全面展開自己的計畫，即便是拋開所有的事情，以唐家的身分地位顯然也是招惹不起文家的，如果在過去，胡小天或許不會管唐家兄妹的死活，可是自從同行以來，他們彼此都發現對方身上的優點，胡小天實在不忍心拖他們兄妹下水，所以在文博遠意圖削弱他的實力，讓堅定支持他的唐家兄弟留在大康護送傷患先行返回，胡小天都沒有公然表示反對。

唐輕璇道：「我不怕他，就算我哥哥他們回去，我也要陪著公主一起前往雍都。」她為人極重情意，言出必行。

龍曦月道：「妹子，胡公公說得對，文博遠乃是心胸狹窄之人，你們真沒有必要得罪這種人。」

唐輕璇道：「姐姐，你之前都已經答應我了，豈可反悔。」她起身道：「我去找哥哥，看他們怎麼說。」她風風火火地去了。

胡小天和龍曦月對望了一眼，都顯得頗為無奈。龍曦月輕聲道：「前方就是虎狼之國，我真不想多一人陪我冒險。」

胡小天道：「她性情倔強，認定的事情輕易不會改變，而且我看得出她對你這位結拜姐姐感情好得很。」

「你好像很瞭解她呢。」龍曦月意味深長道。

胡小天笑了起來：「算不上瞭解，相處久了，為人如何還是能夠看出一些端倪的。」

「你覺得輕璇怎樣？」龍曦月旁敲側擊道。

胡小天察覺到她的意思，笑道：「公主真是大方啊，真打算將我送給她當僕人嗎？」

龍曦月望著胡小天陽光燦爛的笑臉，心頭莫名生出一種酸楚的感覺，咬了咬櫻唇，小聲道：「以後天各一方，有人能夠幫我關心你照顧你也好……」說到這裡，眼圈不禁紅了起來。

胡小天搖了搖頭：「有些人，有些事，永遠都無法取代。」

龍曦月轉過身，生怕胡小天看到自己就要奪眶而出的眼淚，悄悄擦去淚痕，吸了口氣道：「順應天命未嘗不是一件好事，這些天我無數次問過自己，是不是還能過上想要的生活，可是一旦想到有可能付出的代價和犧牲，我就再也沒有任何奢望了。」她慢慢轉回身來，美眸之中仍然淚光瀲灩，柔聲道：「人一輩子不僅僅是為自己活著，還要考慮家人朋友，還要考慮天下蒼生，倘若只是為了一己之私，就置他人的安危於不顧，讓親人和朋友為自己冒險，那麼即便是最後他獲得了想要的一切，內心也註定無法安寧。」

胡小天望著這位多愁善感的公主，知道她之所以猶豫不決，仍然選擇服從命運的安排，根本原因是不想其他人為她冒險為她犧牲，既然如此，自己又何須加重她的心理壓力，微笑道：「我懂得，還有一半的旅程，至少我們還有一段朝夕相對的日子。」

龍曦月聽他這樣說，心中卻又悵然若失，神情黯然道：「不錯，至少還有幾天自由。」

此時外面忽然傳來展鵬的聲音：「胡大人在嗎？」

胡小天知道若非有急事，否則展鵬不會主動過來找自己，他向龍曦月笑了笑，從營帳中走了出去，展鵬快步來到他的面前，低聲道：「剛剛文博遠讓人將梁英豪抓走了。」

胡小天聞言內心一驚：「什麼？去了哪裡？」

「東校場！」

東校場乃是倉木縣昔日點兵的所在，不過現在也已經閒置不用，文博遠手下的那幫將士有一半駐紮在此，距離安平公主所住的縣衙只有一路之隔。

胡小天叫上了吳敬善，又喊了周默，他並不想唐家兄弟牽扯其中，只是帶著吳敬善的家將就匆忙趕到了東校場。

來到東校場的時候，看到梁英豪已經被五花大綁捆在校場的旗桿之上，看情形，文博遠還沒有來得及對他用刑。文博遠坐在距離旗桿二十丈左右的地方，手中端著一杯茶，靜靜等待胡小天的到來，身後站著百餘名武士舉著火把將整個校場照耀得亮如白晝。

胡小天看到眼前情景頓時心中明白，文博遠今日一定是有所準備。抓梁英豪真正的用意還是針對自己，胡小天提醒自己要冷靜，既然梁英豪沒事，還是先摸清楚文博遠的真正意圖再說。

胡小天咳嗽了一聲，並沒有第一個說話，而是給吳敬善使了個眼色，示意吳敬善出頭。

吳敬善本來是不想為梁英豪出頭的，可是胡小天非得將他請來，心中明白是被這小子拉來陪綁了，可既然來了就不能裝啞巴，總得站出來說句話，吳敬善故作驚奇道：「哎呀呀，文將軍，這是何故，為何要將梁英豪給抓起來？」

文博遠不露聲色道：「吳大人跟他很熟嗎？」

吳敬善和梁英豪當然談不上很熟，他也不在意梁英豪的死活，今天有點趕著鴨子上架了，吳敬善道：「不是很熟，可老夫記得他是咱們的嚮導，是他將咱們從峰林峽帶了出來，文將軍為何將他捆起來呢？」

文博遠道：「看來吳大人也不瞭解此人的真正身分。」

吳敬善道：「他是何人？」

文博遠雙目灼灼盯住吳敬善身邊的胡小天，一字一句道：「此人就是渾水幫的匪徒！」

吳敬善倒吸了一口冷氣，真要如此，這個人情就不好說了，他轉身看了看胡小天。胡小天笑道：「文將軍說什麼？」

文博遠霍然站起身來，一步步逼近胡小天道：「我說梁英豪就是渾水幫的匪徒！」

胡小天皺了皺眉頭道：「我又不聾，你這麼大聲幹什麼？」

文博遠不無得意地望著胡小天道：「胡公公真是交遊廣泛，連渾水幫的匪徒都是你的朋友。」

胡小天笑瞇瞇道：「你是說我勾結賊人嗎？」

文博遠冷笑道：「這可是你自己說的。」

「梁英豪怎麼可能是渾水幫的匪徒呢？就憑你的一面之詞也不可信。」

文博遠呵呵笑道：「就知道你會這麼說！」他揮了揮手，身後人群一閃，兩名武士壓著一個獐頭鼠目的人走了出來，那人在文博遠面前點頭哈腰：「小的于至善見過文將軍。」

文博遠指著于至善道：「此人過去乃是渾水幫的匪徒，他認識梁英豪，你且聽聽他怎麼說。」

胡小天點了點頭緩步來到于至善面前，笑瞇瞇望著于至善道：「你是渾水幫的人？」

于至善連連點頭道：「過去是，現在我已經棄暗投明，投奔了文將軍，以後改邪歸正，為國盡忠，再不做那些為非作歹喪盡天良的事情。」

胡小天道：「你認得他？」他指了指梁英豪。

于至善道：「認得，他就是渾水幫第七把交椅梁英豪。」

梁英豪哈哈笑道：「混帳東西，我可不認識你！」關鍵時刻還是表現出相當的勇氣。

胡小天道：「那你認不認得我？」

于至善一臉迷惘，一旁文博遠意味深長道：「你可看清楚了，這位是我們此行的副遣婚使胡公公。」

于至善恍然大悟道：「看起來有些熟悉，哦，我想起來了，你好像去過我們渾水幫的聚義洞……」

胡小天呵呵笑道：「你記得我，我怎麼不記得你？你可要仔仔細細看清楚了，你說我和渾水幫有聯繫，這可是關乎我清白的大事。」他說著又向前走了一步，將臉探了過去，似乎要讓于至善看清楚。

于至善也向前湊了湊，眨了眨眼睛：「沒錯，你……你一定去過我們的總舵……」話還沒說完，胡小天已經閃電般揚起手來，一道寒光掠過于至善的頸部。于至善慘叫一聲，伸手捂住喉嚨，可惜已經太遲了，頸部動脈被胡小天手中的匕首割斷，鮮血從他的手指縫中噴薄而出，于至善躺倒在地上，雙腿不斷抽搐，顯然無法活命了。

周圍人誰都沒有想到胡小天竟然敢一刀抹了于至善的脖子，剛才還談笑風生，轉眼之間卻突施殺手，即便是文博遠也沒有料到胡小天如此膽大妄為，他怒道：

「胡小天你……」

胡小天照著仍然躺倒在地上抽搐不已的于至善踢了一腳，冷哼一聲道：「不開眼的無賴貨色，居然敢污蔑咱家。」

吳敬善被眼前殘忍的一幕嚇得雙腿發軟，差點沒有坐倒在地上，幸虧他的家將吳奎一把將他攙扶住。

文博遠大吼道：「胡小天，你竟然殺人滅口！」

胡小天自然是殺人滅口，在眾目睽睽之下如此堂而皇之的殺人滅口，做這種事已經不是第一次，當初在黑松林，他幹掉文博遠的親信趙志河，不過那時候只有唐輕璇看到，而且唐輕璇在時候幫他做了偽證。今次卻是當著這麼多人的面幹掉了于至善，實在是有些囂張了。

胡小天微笑道：「殺人不錯，滅口卻談不上，咱家做人清清白白，對朝廷忠心耿耿，從康都護送公主一路歷盡艱險來到這裡，赤誠之心，蒼天可表，咱家為何要滅口？文將軍可否給我一個理由？」

文博遠面露殺機道：「你跟渾水幫勾結，裡應外合襲擊公主車隊。」

「可有證據？」

文博遠指著于至善，此時于至善已然氣絕，正所謂死無對證，文博遠猛然將目光投向梁英豪道：「他就是證據。」

胡小天哈哈笑道：「文博遠啊文博遠，皇上對你委以重任，讓你負責公主的安全，你非但沒有盡職盡責做好本分，反而嫉賢妒能，這一路之上你處處跟我作對，雖然你多次對我不利，可是我想起此行的重任，以德報怨忍了下來，吳大人也勸我要以大局為重，我本以為自己這番辛苦的付出能讓你良心發現，卻想不到剛剛脫離險境，你這奸賊又設計害我。」

文博遠指著梁英豪道：「你敢說他不是渾水幫的人？」

胡小天道：「當然不是，你可有人證？」

「你……」文博遠氣得頭皮發麻，剛才還有人證，此刻已經被胡小天殺了，怪只怪自己沒有充分認識到他的卑鄙程度，竟然幹出這種眾目睽睽之下殺人滅口的事情。

吳敬善這會兒方才緩過勁來，胡小天殺人的殘忍一幕實在是讓他觸目驚心，這小子出手可真是狠吶，不過想想胡小天狠也有他的理由，從眼前的局面來看，文博遠十有八九是沒有誣陷他，應該是抓住了胡小天的把柄，所以才敢公然興師問罪。胡小天做事堅忍果決，竟然一刀將于至善解決了，剷除了人證自然讓整個局面為之逆轉，更何況以他的身分殺一個渾水幫的匪徒也算不上有罪。文博遠真是空有皮囊，竟然將一把好牌打成了爛牌。胡小天，真乃高人也。

胡小天道：「梁英豪，你當著吳大人的面，當著所有人的面告訴他們，你是不是渾水幫的匪徒，如果敢有半句謊話，不用文將軍對付你，咱家親自將你的心給挖出來。」

梁英豪將剛才的一幕看得清清楚楚，他頭腦夠用，看到胡小天幹掉于至善就明白今天胡小天是護定了自己，現在沒了人證，文博遠也拿自己沒什麼辦法。他大聲道：「胡大人，吳大人，我冤枉啊，我自小生活在這一帶，對峰林峽的地形非常熟悉，我錯就錯在不該帶著你們從困境中走出去，更不該多事，想追隨胡大人報效家國，老老實實當個小老百姓多好，就算平淡一生，也好過被別人誣衊為匪，讓祖上蒙羞。」

文博遠怒道：「好個狡猾的賊子，你不說實話，本將就打到你說，來人！」身後百餘名武士齊聲回應，一時間聲震校場，嚇得吳敬善面無血色，看來今天一場衝突勢難避免了。

胡小天使了個眼色，周默連續幾個箭步竄到了梁英豪被捆的地方，抓住大腿粗細的旗桿，手臂用力，喀嚓一聲從根部折斷，捆在梁英豪身上的繩索頓時鬆動落在了地上，梁英豪掙脫開來，慌忙閃到一邊。

周默抓起旗桿，在夜風中一兜，旗桿頂部的角旗緊緊捲在旗桿之上，然後他騰空躍起，從點將台上穩穩落在校場地面之上，蓬的一聲悶響，地面因他的落地而劇烈震動了一下，斷裂的旗桿被他重重頓了下去，深入地下三尺有餘，雙目怒視那百餘名武士，鬚髮根根豎起，如同金剛在世，又如天神下凡。

那百餘名武士雖然人多，可是看到周默如此神武表現一個個嚇得心驚膽戰，頓時停下了腳步，無人再敢上前一步。

文博遠抓住刀柄，他知道自己和周默之間必然要有一戰，今日若是被對方的氣勢壓住，以後在這群手下的面前便再也難以抬得起頭來。

吳敬善慌忙道：「大家都不要衝動，且聽老夫一言，且聽老夫一言。」和稀泥也得選擇適當時機，看到雙方突然陷入僵局，吳敬善明白自己起作用的時候到了。

胡小天笑道：「吳大人有什麼話只管說，小天對吳大人從來都是敬重的。」

吳敬善心中暗歎，老子還沒糊塗，你們兩個小子誰也沒把老夫當成一回事，都想將我當槍使罷了，他歎了口氣道：「大家風雨同路，同生共死，從康都走到這裡的辛苦，老夫都看在眼裡，你們兩個都對朝廷忠心耿耿，文將軍為了保護公主，損失了多少精銳手下，若是說文將軍有貳心，老夫第一個不信，若非他率領這些勇士浴血奮戰捨生忘死，只怕老夫早就被賊人殺死了。」

他又望向胡小天道：「胡大人足智多謀，幾次生死存亡的時刻，是胡大人力挽狂瀾，率領咱們走出困境，別的不說，誰說胡大人跟渾水幫的匪徒勾結，老夫絕不相信，如果不是胡大人找回嫁妝，如果不是胡大人帶著梁英豪這個嚮導回來，恐怕咱們現在仍然困在峰林峽內呢。」

文博遠道：「吳大人，他既然沒做過虧心事，卻為何要殺人滅口？」

吳敬善道：「一個匪徒竟然污蔑胡大人的清白，換成是老夫也想將他殺之而後快，死了就死了，就算不死，他的話也不足為憑。」

文博遠眼冒火星，心中暗罵，老匹夫，你幫定了胡小天，不知拿了他什麼好處。文博遠道：「吳大人既然這樣說，我也沒有辦法。」證人都死了，他的確沒什麼辦法。

吳敬善以為文博遠終於讓步，心中暗喜，看來我這張老臉還能起點作用。

文博遠話鋒一轉道：「今日之事卻不能作罷，梁英豪身分可疑，必須暫時收監，由我審問清楚再做發落。」

梁英豪聞言心驚，自己要是再落到文博遠手裡，只怕酷刑逼供是免不了的，到時候就算不死也折了半條命。

胡小天呵呵笑道：「文博遠，審問也輪不到你，梁英豪是我的人，誰敢動我的人，就是跟我過不去。」

文博遠冷笑道：「胡小天，你的所作所為，我全都會面稟皇上，到時候我看你該如何解釋？」

胡小天道：「有理說理，就算到皇上哪裡說理，我也不怕你。」他心中暗自冷笑，你文博遠是沒那個機會了。

文博遠心中也是和胡小天一般想法，此時校場門外一陣騷亂，只聽到一聲怪叫道：「胡叔叔莫慌，我來幫你了！」卻是熊天霸聽到消息率領一幫手下過來幫忙，熊天霸的開山斧被文博遠斬斷了，現在手裡拎著兩把砍柴的斧頭，一樣的威風凜凜。

在熊天霸的隊伍後方又有一隊人湧了過來，乃是唐家三兄妹率領那幫馬夫腳力過來幫忙。一時間校場內又湧入了二百多人，原本空曠的東校場頓時顯得擁擠起來。

文博遠看到眼前情景，不由得皺了皺眉頭，事情是他挑起來的，不過他卻沒有想到事情會演化成這個樣子，明明對他有利的局面卻突然變成了被動，怪只怪胡小天過於陰險狡猾，一上來就幹掉了他手中的王牌。

這群人的到來完全在胡小天的計畫之外，依著胡小天的本意絕不想他們跟著摻和進來，可是看到這群人不怕連累勇於援手，胡小天心中也是一暖。

吳敬善生怕兩邊人真打起來，聲嘶力竭地叫道：「大家都冷靜，都是自己人，都是自己人。」

熊天霸道：「老頭，自己人就站過來這邊，一會兒打起來別誤傷了你。」

吳敬善真是哭笑不得，心中還有些害怕，看著對峙的雙方主角。文博遠一臉陰狠，胡小天的表情卻是風輕雲淡。吳敬善道：「文將軍，胡大人！」

胡小天道：「兄弟們，都散了吧，我和文將軍鬧著玩的。」

文博遠恨不能一刀將胡小天的腦袋砍下來，可是看到猶如天神般傲立於校場正中的周默，心中只能暫時按捺下這個想法，周默的武功深不可測，竟然可以和羽魔李長安打個平手，自己只怕鬥不過他，有此人保護胡小天，看來想要除掉胡小天只能另尋機會了。

胡小天和那群人護著粱英豪浩浩蕩蕩離開了東校場，文博遠充滿怨毒地望著胡小天的背影，心頭如同被毒蛇咬噬那般難受。

吳敬善並沒有隨同胡小天他們一起離去，他意識到今晚自己維護胡小天多了一些，雖然他心中欣賞胡小天，但是並不代表他就想得罪文博遠，就算他開始看輕文博遠，也不得不考慮到文博遠的背景，不得不考慮到文承煥這位當朝太師。到了他這種年齡考慮最多的是如何才能平平安安退下來，最好所有人都不要得罪的好。

文博遠早已對吳敬善心生反感，淡然道：「吳大人不回去休息嗎？」

吳敬善歎了口氣道：「文將軍，有句話老夫不知當講還是不當講。」

「吳大人請說。」

吳敬善道：「無論任何時候咱們都得記得，此行主要目的是什麼，除此以外任何事都可以先放一放。」他分明在提醒文博遠，他們這次的主要任務是為了護送安平公主，至於文博遠和胡小天之間的矛盾，只要完成了這件事，以後就算他們兩人殺個天翻地覆，拚個刺刀見紅，你死我活，與他都沒有任何的關係了。

吳敬善又怎知道文博遠心中卻另有盤算，他的這番話讓文博遠想起了父親臨行前對他的吩咐，無論如何都不可讓安平公主活著抵達雍都，務必要破壞此次兩國的聯姻。想起安平公主清麗絕倫的容顏，文博遠的內心不由得一緊，隨即感覺到似乎有人用針狠狠在心頭戳了兩下，他趕緊驅散龍曦月在腦海中的影像，淡然道：「吳大人大概不瞭解我，我眼睛裡素來揉不得沙子。」

胡小天成功將梁英豪解救了出來，想起剛才的經歷梁英豪仍然心有餘悸，倘若胡小天不是當機立斷將于至善殺掉，那麼自己今晚肯定要麻煩了，于至善的確是渾水幫的成員，等到眾人散去，梁英豪恭敬向胡小天道：「多謝胡大人救命之恩，小的給大人添麻煩了。」

胡小天微笑道：「就當是我報答你昨晚的恩情，倘若不是你將我及時拉入地洞，昨晚我已經輸了。」

梁英豪道：「英豪既然答應追隨大人，為大人效力自然是責無旁貸的事情。」

胡小天欣賞地點了點頭，梁英豪雖然出身匪幫，可此人頭腦靈活，關鍵時刻骨頭還很硬，倒是一個不錯的人才。

梁英豪道：「大人，英豪有個不情之請。」

胡小天示意他說下去。

「今晚的事情只是一個開始，英豪擔心文博遠絕不會善罷甘休，他為難英豪事小，真正針對的卻是大人，小的擔心如果留下，以後還會給大人帶來麻煩。」

「你要走？」

梁英豪道：「大人已經順利通過了峰林峽，再往前就是大雍，大人身邊人才濟濟，小的雖然心中想要追隨大人，可是勉強跟過去只怕非但幫不上忙，反而增添許多的麻煩。」

胡小天想了想道：「也好，你先回去，如果你離開太久，渾水幫的那幫弟兄群龍無首，還不知會生出怎樣的變數。」

梁英豪道：「其實渾水幫的那些兄弟大多也都是窮苦出身，若非是走投無路，誰也不會選擇這條道路。」

胡小天道：「以後還是不要打劫了，當劫匪始終都見不得光，等我從雍都回來，會幫你們安排一個合適的去處。」

梁英豪笑道：「大人費心了，只是我們這幫人自由慣了，若是讓我們從軍，反倒不習慣。」

胡小天道：「你等等。」他轉身去自己的行囊之中拿了一個錢袋，裡面裝了不少的金葉子，遞給梁英豪道：「我此行匆忙，也沒有帶多少銀兩，這些金葉子雖然不多，可是夠你路上的盤纏和那幫兄弟一陣子的吃喝用度了。」

梁英豪看到胡小天如此相待，心中不由得感動萬分，推卻道：「大人剛才為了我不惜和文博遠翻臉相向，英豪已經感動於心，銀子英豪有一些，渾水幫這些年也積攢了不少的財富，我們兄弟就算不做生意，一兩年還是能夠撐得下去，倒是大人前往大雍免不得有花錢的地方。」他向胡小天抱拳道：「大人，英豪告辭了。」

胡小天道：「我讓人送你。」

梁英豪搖了搖頭道：「不用，這一帶的地形我熟悉得很，剛才如果不是大意，文博遠不可能抓得住我。」

胡小天點了點頭道：「等我從雍都回來，你一定要過來找我。」

梁英豪笑道：「大人別忘了，我們還要找您求解藥呢。」

聽他這麼一說，胡小天不由得也笑了起來。

送走了梁英豪，吳敬善又過來找胡小天，乃是為了商量將傷患留在倉木養傷之事，文博遠提出讓唐家兄弟留在倉木照顧傷患，等於變相削弱了胡小天一方的力量，吳敬善擔心胡小天不肯答應，所以過來和他商量。

吳敬善道：「後日咱們就要渡河，進入大雍境內之後，大雍方面會派軍隊沿途保護，咱們這邊的壓力反倒不像之前那樣。」

胡小天遞給吳敬善一杯茶道：「吳大人的意思是大雍要比大康太平得多。」

吳敬善笑了笑沒有說話，雖然他嘴上沒有承認，可現在兩國的狀況擺在那裡，大雍國泰民安，蒸蒸日上，而大康卻是內憂外患，狼煙四起，想起即將進入大雍境內，吳敬善反倒鬆了一口氣。

胡小天道：「吳大人好像剛剛出使過大雍。」

吳敬善點了點頭道：「皇上正是出於這方面的考慮，才派老夫前來，在大雍朝內，老夫還算有兩個文友。」

胡小天道：「吳大人交遊遍天下，讓小天好生羨慕。」

吳敬善微笑道：「胡大人年紀輕輕就深諳處世之道，等到了老夫的年齡，肯定是朋友遍天下，老夫望塵莫及。」

兩人同時笑了起來，停下笑聲，吳敬善重新回歸正題：「胡大人，你對文將軍的安排可有意見？」

胡小天搖了搖頭道：「沒什麼意見，既然文將軍做出了這樣的安排，我總不好再提出反對，他心胸狹窄，一定以為我故意跟他作對，既然大雍那邊有軍隊保護咱們，自然要不了那麼多人跟過去，再說那些傷兵不可能繼續長途跋涉，還是留在國內休養為好。」

吳敬善道：「這麼說你同意了？」他沒想到胡小天答應得居然如此痛快。

胡小天道：「隨他去吧，就算他有私心，我也只當這次給他一個面子。」

吳敬善大喜過望，他又怎麼知道胡小天還有自己的盤算，胡小天早已下定決心要剷除文博遠，此事非同小可，文承煥若是失了這個兒子，必然不肯善罷甘休，說不定會遷怒於他人，唐家兄弟有勇無謀，但是兩人心眼不壞，以他們的身家背景，自然無法和文家抗衡，胡小天不想他們牽連進來，借著這個機會將他們留下，等於幫助他們躲過了一場麻煩。

吳敬善感慨道：「還是胡大人顧全大局。」

胡小天道：「我也不是怕事，只是覺得咱們此行的主要目的還是要保護公主平安，在此前提下任何的私怨都可以放一放，吳大人是個明白人，文博遠讓這些人留下，無非是看著他們跟我走得太近，影響到他的權威，所以才借著這個機會削弱我的力量，意圖重新拿回話語權。」

吳敬善嘿嘿笑了一聲道：「胡大人心明眼亮，常言道，讓三分風平浪靜，退一步海闊天空。」

胡小天笑道：「吳大人這番話應該對文博遠去說，我要是始終退下去，這會兒都要回到康都哩。」

吳敬善笑道：「換個角度想想，百年修得同船渡，千年修得共枕眠，能夠一路同行也算得上緣分。」

胡小天道：「不瞞吳大人，今次任務完成之後，我跟他再也不會有共事的機會。」

吳敬善撫鬚道：「以後的事情以後再說，咱們還是先將這次護送公主的任務順順當當地完成。」

胡小天道：「唐家兄弟留下照顧傷患沒什麼問題，不過咱們此次少了那麼多的人，只怕公主的安全未必能夠得到保障。」

吳敬善道：「胡大人不必擔心，過了庸江就是大雍的境內，他們會有軍隊保護咱們的安全。」

胡小天道：「畢竟是些外人，終究不如咱們自己人能夠信得過。」

吳敬善道：「其實大雍現在要太平得多。」

胡小天目光閃爍，連吳敬善這位禮部尚書對大康現在國內的狀況都抱著悲觀的態度，看來大康距離亡國之期已經不遠了，可笑大康皇帝龍燁霖還以為和親能夠換來和大雍之間的和平，虎狼之鄰，即便是將安平公主送入大康，無非是羊入虎口，又怎能滿足大雍皇帝日益膨脹的野心。胡小天喝了口茶道：「吳大人對如今的局勢怎麼看？」

吳敬善道：「局勢？什麼局勢？」他根本是揣著明白裝糊塗。

胡小天笑道：「簡單點說，就是吳大人對兩國聯姻怎麼看？」

吳敬善道：「聯姻總是一件好事，化干戈為玉帛，誰都希望天下太平……」說到這裡他停頓了一下，突然歎了口氣道：「希望能夠消停一些時日。」

胡小天道：「吳大人當真以為一場聯姻就能夠讓兩國長久和平下去？」

吳敬善搖了搖頭，他當然不會相信，古往今來利用聯姻緩和兩國關係的不在少數，可是沒有一次婚姻可以達成長久的和平。他輕聲道：「就算無法長久，也能在短期內讓兩國的關係有所緩和。」

胡小天道：「假如國家的命運全都寄望於一個弱女子的身上，那麼這個國家的衰落已經無可避免了。」

吳敬善表情黯然，其實他心中何嘗不明白這個道理，只是他不敢說，在吳敬善的心中，只想著自己有生之年大康不要陷入戰火之中，等到這次的任務完成之後，他就向皇上請辭，告老還鄉，或許可以安安穩穩度過餘生。

吳敬善道：「大康的振興要靠你們這一代年輕人了，正是因為此，你們才更應該捐棄前嫌，攜手為大康的未來而努力。」

胡小天因吳敬善這番說教而笑了起來：「吳大人不要忘了，我只是一個宦官，按照大康的律令，太監是要恪守本分，萬萬不能參政的。」

吳敬善不無惋惜地歎了口氣道：「胡大人只是時運不濟，不然以你的才華必然可在大康政壇大放異彩。」既然胡小天已經痛快答應了將唐家兄弟留下的安排，他也就算完成了任務，起身告辭，臨行前又向胡小天道：「唐家兄弟都是性情倔強之人，這件事還是由胡大人親自轉告給他們吧。」

胡小天道：「也好。」

當下送吳敬善離去，順路去了唐家兄弟的營地，峰林峽一役，受傷最多的還是馬夫腳力，唐家兄弟這邊可謂是傷兵滿營。胡小天抵達的時候，隨隊郎中正在給那幫傷患換藥。

唐家兄弟兩個趁著在倉木休整的時機，剛好整頓車馬，調整馱馬的狀態，為牲畜治傷，還有修補損壞的車馬，這些事情本來就是他們所擅長的。

唐鐵鑫率先發現了胡小天到來，停下手中的活向胡小天迎了過來，招呼道：「胡大人，您來了！」

胡小天道：「唐大哥呢？」

唐鐵漢沙啞的聲音從車底傳來，原來他正躺在車底修車，灰頭土臉地從車底鑽了出來。

唐鐵鑫道：「大哥，胡大人來了！」

唐鐵漢爬了起來，從一旁抓起了毛巾擦了擦手，然後又擦了把臉道：「胡大人，您怎麼還沒休息啊？」

胡小天笑道：「事情沒辦完，難以安寢呢。」

唐鐵漢道：「是不是那混蛋又找您麻煩了？」

胡小天搖了搖頭道：「剛才吳大人過來找我，我們商量了一下，最終還是決定由你們兄弟留下，負責照顧這幫傷患，並護送傷患返回京城。」

唐鐵漢和唐鐵鑫對望了一眼，唐鐵漢道：「胡大人，這肯定不是您的主意，一定是姓文的從中搗鬼對不對？」

胡小天道：「這你可猜錯了，事情雖然是他提出來的，可我贊同。」

唐鐵漢不解道：「為何？」

胡小天道：「你們有沒有想過你們的妹子？」

唐鐵漢歎了口氣道：「想是想過，可是那丫頭哪肯聽我們的話，就算我們留下，她也一定會堅持前往雍都的。」

胡小天道：「你們不怕她意氣用事，為了公主做出不理智的事情來？」

唐家兄弟面面相覷，他們對妹子的脾氣非常清楚，妹子和安平公主義結金蘭，正是因為此，唐輕璇才要陪同安平公主前往雍都，這已經背離了當初前往遊歷的初衷。

唐鐵鑫道：「正是因為這樣，我們才必須要跟著一起過去，看著輕璇千萬不要讓她招惹是非。」

胡小天道：「以她的性子，到了那邊鬧出什麼事情都很難說。」他拍了拍唐鐵鑫的肩膀道：「公主此去大雍雖然是聯姻，但是如今大康的國力已經遠非昔日可比，到了異國他鄉會遭遇到什麼事情都很難說。萬一公主受了什麼委屈，唐姑娘肯定不會坐視不理，大雍不比大康，若是鬧出什麼亂子，只怕你們護不了她，我也保不住她，若是惹了大事，恐怕還會連累到你們唐家。」

唐鐵漢雖魯莽，可是聽胡小天將利害說得那麼清楚，也不禁倒吸了一口冷氣。

唐鐵鑫苦笑道：「大人，只是我們說話她根本不聽。」

胡小天道：「軟的不行，不妨考慮採用強硬的手段，我真不相信你們兩個大老爺們還對付不了一個弱女子。」

唐家兄弟可從來沒有將唐輕璇和弱女子這個稱號聯繫在一起，唐鐵漢道：「胡大人，我們就這一個妹子，實在是不忍心啊。」

胡小天道：「辦法有的是，你們兩個真是不懂變通，我教你們一個辦法。」他向唐鐵鑫勾了勾手指，唐鐵鑫湊了過去，胡小天附在他耳邊低聲耳語了幾句，唐鐵鑫聽得面露喜色，連連點頭，唐鐵漢倒是看得一頭霧水，不知胡小天教給他兄弟什麼錦囊妙計。

胡小天其實也是為了他們唐家著想，既然下定決心剷除文博遠，那麼就沒必要牽連太多的人進來，唐家在這件事中起不到任何的作用，何必讓他們跟著背黑鍋。更何況胡小天籌謀帶著安平公主逃走，唐輕璇雖然一片好心，可是她整天出現在公主身邊，反倒影響了胡小天的計畫，就怕她最後好心辦壞事，所以還是提前將有可能的麻煩掃清為好。

胡小天給唐家兄弟出主意的時候，意識到有人正看著自己，舉目望去，卻見牆角處一名頭纏繃帶的傷兵在那裡坐著，借著夜色的掩護正朝他望來，胡小天馬上就辨認出此人應該是須彌天所扮。要說須彌天的易容術應該是已臻化境，可事情往往就是那麼奇怪，男人和女人之間一旦越過界，發生了親密接觸之後，兩人之間就似乎產生了某種說不清道不明的心靈感應。須彌天能夠騙過別人，卻騙不過胡小天，就算藏在黑暗中，仍然被胡小天一眼就給認了出來。

胡小天緩步向她走了過去，還沒有來到須彌天面前，就聽到她道：「你出門右拐，去城隍廟等我。」

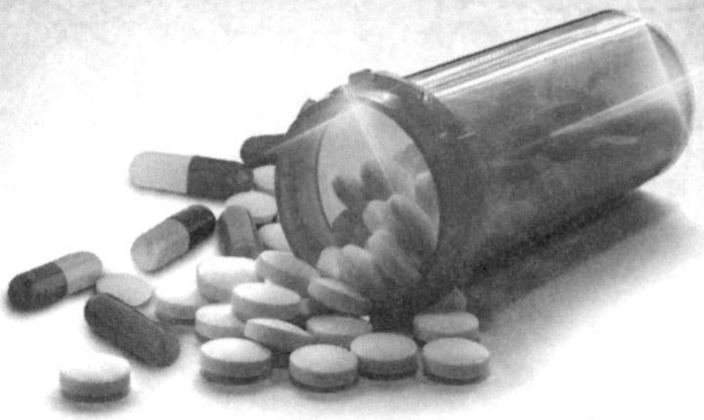

第四章

樂瑤的替代品

須彌天感覺內心如同被人狠狠抽了一鞭子，瞳孔驟然收縮，
一種前所未有的屈辱感佔據了她的內心，
胡小天突然將她擁入懷中，粗暴而狂熱地吻住她的櫻唇，
兩人的身影隱沒在黑暗中。

胡小天微微一笑，停下腳步，辭別了唐家兄弟出來，按照須彌天的囑咐向城隍廟走去。因為安平公主一行的到來，倉木城內的警戒比起平日又增強了許多。自從鬧了饑荒，城內的百姓已經逃走了大半，再加上此時已經是夜晚，街道之上更是人煙稀少，胡小天看了看周圍，確信沒有什麼可疑的狀況出現，這才緩步朝著城隍廟的方向走去。

還沒有走到城隍廟，就看到身後一道身影悄聲無息地跟了過來，胡小天轉身望去，分辨出那是須彌天，於是停在那裡等著她。

須彌天來到他身旁，低聲道：「你一點都不聽話，我讓你去城隍廟等著，為何不聽？」

胡小天笑道：「去城隍廟幹什麼？在城裡散散步談談心也不錯。」他算準了須彌天找自己有事，而且十有八九又想拿自己練功了，不然她何必要選擇城隍廟？

須彌天此次找他的確是為了練功，她本以為胡小天應該明白，可這小子給自己來了個揣著明白裝糊塗，須彌天總不能直白地說出來，這事兒還真是有些難以啟齒。憋了一會兒，總算憋出了一句話：「餓了！」

胡小天差點沒笑出聲來，餓了？卻不知你是那張嘴餓了，背著手，抬起頭仰望夜空中的明月道：「好久沒有看到這麼美的月色了，月是故鄉明，不知過了庸江之後，還會不會有這樣的機會看到這麼美的月亮。」

須彌天道：「你勸唐家兄弟離開，到底在打什麼主意？」

胡小天道：「餓了，我也餓了，不如我請你飲酒。」

須彌天道：「倉木縣實在太窮，現在又是晚上，哪兒去找吃的？」

「也對啊！」

須彌天道：「親手把心愛的公主送給別人當老婆，你心裡是不是很不舒服？」

胡小天吃了一驚，慌忙向兩旁看了看，須彌天唇角現出一絲冷笑。

胡小天道：「不胡說八道你會死。」

須彌天道：「我要是死了，你也不會好過，你不要忘了，之所以能夠活到現在，還不是因為我在暗中幫你。」

此時遠處有一隊人馬朝這邊走了過來，胡小天擔心被人看到他們在一起，慌忙低頭進了城隍廟。

須彌天如影相隨，兩人站在城隍廟的院子裡，彼此目光相對，須彌天感受到胡小天雙目中的熱力，居然有些不敢看他，低聲啐道：「你盯著我作甚？又不是沒見過。」

胡小天道：「是不是又想那事兒了？」這貨可真是直白。

須彌天真是有些無地自容了，想她須彌天何許人物，讓天下強者聞風喪膽的天下第一毒師，如今卻淪落到這種地步，被這個假太監捉弄嘲笑，百般羞辱，須彌天咬了咬嘴唇道：「胡小天，你再敢跟我這樣說話，休怪我翻臉無情。」

胡小天道：「還是你原來的樣子好看一些。」對著這張滿臉繃帶的臉，胡小天可沒興致對她做什麼。

須彌天轉過身去，再度回過頭來的時候，已經恢復了嫵媚妖嬈的容顏，她昂起頭，美眸望著胡小天，吹氣若蘭道：「你知道我原來是什麼樣子？」

胡小天道：「重要嗎？」

「不重要嗎？」

胡小天搖了搖頭道：「在我心中，你始終只是樂瑤的一個替代品罷了。」

須彌天感覺內心如同被人狠狠抽了一鞭子，瞳孔驟然收縮，一種前所未有的屈辱感佔據了她的內心，而此時胡小天卻突然將她擁入懷中，粗暴而狂熱地吻住她的櫻唇，兩人的身影隱沒在黑暗中。

胡小天正要扯去她的衣物，耳朵卻被須彌天一把擰住，痛得胡小天悶哼一聲，然後須彌天一拳擊落在胡小天的小腹之上，胡小天毫無防備，被她這一拳打得蝦米一樣弓起了身子，捂著肚子跪倒在地上，感覺腹內翻江倒海，連呼吸都變得艱難起來，他的眼前金星亂冒，咬牙切齒罵道：「臭娘們，你好毒……」

須彌天抓住胡小天的髮髻，俏臉湊近了胡小天，黑暗中盯住他的雙眼道：「你給我記住，樂瑤已經死了，是我殺死的，無論你曾多麼喜歡她，她都已經死了。」

胡小天呵呵笑了起來。

須彌天咬了咬嘴唇：「你笑什麼？有什麼好笑？」

胡小天道：「無論你如何厲害，你始終只是一個女人罷了，須彌天，你有沒有想過自己活著的目的何在？」

須彌天被胡小天問得一愣，然後低聲道：「我活著就是為了成為天下第一高手，修成萬毒靈體，永生不死。」

胡小天道：「就算你成了天下第一高手，你可以永生不死，那麼活著又為了什麼？真到那一天，你會發現自己失去了活著的意義，看到別人生老病死，你卻孤獨依舊，那該是一種怎樣的痛苦。」

「鼠目寸光，你一個宦官又怎能知道我的志向！」

胡小天這會兒已徹底緩過勁來：「我雖然不知道你過去是什麼樣子，也沒見過你本來面目，可是我卻看得清清楚楚，你始終都活在欺騙之中，自欺欺人，這天下人或多或少都在為自己而活，唯獨你活得渾渾噩噩，根本不知是為了誰而活著。」

須彌天咬牙切齒道：「你不要以為我不敢殺你。」

胡小天道：「我怕死，你比我害怕死，不然你又何必忍辱偷生。」

須彌天揚起拳頭，就算她不殺胡小天，今日也一定要痛揍這廝一頓解氣。此時忽然牆角處傳來吱吱吱吱的聲音，須彌天循聲望去，卻見牆角處，一顆顆綠豆大小的光芒不停閃爍，卻是數十隻老鼠朝他們迅速移動過來。

胡小天倒沒有什麼，意想不到的一幕發生了，剛才還對他橫眉冷對的須彌天，竟然嚇得躲在了他的身後，緊緊抓住他的手臂，顫聲道：「老鼠……」

胡小天開始還以為須彌天是裝，可很快就感覺到須彌天緊貼在自己身上的嬌軀在不停顫抖，馬上就明白，原來須彌天也有軟肋，天下第一毒師竟然害怕老鼠。

胡小天道：「你不是天下第一毒師嗎？老鼠有什麼好怕，用點老鼠藥，把牠們全都毒死不就算了。」

須彌天此時漸漸鎮定了下來，剛開始的害怕並不是偽裝，只是她的自然反應，可周圍的老鼠卻是越聚越多，須彌天皺了皺眉頭，顫聲道：「情況好像不對！」她抬頭看了看屋頂，低聲道：「跳上去。」

胡小天點了點頭，攬住須彌天的纖腰，兩人同時騰空飛掠而起，落在城隍廟大殿的屋頂之上。

月光如水照在屋頂飛簷之上，反射出深沉的冰冷反光，深沉的夜幕中，一道寒光隨著月影激飛而下，須彌天抬起頭，卻見那飛掠而下的乃是一隻俊偉的雪雕，雪雕背上，一人凌風而立，不是羽魔李長安又有哪個！

胡小天在峰林峽能夠取勝純屬僥倖，當時一是因為李長安太過輕敵，二是因為他身邊有多名實力出眾的高手，當然還要得益於李長安愛惜顏面，信守承諾。胡小天事後也想過李長安不會善罷甘休，只是沒想到他居然敢在倉木城現身，在這裡他們的實力非但沒有減弱，反而又增加了當地駐軍，李長安選擇在這裡動手似乎並不明智。

須彌天在轉瞬之間已經改變了形容，即便是距離她只在咫尺之間，胡小天也沒有看清她究竟是如何改變的容貌，看來她的易容術比川劇的變臉大師還要厲害。

李長安宛如一朵輕雲緩緩從雪雕背上飄落，落腳點距離胡小天和須彌天只不過五丈左右的距離，冷冽的雙目靜靜望著須彌天，須彌天心中明白自己的行藏十有八九已經暴露，她並沒有表現出任何的恐慌，目光悄然留意著城隍廟周圍的環境，暗自思索著最可能的退路。

胡小天向前走了一步，剛好擋住李長安的視線，事實上從李長安出現，自始至終都沒有向他看上一眼，李長安的目標本來就不是他，雖然他的步法精妙，但是如果不是昨天梁英豪暗中相助，當時就已經落敗無疑。

李長安皺了皺眉頭，冷冷道：「這件事跟你沒有任何關係，識相的走開。」

胡小天笑道：「李先生名滿天下，人稱羽魔，既然有這樣的聲望，想必是個一諾千金的人物，昨天你答應過我什麼？你答應輸了之後就不再找我們的麻煩，怎麼才過了一天，你就出爾反爾，若是這件事傳出去，你也不怕被人笑話。」

李長安道：「我是答應不再找你們的麻煩，可是我要找的是須彌天，誰敢插手我和她之間的事情，就是與我為敵。」他陰測測笑道：「你大概不知道與我為敵的下場，也不知道江湖中人給我羽魔這個稱號的真正意義。」

胡小天咽了口唾沫，李長安陰森的目光讓他打心底感到一股寒意，雖然須彌天跟他有過合體之緣，可兩人畢竟沒什麼感情基礎，再說了，他們兩個高手之間的恩怨，自己跟著摻和什麼？就算想摻和也得掂量掂量自己的份量。胡小天呵呵笑道：「李先生認錯人了，他是我麾下的一個小兵。」

李長安緩緩張開雙臂，蓬的一聲，他身後瓦片爆裂開來，黑壓壓的老鼠宛如潮水般從洞口中湧了上來。

胡小天雖然不怕老鼠，此刻也感覺到毛骨悚然，點了點頭道：「我先走一步，你們倆單獨談談。」識時務者為俊傑，此時不溜，更待何時？胡小天方才走了一步，卻被須彌天一把扯住，胡小天苦笑道：「你抓我作甚，這事跟我又沒關係，李先生又不是找我的。」

須彌天怒道：「你這個沒良心的東西！」她忽然扣住胡小天的咽喉，向李長安怒喝道：「你再敢上前一步，我就先殺了他！」

李長安面無表情道：「你以為我會在乎他的死活嗎？」

須彌天道：「你雖然不在乎他的死活，可是姬飛花會在乎，他是姬飛花的心腹愛將，如果姬飛花知道他死在你的手裡，你以為他會放過你嗎？」

李長安呵呵笑道：「姬飛花又如何？他就算死也是被你害死，與我何干。」說話間身後的老鼠已經蜂擁而至，到了李長安的身邊繞開他繼續前行，在他的身體周圍形成一個圓圈，須彌天生平最怕老鼠，看得噁心，她咬了咬牙，低聲道：「你先走，不用管我。」

胡小天感覺她放開了自己的咽喉，心中不免有些感動，自己剛剛要棄她不顧，卻想不到她在生死關頭居然讓自己先走，胡小天不由得有些汗顏，可汗顏歸汗顏，逃命還是第一位，最多等自己逃到了安全之處，再叫來救兵營救她就是。胡小天也不多說，抬腿就想走，沒等他邁開步子，就感覺到後背挨了一掌。

想都不用想這一掌必然是須彌天所發，敢情這小婊子剛才說的那句話根本就是虛情假意的迷惑之詞，胡小天忘記了防備，事實上他防備也起不到任何作用。

整個人騰雲駕霧般向李長安飛了過去，胡小天在半空中手足亂舞，慘叫道：「臭娘們，我跟你……沒完……」

老鼠宛如潮水般向須彌天蔓延而去，須彌天目光轉冷，不見她如何動作，一道綠色的火焰從她身體周圍五尺左右的地方燃燒了起來，火焰形成了一道圓圈將她包繞其中，老鼠轉瞬之間已經來到綠色火焰的前方，那些老鼠似乎已經瘋狂，不顧一切地撲向火焰，一旦沾染到綠色的火焰，就迅速燃燒起來，火焰更旺，老鼠吱吱的慘叫聲不絕於耳。

與此同時胡小天已經飛到了李長安的面前，李長安皺了皺眉頭，揮出長袖，捲住胡小天的身軀，將他向下方拋落，可是就在此時，胡小天周身卻泛起金色的光芒，無數金色的小蟲從胡小天的身後飛舞而起。

李長安臉色一變，低聲道：「血影金蝥！」原來須彌天將胡小天一掌劈飛，暗地裡卻在胡小天的後背留下血影金蝥，李長安只要沾染了胡小天的身體，這些血影金蝥就會沾染到他的身上。

李長安怒哼一聲：「賤人！」他身軀旋轉，閃電般將長袍脫掉，然後長袍裹住沒有來得及飛走的血影金蝥兜頭蓋臉籠罩在胡小天的身上，胡小天慘叫一聲，身體落在城隍廟大殿的屋簷上，又沿著屋簷的斜坡嘰哩咕嚕地滾落下去。他還沒有反應過來發生了什麼，身體就已經落地，這麼高的地方摔下去讓他痛得骨骸欲裂。

須彌天趁此時機，從屋簷上飛掠而起，嬌軀在空中翻飛騰躍，朝著城隍廟外逃竄，望著已經落在地上的胡小天，她的唇角露出一絲冷笑，隨手彈出一顆紅色的彈丸，落在胡小天的身上竟然燃燒起來。

胡小天剛把罩在身上的長袍扯落，胸口就中了須彌天彈來的彈丸，波的一聲胸前紅色的火苗躥升出一尺有餘，嚇得胡小天魂飛魄散，圍繞在他身體周圍的血影金蝥，看到那火苗，一個個奮不顧身地向火苗投去，點點金光消失在火苗之中。

須彌天足尖還未落地，就看到兩旁大樹之上，黑壓壓一片鳥兒向她猛撲而來，須彌天臨危不亂，雙手一揮，千百道寒光從她的掌心向鳥兒的方向飛出，飛鳥被她射出的鋼針擊中，宛如落雨般掉落在地上。

周圍犬吠聲由遠而近，數十隻不知從哪裡竄來的野狗向她圍攏而來。羽魔李長安曾經是天機局第一馭獸師，驅策禽獸的能力實在是強大，縱然這些禽獸無法傷及到須彌天，可是也能夠起到阻礙她逃離的作用。

須彌天揚起右手，手中握著一根黑黝黝的鐵管，蓬的一聲，一道火箭向上飛去，飛到盡頭在夜空中炸響，一朵紅藍相間的煙花綻放在夜幕之中。

伴隨著一聲嘶吼，一條牛犢大小的野狗向須彌天猛撲而至，須彌天身軀一擰，粉拳緊握，中指的指環之上寒芒閃爍，毒針準確無誤地刺入了野狗的頭部，旋即身軀已經騰躍開來。

那野狗撲了個空，一雙眼睛漸漸變得血紅，忽然不顧一切地向一旁的同類撲去，須彌天的針上餵毒，毒素可以讓野狗喪失本性，她身軀飄忽，連刺數條野狗，一時間現場亂成一團，幾十條野狗再也不聽指揮，相互之間亂戰一團。

但是須彌天的步伐卻被拖慢，機會稍縱即逝，此時黑壓壓的老鼠又如潮水般從周圍湧來，將她包圍在中心。無數飛鳥向這邊聚攏而來，宛如烏雲般籠罩了須彌天的頭頂。

須彌天手臂一揮，在她的身體周圍又形成一道燃燒的火焰，以此來防護，避免瘋狂的老鼠靠近自己。雖然須彌天見慣風浪，可是她現在畢竟處在最低谷的階段，應付李長安明顯有些力不從心。

李長安一步步向她走來，他經過的地方老鼠紛紛避讓。

須彌天咬牙切齒道：「李長安，你趁人之危算什麼好漢？」

李長安冷冷道：「須彌天，今天我就要為青菱報仇雪恨。」

須彌天道：「她根本就不是我殺的，你為何要算在我的頭上？」

李長安咬牙切齒道：「死到臨頭，你還敢抵賴。」

須彌天點了點頭道：「好，那就要看你有沒有這個本事！」圍繞在她身體周圍的綠色火焰陡然暴漲，迅速向四周擴展開來，又如綠色的潮水般向周圍輻射蔓延，但凡沾染到綠焰的老鼠頓時瘋狂錯亂，相互撕咬起來。

現場氣味腥臭無比，讓人作嘔。李長安知道這氣味中有毒，他屏住呼吸，從腰間抽出一柄宛如彎月的利刃，這是他的獨門兵器孤月斬，李長安站在原地，猛然揮動右臂，孤月斬發出嗚的聲響，在空中劃出一道弧形冷光，旋轉著向須彌天飛去，須彌天面色一變，身形來回變換，可是無論她動作如何神速，孤月斬都如影相隨。

李長安喉頭發出陣陣古怪的呼喝聲，空中群鳥向下亡命撲來，地面上的老鼠也紛紛湧向須彌天。須彌天忽然慘叫一聲，卻是孤月斬的寒光沒入了她的左肩，須彌天踉蹌衝了幾步，險些倒在地上。

李長安張開雙臂，右掌猛然向後一提，一股無形吸力將孤月斬從須彌天的體內抽出，須彌天發出一聲尖叫，一蓬血霧從傷口中噴湧而出，孤月斬在空中一個迴旋，然後向下俯衝，這次直奔須彌天的頸部而去。

須彌天低下頭顱，孤月斬從她的頭頂飛旋而過，劈開她的髮髻，她的秀髮散亂下來，披散在肩頭。飛鳥已經來到近前，瞬間將她的身體籠罩。

李長安的唇角露出復仇的快意，伸出手去，重新將孤月斬納入手中，就在此時一點金光忽然從孤月斬上落在李長安的右手之上。

李長安定睛望去，卻見一隻足有拇指大小的金色蟲豸趴在他的右手虎口處，他的雙目中流露出惶恐無比的光芒，血影蝥王！瞬息之間，金色蟲豸已經鑽入了他的肌膚之中。

寒光一閃，卻是李長安抽出了腰間的短劍，閃電般將整條右臂齊根切了下來。

飛鳥籠罩著須彌天的身體形成了一個黑色的圓球，圓球的縫隙之中透露出絲絲綠光，一時間綠光大盛，沉悶的爆炸聲將飛鳥炸得四處紛飛，焦臭的味道越發濃烈，須彌天的身影重新出現在李長安的面前，雖然身上鮮血淋漓，可是流露出的凜冽殺氣更勝往常，在她的身體周圍，籠罩著一層詭異的綠色煙霧，本來攻擊她的那些禽獸變得避之不及，潮水般湧來，又潮水般向後退了下去。

須彌天嘴角噙血，雙目卻充滿了嘲諷：「李長安，你以為利用區區幾隻禽獸就能殺死我，你看輕了我，也太高看了自己。」

李長安臉色慘白，左手出手如風，接連點中自己的幾處穴道，止住鮮血，他此時方才明白，須彌天剛才只不過是裝出弱勢罷了，就連被孤月斬擊中，也是她主動而為，如若不然又怎能將血影螯王暗藏在孤月斬中，又怎能成功完成這次偷襲。

李長安忽然向後急退，須彌天豈肯將他放過，轉守為攻，勢要將在今晚除掉這個心頭大患。

李長安和須彌天鬥智鬥力，拚個你死我活的時候，胡小天卻在忙著撲火，連續幾個翻滾將身上的綠色火焰熄滅，說來奇怪，那些血影金螯根本沒咬他，胡小天對此倒是見怪不怪，上次在明月宮也是如此，大概是因為他吃了七顆赤陽焚陰丹的緣故，血影金螯對他的血肉不感興趣。

胡小天本以為自己也算得上因禍得福，如果不是須彌天在他身上燒了這把火，就算血影金螯不咬他，那些老鼠也要把他吃個血肉無存，剛剛從地上爬起來，就有一隻野狗斜刺裡撲了上來，胡小天身軀巧妙一轉，他的躲狗十八步可不是白練的。正準備趁著這個時機逃走，可沒想到李長安又向他撲了過來。

胡小天施展躲狗步法，按理說李長安不可能在短時間內將他抓住，可是胡小天方才逃出了幾步，頭頂風聲颯然，卻是那隻雪雕揚起雙爪向他面門抓來，前後夾擊胡小天頓時手忙腳亂，突感脖子一涼，卻是李長安的孤月斬已經貼在了他的頸部，低聲道：「再敢妄動，我砍了你的腦袋。」

胡小天暗叫倒楣，本以為自己僥倖逃過，卻想不到再度落入敵手。剛才李長安尚且對他沒有殺心，可是現在的形勢已經完全不同。胡小天這才發現李長安已經少了一條手臂，半邊身軀血淋淋的，臉色蒼白可怕。

須彌天望著李長安，唇角露出一絲嘲諷的笑意：「李長安，你以為我會在乎他的死活嗎？」

短時間內胡小天已經先後成為了兩次人質，只是挾持他的人不同，要脅的對象也不同，剛才須彌天用他要脅李長安，李長安不會在乎他的死活，現在又變成了李長安要脅須彌天。胡小天暗暗叫苦，眼巴巴看著須彌天，雖然他知道須彌天心腸夠狠，關鍵時刻根本不會在乎自己的性命，可是心中還有一絲希望，畢竟自己對她還有用處，確切地說，自己的命根子對她還有用。

李長安道：「我不管你在不在乎，有一點你必須知道，我死之前還有足夠的力氣將他的腦袋砍下來。」

胡小天滿腹委屈道：「你們倆的恩怨，干我屁事啊！」

李長安怒道：「閉嘴！」

此時外面火光閃動，顯然是城內武士覺察到這邊的動靜循聲趕來。

李長安點中胡小天的穴道，單臂夾住他的身體，跳到雪雕的身體上，雪雕神力驚人，背負兩人的身體仍然可以振翅飛起。

須彌天咬了咬嘴唇，雖然目光中殺機凜凜，但是終於還是沒有衝上去對李長安發動攻勢。

城隍廟外傳來眾人的呼喝之聲，一個聲音喝道：「把門撞開！」卻是文博遠在下命令。不等武士執行他的命令，就看到一隻巨大的雪雕，從他們的頭頂飛掠而過。雪雕因為背上背負了兩人，雖然能夠飛起，可是力量所及也只能是飛起罷了，根本無法高飛。胡小天慘叫道：「救命……救命……」不少人都看清了雪雕背上的情景，有人驚呼道：「是胡公公！」

文博遠第一時間反應了過來，他彎弓搭箭，瞄準上空，嗖的一箭射了過去，文博遠這一箭射的既不是雪雕也不是李長安，而是胡小天，表面上是在救人，實則是要借著救人之機一箭將胡小天射死，這麼近的距離，以他的箭法應該可以做到萬無一失，文博遠的內心中升騰起復仇的快意，胡小天啊胡小天！明年今天就是你的忌日。

羽箭以驚人的速度射向空中，而在文博遠彎弓搭箭的同時，一個關切的聲音大吼道：「不許射箭！」一出聲的人是展鵬，雪雕飛行的高度雖然算不上太高，但是從目前的高度落下來，胡小天不死也得受重傷，更何況一旦亂箭齊發，很難說不會誤傷。但是展鵬的話並沒有起到應有的作用，文博遠仍然射出了這一箭。

展鵬在制止眾人射箭的時候也抽出了弓箭，他有種預感，可能會有不好的事情發生，果不其然，文博遠仍然射出了這一箭。

展鵬緊咬嘴唇，瞄準空中羽箭劃出的寒芒，也是一箭射了過去，羽箭追風逐電般趕了過去，在雪雕的尾羽處和文博遠射出的那一箭碰撞在一起，火星四射，兩支羽箭相撞之後，抵消了彼此的衝力，向下墜落下來。

文博遠已經再度從箭囊中抽出羽箭，試圖射出第二箭。此時他看到展鵬將弓箭瞄準了自己，閃爍著寒芒的鏃尖刺痛了他的眼睛，文博遠的瞳孔驟然收縮，頃刻之間他已經完全明白，冷冷望著展鵬：「混帳！」

展鵬面無表情，目光比羽箭的鏃尖更加犀利，一字一句道：「看看是你快還是我快！」事到如今他已經無法繼續掩飾自己的立場。

雪雕奮力向遠方飛去，在牠的下方，一支隊伍正在奮力追趕，文博遠和展鵬全都在隊伍之中，雖然他們全力追逐，但是畢竟道路曲折，無法像雪雕一樣自如迴旋，很快就被雪雕遠遠甩開，眼睜睜看著雪雕在夜空中變成了一個小白點，最終完全消失在夜色之中。

文博遠勒住馬韁，虎視眈眈望著展鵬，展鵬卻只當他是空氣，繼續縱馬向著雪雕飛行的方向追去。

董鐵山提了提馬韁來到文博遠身邊，低聲道：「文將軍，怎麼辦？要不要繼續追下去？」

文博遠沉吟了一下，低聲道：「保護公主要緊，我先回去，以免中了敵人的調虎離山計，你帶幾名弟兄沿著雪雕離去的方向追出去，記住，無論胡公公是死是活，都要將他帶回來。」

「是！」

雪雕飛出了倉木城，因為體力消耗過大，越飛越低，終於降落在一片枯黃的蘆葦蕩中，李長安從雪雕背上跳了下來，卻因為腳步虛浮，膝蓋一軟撲通一聲跪倒在冰面上。想要用手撐住，卻忘記了自己已經失去了右臂，身體歪倒在冰面之上。

雪雕看到主人如此模樣，慌忙收起翅膀向他走來，胡小天因為雪雕的動作從雪雕身上滾落下來，躺倒在冰面上，眼睜睜看著李長安，只可惜他的穴道被制，根本無法動彈。

雪雕用嘴唇叼住李長安的衣領，試圖幫助李長安坐起來，李長安虛弱無力地搖了搖左臂，低聲道：「不用管我……讓我好好歇歇……」

雪雕發出一聲悲鳴，折返身軀重新來到胡小天的面前，胡小天看到牠閃爍著寒光的尖銳嘴喙緩緩湊近自己的面孔，嚇得慌忙閉上了眼睛，生怕雪雕一時報復心起，將自己的眼珠子給啄出來，畢竟他此時穴道被制根本動彈不得，只有待人宰割的份兒。

此時李長安喉頭發出古怪的聲息，那雪雕昂起頭，舒展開雙翼，猛然振動了一下，迅猛的罡風拍打在胡小天的身上，胡小天將眼睛睜開一條細縫，卻見雪雕已經飛向空中，缺少了兩人身體的負累，牠飛翔的動作要自如許多，轉瞬之間已經在黑夜中消失。

胡小天已經驚出了一頭的冷汗，李長安此時慢慢坐起身來，因為失血身體極度虛弱，根本沒有理會胡小天，盤膝坐在冰面上開始以內力療傷。

胡小天雖然暫時逃過劫難，可是心中卻不敢有一絲一毫的放鬆，李長安此次報仇不成，反倒失去了一條手臂，此人號稱羽魔，為魔者豈會有一個好人，等他恢復之後說不定第一件事就是要報復自己。胡小天躺在冷冰冰的冰面之上，暗自期待會有人儘快趕來營救自己，他又明白這種可能性微乎其微。這種狀況下，卻不知裝死能不能夠逃過這一劫，身下越來越冷，如果這樣下去，就是李長安不殺他，他也要活活凍死在冰面之上了。

就在胡小天暗叫倒楣的時候，丹田氣海處卻有一股暖流自然生出，人的身體在遭遇環境變化之後會自然而然地產生對抗反應，普通人或許不會覺察到，可是對於胡小天這種修煉過無相神功的人，他身體的對抗反應比起多數人要強烈一些，因為寒冷而促使他的身體自然而然催發內息與之對抗。開始的時候只不過是涓涓細流，漸漸變得雄渾奔湧，這股體內的熱流從丹田氣海向周身經脈流淌，驅散身體寒意的同時，也衝開了身體被制的穴道，胡小天悄悄活動了一下手指，雖然手指有些麻木，但是已經能夠移動。

胡小天暗自欣喜，只要自己搶在李長安之前回復自由，以他的躲狗十八步定然可以從容逃脫，現在李長安失了右臂，身體狀況極差，兩人之間可謂是此消彼長，就算他想殺掉李長安或許也有機會。

胡小天正在得意之時，忽然感覺身下冰面發出破裂之聲，他的身體為之震動了一下，此時方才意識到自己的身體都已經被融化的冰水浸濕，因為冰面寒冷體內應激而生的對抗之力，不但讓胡小天驅散了寒冷，衝開了他的穴道，同時也在不知不覺中融化了他身下的冰層，冰層漸漸變薄，終於承受不住胡小天身體的重量，斷裂崩塌。

李長安也覺察到身下的震動，霍然睜開雙目，先是看到胡小天從冰面上陷落下去，緊接著就看到冰裂從胡小天剛才所在的位置輻射開來，一直輻射到他的身下，李長安還沒有來得及做出反應，也從冰面之上落入水中。

他們所處的位置水深大約兩丈，如果在平時這樣的深度不至於將李長安困住，可是李長安正在行功療傷之時，並沒有意料到會發生這樣的狀況，更麻煩的是，他在倉促中真氣走岔，身體再經冷水突然一激，竟然失去了行動的能力，一點點向水底沉去。

胡小天雖然也沒什麼防備，但是他在落水之時就用內力衝開了穴道，再加上他本身水性極佳，入水之後就馬上反應了過來，在水中活動了一下手臂，屏住氣息，迅速向上方游去，很快就找到了破裂的冰洞，從水中爬了上去，等他爬到冰面之上，方才發現李長安失去了蹤影，目光望著剛才李長安所在的位置，發現那裡的冰層完全斷裂，想必李長安十有八九也跟他一樣掉到水中去了。

胡小天想要救人的念頭稍閃即逝，李長安是他的敵人，假如將他救起，焉知他不會恩將仇報，要了自己的性命？胡小天咬了咬嘴唇，眼前正是逃生的絕佳時機，此時不走更待何時。他暗下狠心，準備離開這片蘆葦蕩，方才走了幾步，忽然感覺到腳下微微震動了一下，不由得低頭望去，卻見月光如水照耀在冰面之上，透過冰面依稀能夠看到冰層下方的情景，卻見一張慘白的面孔緊貼在冰層下，不是李長安還有哪個，此時的李長安再不是那個孤傲冷漠的魔頭，雙目圓睜，目光中充滿了絕望和不甘。

胡小天看在眼裡，心中有些不忍，忽然想起李長安先後幾次放過自己，即使在城隍廟和須彌天生死決戰的關頭，他也沒有狠心要了自己的性命，從他的所作所為來看，此人應該還是個坦蕩之人。胡小天猶豫了片刻，終於還是歎了口氣，摸了摸自己腰間的暴雨梨花針仍在，如今羽魔李長安已經失了右臂，應該也無法為難自己，無論是福是禍，還是救他一次。

胡小天一轉身重新跳入冰冷的湖水之中，在水中找到了李長安，拖著他回到冰面的缺口處，用力將李長安推了上去，他自己隨後爬了上去。

李長安整個人直挺挺躺在冰面上，因為真氣走岔，再加上被冰水麻痹，此時的他渾身都已經僵硬。胡小天看到他如此模樣，心中暗忖，想不到你也有今天。可既然做好人，只能做到底。於是從腰間找出秦雨瞳送給他的歸元丹，撬開李長安的嘴唇，將歸元丹捏碎塞了進去。等了一會兒，看到李長安仍然毫無反應，嘴巴仍然像剛才一樣張著，借著月光望去，看到捏碎的歸元丹仍然在他嘴中多半都沒有融化。

胡小天搖了搖頭，看來李長安這次果然遇到了大麻煩，再看李長安自行斬斷的右臂，切口處已經被冰層覆蓋。他抓住李長安的左手，將自己的內息向李長安的體內輸入進去。

胡小天所修煉的內力對克制寒毒很有一套，連須彌天的冰魄修羅掌的寒毒都能克住，更何況這普通冰水造成的寒冷。

隨著胡小天溫暖內息的注入，李長安幾乎被凝固的身體慢慢軟化，張開的嘴巴也終於緩緩閉上，歸元丹融化之後，一股暖融融的熱流一直流淌到他的胸腹之中，在藥力和胡小天內力的雙重作用下，李長安很快就驅走了寒意，他嘗試著將剛剛走岔的內息慢慢收回丹田氣海。

胡小天也感覺到李長安體內內息的流動，知道李長安一旦恢復了自行調息的能力，性命就完全不會有任何的問題，於是徐徐收回內力，準備趁著李長安尚未完全恢復之前離去。

就在此時，身後一股勁風襲來，卻是雪雕去而復返，看到下方情景，雪雕還以為胡小天傷害牠的主人，一時間護主心切，揚起翅膀狠狠拍打在胡小天的後腦上，雪雕神駿，加上這一擊用盡了全力，事發突然，胡小天毫無防備，竟然被這一擊搧得橫飛了出去，足足三丈有餘，重重摔落在冰層之上，不等胡小天從冰層上爬起，雪雕已經飛撲上去，一雙利爪照著他的胸膛抓去，雪雕神力驚人，牠強而有力的雙爪足可以撕裂成年的山羊，胡小天若是被牠抓中，免不了腸開肚裂的下場，嚇得他連娘都叫了出來。

生死存亡之時，李長安吹了個呼哨，雪雕的身軀停滯在半空之中，然後搧動著翅膀緩緩落下，雙爪踩在胡小天的胸口，尖銳的嘴喙鎖定胡小天的右目。這會兒功夫胡小天已經驚出了一身的冷汗，所以說好人沒法當，倘若他不是那麼多事，現在早已逃到了安全地帶，又怎麼會被一個扁毛畜生偷襲，落到如此狼狽的境地。

李長安長舒了一口氣，他的精神依然萎靡，不過這段時間的調息已經讓他恢復了行動的能力，緩緩站起身來，慢慢來到胡小天的面前，月光如水照在李長安的身上，白色的長袍已經完全被鮮血染紅，右臂處空空如也，為了防止血影蠻王毒素入侵心肺，李長安當機立斷，自行斬斷了右臂保住性命。他靜靜望著胡小天：「你給我吃的是歸元丹？」

胡小天道：「知道就好，我是好心救你啊！」

李長安漠然道：「救我是真，是不是好心就不知道了……」他招了招手，雪雕從胡小天的身上跳了下來，來到主人的身邊，將嘴喙向李長安伸了過去。

胡小天這才發現牠的嘴喙之間叼著一個小小的瓷瓶，李長安拿起瓷瓶，本想用右手擰開瓶塞，卻想起自己已經失去了整條手臂，心中不禁一陣黯然，只能用牙齒咬開瓶塞，從中倒了一顆藥丸到自己的嘴裡，原來雪雕剛才離去是為了給他取丹藥回來。

待到丹藥融入腹中，李長安的目光重新回到胡小天的臉上：「你可知道須彌天是什麼人？竟然助紂為虐？」

胡小天眨了眨眼睛道：「我不知道誰是須彌天。」這貨的謊話張嘴就來，知道李長安恨透了須彌天，倘若被李長安知道她和自己又有那層親密關係，搞不好又會對自己生出歹念。

李長安歎了口氣道：「也罷，今日念在你救了我的性命，我不殺你，你自己以後好自為之。」

胡小天聽他這麼說，知道自己的性命總算保住了，看來好人還是有好報，不是每個人都恩將仇報，也不是每次救人都會成為東郭先生。他充滿好奇道：「不知李先生和須彌天之間究竟有什麼深仇大恨？」

李長安蒼白的臉上露出悲愴無比的神情，他用力咬了咬嘴唇，握緊了左拳，顯然在竭力控制內心中的憤怒和痛苦。他轉過身去，留給胡小天一個孤獨而落寞的背影：「她殺了我的妻子青菱，這個理由夠不夠充分？」

胡小天默然無語，倘若有同樣的事情發生在他的身上，即便是走遍天涯海角，他也要將兇手找出來碎屍萬段。從這一點來說李長安並沒有錯，他在不知不覺中竟然有些同情李長安了。

李長安爬上雪雕的背脊，輕輕撫摸著雪雕頸部的翎毛，低聲道：「胡小天，我給你一句忠告，無論你知不知道她的身分，都需要離開她遠一些，須彌天為人冷酷無情，哪怕只有小事得罪她，都會遭到她最陰狠的報復。」

胡小天道：「我記下了，李先生保重。」

李長安點了點頭，趴在雪雕潔白無瑕的羽毛之上，雪雕張開翅膀帶著李長安向夜空中飛去。

胡小天遙望著李長安的身影，內心之中如釋重負，雖然歷經凶險，可終究還是躲過了一劫，看來自己果然命大。躺在冰面上歇了一會兒，被雪雕拍暈的頭腦漸漸清醒了過來，胡小天站起身，沿著冰面向蘆葦蕩外走去，雖然蘆葦蕩已經枯萎，可是仍然如同迷宮一樣，胡小天根據天上北斗星的位置確定方向，朝著北方一路直行，走了約莫半個時辰還沒有從蘆葦蕩中繞出去。

就在胡小天有些頭疼的時候，聽到前方傳來呼喊聲：「胡大人……胡大人……」

胡小天聽出是援軍來了，一定是城內的武士過來尋找自己，他大喜過望，當下揚聲高喊道：「我在這裡，我在這裡！」

外面有人聽到了：「胡大人在裡面，胡大人在蘆葦蕩裡面！」從聲音發出的地方估算，他們之間的距離應該不到一里，胡小天撥開蘆葦叢大步向前方走去，走了沒幾步，從蘆葦蕩的縫隙中已經看到有火光透進來。

此時聽到外面又有人叫道：「胡大人還在裡面嗎？」

胡小天應了一聲：「我在裡面……」他的話還沒說完，就看到一道火線從外面嗖地射了進來，胡小天心中一怔，馬上就明白有人用火箭朝裡面射擊，這顯然不是為自己照明之用，說時遲那時快，接連十多支火箭射入蘆葦蕩中，這個季節的蘆葦乾枯易燃，別說是火箭，遇到火星就迅速燃燒了起來，頃刻之間蘆葦蕩燃燒起了熊熊火焰，風朝著胡小天的方向吹來，火借風勢，以驚人的速度向他蔓延而來，胡小天膽戰心驚，望著剛剛被火箭點燃的幾點火苗，頃刻之間就已經成為高達數丈的火牆，又如紅色潮水般向他席捲而來。前方已經無路可進，就算沒有大火，還有那幫混帳的暗箭在等著自己。

這種時候根本顧不上想其他的事情，胡小天掉頭就跑，也許只有重新跑回冰面之上，破冰進入湖水之中方才能躲過熊熊烈火，只是他現在距離湖面已經又很長一段距離，他亡命奔跑的速度根本比不上烈火蔓延的勢頭。還有火箭不停射向空中，飛到最高處然後斜行向下迅猛扎去，搶在胡小天退出這片蘆葦蕩之前，將他的後路也封住了。

一時間煙薰火燎，到處都是火光，胡小天嚇得魂飛魄散，暗罵自己大意，能從須彌天和李長安這兩大高手的手中保全性命，沒料到卻陰溝裡翻船，被文博遠的這幫爪牙活活燒死在蘆葦蕩中，莫非自己命該如此？倘若當真死在這裡，死在這幫小人的手中，又豈能甘心？

胡小天躬下身子，屏住呼吸，無論形勢如何凶險，不到最後一刻，他決不能輕易放棄。他抬起頭試圖找到剛才為他引路的北斗星，卻發現濃煙和烈焰已經完全將他頭頂的星空封鎖，最無奈的是他的腳下仍然還只是凍土，剛才隨處可見的冰層完全尋覓不到影蹤。

胡小天只能認定了一個方向，沒命逃去，跑了幾步，道路又被火焰封鎖，就在胡小天登天無路，入地無門之際，耳邊卻聽到一個熟悉的聲音道：「讓我好找，如果不是這場火，還真不知道你藏到了這個地方。」

胡小天從聲音中聽出是須彌天，抬頭望去，四周都是熊熊火焰，根本沒有須彌天的身影。前方火焰從中分開，一個身影從火海中走了出來，她身上披著一件黑色被單一樣的東西，想必可以避火。來到胡小天身邊，低聲道：「傻愣著做什麼，趕緊離開這裡。」

須彌天將黑色的斗篷展開，將他們兩人罩在其中，兩人分別扯著一角罩住身體。須彌天指了指自己剛剛進來的地方，胡小天看到火勢比剛才還要迅猛，不由得心底發寒，須彌天道：「想要活命就跟著我走。」

胡小天橫下一條心，反正留下來肯定是一條死路，須彌天既然能夠從火海中尋到這裡，想必這斗篷應該有不錯的防火作用，於是硬著頭皮和須彌天一起向火海中衝去。

臨近火海之時，感覺到一絲絲陰冷的寒氣從須彌天的周身瀰散開來，原來須彌天利用冰魄修羅功的寒氣抵消烈火的炎熱，周圍烈火在熊熊燃燒，兩人身體依偎在一起，依靠著這黑色斗篷的籠罩向火場外不斷接近。

胡小天向須彌天望去，只看到她半邊俏臉，被火光映照得明麗非常，嬌豔動人，胡小天心中暗忖，無論如何這女魔頭對自己總算不錯，至少沒有不顧自己的死活，一直追蹤雪雕來到這裡，如果不是她在生死關頭出現，恐怕今天自己要變成一隻燒豬了。

耳邊忽然傳來幾聲狂笑，一人壓低聲音道：「董老大，只怕那太監此刻已經變成一隻燒豬了。」

另外一人道：「你簡直混帳，胡公公身陷火場我等應該傷心才對，豈可幸災樂禍。」

一旁有人道：「是啊，是啊！咱們可是真心想救胡公公，卻想不到那羽魔如此歹毒，放火將胡公公活活燒死在這裡了。」

董鐵山道：「真是可惜、可憐、可歎，胡公公也算得上是為國捐軀，兄弟們，等火停之後，咱們去裡面找找，興許能夠找到一兩塊骨頭，拿到文將軍那裡也好交差。」

周圍幾人同聲大笑起來。

胡小天聽得仔細，心中殺機凜然。須彌天此時轉過臉去看他，從胡小天怒火熊熊的目光之中，已經知道他在想什麼。

火場之外正是董鐵山和十多名武士正站在那裡觀火，他們奉命追蹤來到城外，因為雪雕早已遠去，無論他們還是展鵬都不清楚胡小天所在的方位，兩撥人分開尋找，展鵬去了南邊，董鐵山這幫人去了北邊，此地叫青紗澱，乃是一片小小的湖泊，向北和庸江相通，湖畔生滿蘆葦，每到春夏，放眼望去，綠色蘆葦宛如紗帳，延綿無盡，因此而得名。現在雖然已是早春，可是北方的春天來得要晚得多，蘆葦蕩並沒有任何春天到來的跡象，依然枯黃乾涸，所以董鐵山那幫人的這場火才會在短時間內燒得如此迅猛。

以董鐵山為首的十多名武士望著熊熊烈火正在得意之時，冷不防從火場之中衝出兩道黑影。

他們本以為胡小天必死無疑，剛才已經收起武器，根本沒有想到這火場之中會突然竄出兩個人來。

董鐵山慌忙去摸刀，他的手方才摸到刀柄，胡小天已經如同獵豹般竄到了他的面前，奔如驚雷般的一拳直奔他的面門而來，董鐵山身體後仰，試圖躲過胡小天的攻擊，可是胡小天這一拳卻是虛招，真正的殺招是他的右腳，醞釀全力的右腳狠狠踢中了董鐵山的下陰，將董鐵山踢到在地上。

其餘幾名武士看到情況不妙，一個個慌忙抽出武器，一人引弓欲射，羽箭尚未離弦，眼前人影一晃，卻是須彌天一把抓住了鏃尖，揚起右手，閃爍著青芒的指尖唰地插入那武士的天靈蓋中，那武士吭都沒吭就倒在了地上，其餘武士看到這般情景，一個個嚇得魂飛魄散，誰還敢留下來繼續作戰，逃命才是第一位的事情。

須彌天冷哼一聲，手中射出數點寒星，乃是她的獨門暗器十字星，射出的十字星雖然沒有將那幫武士當場絕殺，不過也成功將他們擊倒在地。

胡小天一腳踏在董鐵山的胸膛之上，董鐵山嚇得面無人色顫聲道：「胡……

大……大人……全都是文將軍讓我做的……全都是……」胡小天抬起腳狠狠一腳踏在他的臉上，竟然將董鐵山的腦袋踏得深深陷入凍土之中，董鐵山的頸椎發出喀嚓一聲脆響，被這一腳踏得斷裂，一命嗚呼了。

躺倒在地上的十餘名武士，不斷乞求。須彌天用肩膀輕輕碰了胡小天一下，輕聲道：「你的仇人留給你來解決。」她順便送給胡小天一個不小的人情。

胡小天道：「你當我殺人成性？」

須彌天俏臉倏然轉冷，自己的一片好心居然搭上了這驢肝肺。

胡小天搖了搖頭，正考慮怎樣處理這幫武士，須彌天忽然右手一揮，十多隻十字星閃電般沒入那些武士的咽喉，頃刻間十多條人命又死在她的手下。胡小天雖然也對這幫武士恨之入骨，可是眼睜睜看著這十多條活生生的性命就這樣消失，心中也感到有些不忍，李長安說得沒錯，須彌天果然冷血殘酷。他低聲歎了口氣道：「咱們走吧！」轉過身去，卻看到須彌天的身上有鮮血滲出來，卻是她之前被李長安的孤月斬所傷，剛才除掉這幫武士的時候又牽動了傷口，傷口再度崩裂出血。

須彌天冷冷道：「你走你的，我走我的。」

胡小天道：「你流血了！」

須彌天倔強道：「死不了！」肩頭的疼痛卻讓她不禁皺起了眉頭。胡小天來到她的身邊，忽然伸出手臂將她攔腰抱起，須彌天萬萬沒有想到胡小天竟然會這樣對待自己，本想掙扎著從他懷中離開，卻又感覺他的懷抱溫暖而踏實，心底深處竟然充滿了眷戀和不捨。

胡小天今晚可謂是歷盡磨難，不過他的身體狀態卻沒有受到太大的影響，他意識到這應該和自己修煉了無相神功有關，雖然只是基礎的練氣功夫，卻讓他的體質發生了脫胎換骨般的變化，難怪天下人將無相神功視為至寶，為了得到無相神功前仆後繼，無數人為此付出了生命的代價。

行到中途，忽然看到前方火光點點，有馬蹄聲由遠而近，胡小天擔心仍然是文博遠派來追殺他的武士，慌忙抱著須彌天藏身在樹林之中，從樹林的空隙中向外望去，看到馳騁在隊伍最前方的是展鵬和唐鐵漢，胡小天本想出聲，卻被須彌天掩住了嘴巴。胡小天頓時意識到須彌天對他並不信任，擔心援軍到來之後他會翻臉不認人。

看著那隊人馬漸行漸遠，須彌天方才放開了手掌，胡小天低聲道：「你怕我恩將仇報？」

須彌天冷冷道：「你恩將仇報也不是第一次了。」

胡小天道：「現在不出去，只怕要害得他們為我擔心了。」他首先想到的就是龍曦月，自己曾經答應過龍曦月不再冒險，不再令她擔心，可有些事絕非自己能夠決定的，生在亂世之中，太多身不由己的事情。

「是不是在想你的寶貝公主？」須彌天的聲音顯得有些陰陽怪氣。

胡小天微微一笑，借著從樹梢中透入的斑駁月影，看到她的臉色慘白如紙，知道須彌天的身體狀況並不算好，今晚她雖然成功擊敗了李長安，她自己也受創不小，原本她大可以抽身逃離，尋個安全的所在養傷，卻仍然不顧傷勢出來尋找自己，足見自己對她的重要性。也許不僅僅是為了自己可以幫助她成就萬毒靈體那麼簡單吧，不知須彌天的腦海深處是不是還殘存著樂瑤的意識存在？

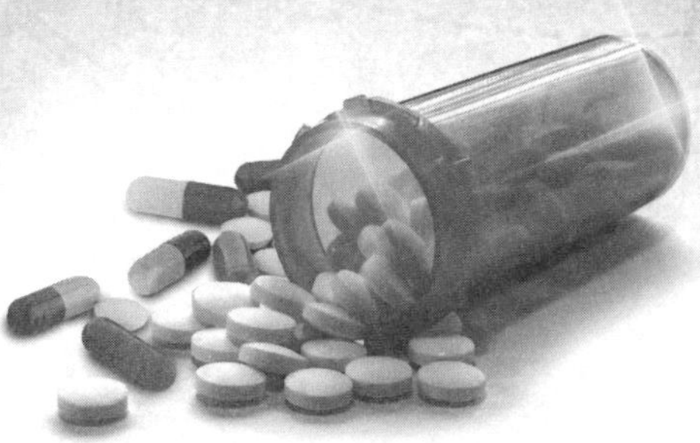

第五章

後會無期

胡小天看到地上龍飛鳳舞的四個大字——後會無期！
旋即眼前浮現出須彌天燦如朝霞的美麗面龐，
這四個字是向自己告別嗎？
胡小天從地上撿起樹枝，在一旁寫道——前聚有日。

等到馬隊走遠，胡小天背起須彌天繼續前行，在臨近倉木城的村落，找了一處廢棄的茅舍，推門走了進去。須彌天取出火摺子，胡小天在室內找到油燈，將油燈點燃，借著昏黃的燈光環視這間茅舍，倒也算得上乾淨，看來這裡的主人離開應該並不是太久。

須彌天經歷了連場惡戰，此時也不禁有些脫力之感，扶著床頭慢慢坐在床邊，虛弱無力道：「你去找些水來，我口渴得很。」

胡小天點了點頭，來到外面看到院落之中有一口水井，轆轤和水桶還完好無損，他打了一桶井水拎到了房間內。

須彌天靠在牆角，雙目緊閉，今晚她為了擊敗李長安，不惜以身試刀，孤月斬將她的左肩幾乎穿透。倘若不是為了營救胡小天，須彌天也不會忍受那麼大的痛苦。

聽到胡小天的腳步聲，須彌天緩緩睜開了雙目，低聲道：「你再去燒些熱水，幫我處理傷口。」

胡小天道：「我先幫你看看。」

須彌天點了點頭，指了指自己的左肩，胡小天小心將她肩頭的衣服揭開，借著燈光望去，卻見她的左肩有一個寸許長度的血口，將她的肩部血肉洞穿，看起來觸目驚心，頗為可怖。

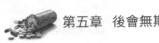

胡小天皺了皺眉頭道：「穿透了，不知有沒有傷到骨頭，必須要清創縫合。」

須彌天並不知道何謂清創縫合，搖了搖頭道：「沒有傷到骨頭，你去燒些熱水，回頭幫我療傷。」

胡小天道：「可惜我沒把醫藥箱帶出來。」

須彌天道：「不用，我自有辦法，你先給我倒碗水喝，我口渴得很。」

胡小天給她倒了一碗水，須彌天一口氣喝乾，重新靠在牆上閉目養神。

胡小天去廚房生火燒水足足耗去了大半個時辰，等他端著熱水重新回到房間內，看到須彌天靠在牆上已經睡著了，望著她清麗脫俗的面容，胡小天不禁心生迷惘，倘若不是親眼所見，實在無法相信這美麗的女子竟然是個心狠手辣殺人不眨眼的魔頭。她今天雖然救了自己，可並不是為了感情，倘若自己對她沒有用處，她肯定會毫不猶豫地殺掉自己，現在是她最虛弱的時候，也是除掉她最好的機會，倘若將來她真正成就了什麼萬毒靈體，還不知要掀起怎樣的腥風血雨。

須彌天忽然睜開了雙目，把胡小天嚇了一跳，手中一抖，盆裡的熱水濺出了不少，抱怨道：「人嚇人嚇死人。」

須彌天冷冷看著他，卻突然笑了起來，笑得花枝亂顫，可這一笑卻又觸痛了傷口，痛得她不禁皺起了眉頭。

胡小天不知她笑什麼，有些摸不著頭腦，須彌天指了指他的臉，胡小天放下水盆，伸手一擦，手背上全是黑灰，他過去從來沒有幹過生火的粗活，所以弄得灰頭土臉，自己也不好意思地笑了起來。

須彌天道：「自己跟個鬼一樣，要嚇死也是我被你嚇死。」

胡小天道：「你膽大包天，普天下能把你嚇死的人還未出生。」

須彌天遞給胡小天一個木匣，胡小天打開之後異香撲鼻，除了特製的金創藥之外，還有一團黑乎乎膠帶樣的東西。胡小天驚喜道：「墨玉生肌膏！」

須彌天橫了他一眼道：「倒是有些見識。」

胡小天之前在葆葆那裡見過，這種看來不起眼，跟膠帶類似的東西，卻是一種療效絕佳的傷藥，非但能夠黏合傷口，而且不留疤痕，記得當初葆葆肚子上大腿上都被開了口子，現在已經完全恢復，光潔如玉根本看不到任何的疤痕。

須彌天脫去外衫，上身只剩下一件黑色胸圍，肌膚勝雪，香肩如玉，黑白相襯更顯得香豔誘人。胡小天用熱水幫她將傷口的血污擦乾淨，又拿出從房間內找出的一罈烈酒。

須彌天愕然道：「做什麼？」

胡小天道：「幫你消消毒！」

須彌天怒道：「你混帳！」

胡小天一片好心卻捱她罵，稍一琢磨就明白了其中的道理，須彌天有天下第一毒師之稱，自己說幫她消毒，肯定讓她想多了。

胡小天笑道：「別忘了，我好歹也懂些醫術，你傷得不輕，李長安的孤月斬不知道有沒有餵毒，這罈烈酒我好不容易才找到，能夠幫你清潔傷口，只不過痛了一些，但是對你的傷口癒合肯定有好處。」

須彌天這才明白自己誤會了他的意思，將秀髮攬到右肩，咬住櫻唇道：「別婆婆媽媽的，快動手吧，清潔之後將金創藥幫我敷上，再將傷口對合，記住一定要對合好，若是將來留下疤痕，我一定饒不了你。」

胡小天道：「放心吧，為了我自己以後摸起來舒服，也一定盡力而為。」

須彌天俏臉一熱，這混帳當真是色膽包天，她意識到胡小天對她越來越沒有敬畏之意，甚至有些蹬鼻子上臉了，居然敢調戲自己。

烈酒消毒傷口宛如刀割，須彌天抓起酒罈連灌了幾口烈酒，感覺胸腹之間一股暖意升騰而起。

胡小天為她消毒之後又按照她的吩咐將金創藥敷好，最後才用墨玉生肌膏將傷口黏合，須彌天雖然肩部被貫通，可畢竟只是皮肉傷，胡小天為她包紮之後，又幫她將衣服披上，目光落在須彌天的斗篷上，有些好奇道：「這斗篷倒是一件寶物，居然可以防火。」

須彌天道：「這叫離火罩，質地非常特殊，雖然能夠隔離火焰，但是也要看什麼人使用，就算給你一件，你還是一樣被烤成燒豬。」

胡小天笑道：「我可沒有你想得那麼貪心。」

須彌天道：「文博遠跟你有什麼深仇大恨，非得要將你置於死地？」

胡小天道：「你問我，我還想問你呢。」

須彌天道：「憑什麼問我？」

胡小天道：「你不是文雅嗎？是他乾姐姐，難道你將這層全都忘記了？」

如果不是胡小天提起，須彌天還真差點將這件事給忘記了。她淡然道：「我和文家沒有什麼關係。」

胡小天道：「文雅是不是也死在了你的手中？」

須彌天冷冷望著他道：「人好奇心太重容易短命。」

胡小天道：「我這人向來命大，今天發生了那麼多的事情我都沒死，證明老天爺都在幫我。」

須彌天唇角露出一絲不屑的笑意，是我在幫你才對，這沒良心的小子竟然將我的付出全都忽略了。

胡小天向她靠近了一些，低聲道：「對了，你今天將我約到城隍廟，為了什麼事情？」

須彌天被他問得一怔，旋即俏臉一熱。

胡小天看到她的表情，已經明白須彌天找自己的初衷肯定是為了那事兒，只是沒想到李長安追蹤而至，非但破壞了他們的好事，而且還弄得遍體鱗傷，差點沒把性命丟掉。胡小天心中暗歎，這世道，打個炮風險都這麼大，想想須彌天和自己每次親熱全都是驚心動魄，回味起來倒是餘味無窮。

須彌天道：「早些休息吧，有什麼事情明天再說。」她右手揮出，掌風無聲無息將油燈熄滅。

室內頓時陷入一片黑暗之中，須彌天本想入睡，卻感覺到這廝湊到自己身邊，一雙大手落在自己的胸膛之上，須彌天怒道：「你幹什麼？」

胡小天道：「不知為何，我今晚興致高漲，不如我配合你一次修煉修煉什麼萬毒靈體。」

須彌天真是服了這廝的無恥，自己身受重傷，他非但不懂得憐香惜玉，居然還提出要做這檔子事兒，不由得怒由心生：「放開你的狗爪子，若敢對我無禮，我將你的這雙爪子齊根剁掉。」

胡小天道：「你敢說今天找我不是為了這件事？」

須彌天黑暗中咬了咬嘴唇道：「你不要將別人想得都像你一般無恥……啊……」她感覺到自己的胸圍被胡小天解開，一雙軟玉落入他的大手之中。

須彌天揚起右手照著胡小天的臉上打去，出手時發力不小，可是臨近胡小天的臉上卻改變了主意，手掌一頓輕輕落在他的臉上，然後用手指抵住他的咽喉，低聲道：「信不信我戳死你？」

胡小天點了點頭道：「信！」嗤的一聲，卻是衣衫破裂的聲音。

須彌天啐道：「你這混帳竟然扯壞我的衣服。」她右手抵住胡小天的咽喉，以此來防備他繼續靠近。這殺人不眨眼的女魔頭前所未有地恐慌起來，居然像個受委屈的小媳婦一般幽怨道：「我肩上有傷。」

胡小天嘿嘿笑道：「做這種事又不用肩膀，聽話，轉過身去趴在床上，其他的事情交給我來做。」

一陣窸窸窣窣的聲音，黑暗中兩人在無聲對抗著，過了一會兒，忽然聽到啊的一聲尖叫，旋即又傳來須彌天急促的喘息聲。

她期期艾艾道：「你這混帳竟敢對我用強……」

胡小天道：「只是想你知道一個道理，這世上不是你想做什麼就做什麼，我也不是你召之即來揮之即去的工具。」

「啊……」陳舊的床板隨之發出吱的一聲響動。

「無恥之徒，終有一日我會殺了你……啊……」

胡小天道：「你剛剛還要戳死我呢，今晚我倒要看看，咱們兩個誰才是被戳死的那個！」

夜空中的明月似乎聽到床板吱嘎不絕於耳的聲音，羞得藏入了雲層之中，星光依舊，倉木城內外無數星星點點的火光閃爍，那是連夜搜尋胡小天下落的將士。

黎明在寧靜中到來，天光從窗格中透入，驅散了這個迷亂而騷動的夜晚，須彌天睜開雙眸，發現自己仍然躺在胡小天的懷中，這廝還在熟睡，唇角依然掛著一絲得意的笑容，看樣子神氣活現，彷彿像一個在戰場上凱旋而歸的將軍。

須彌天悄悄坐起身，俏臉紅了起來，比清晨的朝霞更加豔麗，她咬了咬櫻唇，忽然揚起粉拳，照著胡小天那張陽光燦爛的面孔砸去，似乎要將這張英俊的面孔一拳砸爛，可拳到中途又停了下來，她皺了皺鼻翼，臉上呈現出前所未有的羞赧神情，躡手躡腳，赤足走下了床榻，從地上撿起破爛不堪的衣服穿上，簡單整理了一下妝容，來到門前，輕輕拉開房門，腳步如此輕盈，彷彿害怕踩碎了清晨的露珠。離去之前，她又轉身向胡小天望去，雙眸中的神情錯綜複雜。終於還是輕輕關上了房門，迎面吹來清冷的晨風，驅散了倦意，也吹走了她臉上的些許柔情，須彌天的目光重新變得冷酷陰森。金色的陽光並沒有柔化她臉部的表情，她從地上撿起了一根樹枝，在門前的土地上飛快勾勒了四個大字，然後頭也不回地離開了茅舍。

胡小天這一覺睡得異常香甜，直到太陽高高升起，他方才從睡夢中醒來，感覺頭腦有些昏昏沉沉，吸了吸鼻子，房間內蕩漾著淡淡的香氣，這香氣有些像須彌天的體香，可是吸入之後又覺得頭腦有些眩暈。胡小天這才意識到須彌天早已人去床空，按理說自己不會毫無覺察才對。他想了想，十有八九和室內洋溢的香氣有關，須彌天應該在這裡散佈了某種迷藥，所以自己才會睡得如此之沉。

胡小天起身拉開房門，讓外面的冷風吹入室內，呼吸新鮮空氣之後，他的頭腦也迅速恢復了清醒。這一夜還不知倉木會折騰成什麼樣子，也不知道要害得多少人為自己擔心了。

胡小天低下頭去，看到地上龍飛鳳舞的四個大字——後會無期！他愣了一下，旋即眼前浮現出須彌天燦如朝霞的美麗面龐，這四個字是向自己告別嗎？後會無期？是說她以後跟自己永不相見嗎？胡小天搖了搖頭，從地上撿起樹枝，在一旁寫道——前聚有日。

他的衣服破爛不堪，在周圍房間內翻箱倒櫃，總算找到了一身破舊的棉衣，穿好之後，來到水盆旁邊照了照，發現自己的面孔仍然黑漆漆的，再加上這身行頭，看起來就像一位樸實的老農民，果然是佛要金裝，人要衣裝，任憑他自身的資源再好，這身打扮也只能風華內斂，斂到渾身的塵土氣，不過倒顯得樸素了許多。胡小天簡單洗漱了一下，悄然向倉木城走去，有了昨天差點被董鐵山那幫人燒死的經歷，今天胡小天要謹慎許多。

來到倉木城外，正遇到熊天霸出城尋找他的隊伍，胡小天確認無誤之後，方才現身相見。

熊天霸驚喜非常，慌忙從馬上跳了下來，拽著胡小天的手臂看了個仔細，確信胡小天的確活生生地出現在自己面前，方才哈哈大笑道：「胡叔叔，您可把我們給嚇壞了，從昨晚到現在，我們把倉木裡裡外外都搜了個遍。聽他們說您可能在青紗澱，現在幾乎所有人都被派去那裡找您，我帶他們剛剛從城東找回來。」

胡小天道：「讓大夥兒為我擔心了。」

熊天霸道：「公主下了死命令，倘若我們不把您給找到，她就不去大雍了。」

想起龍曦月，胡小天心中不由得有些歉疚，這一路之上害她為自己擔驚受怕，這丫頭內心深處原本就缺乏安全感，說不定從此會給她造成難以磨滅的心理陰影呢。

熊天霸派人前往青紗澱去送信，讓仍然在那裡搜索的人可以回來了，率領其餘武士護送胡小天一起返城。

胡小天問起昨晚的情況，熊天霸道：「總之亂糟糟的，說什麼的人都有，總之沒什麼好話，不提也罷。」

胡小天哈哈笑了起來。

熊天霸道：「胡叔叔，看你今天神清氣爽的，好像昨晚過得不錯啊。」

胡小天心想你小子還算有些眼力，昨晚雖然驚心動魄，可我還真是不錯，神清氣爽，通體舒泰，想起狠狠報復了須彌天一頓，這貨眉開眼笑，要說須彌天最近好像變得越來越懂得情趣了，後會無期？我不信你當真能夠跟我一刀兩斷。說不定食髓知味，過兩天又心癢難耐，借著練功之名來找老子。

熊天霸道：「對了，我爹派去青龍灣聯絡的人也回來了，說那邊早就接到了通知，護送公主渡河的兩艘船已經準備好了，水師提督趙登雲趙大人還專門派了他的侄子趙武晟過來。」

胡小天愣了一下，之前他們並沒有通知水師方面？趙登雲又如何得知的？仔細一琢磨，自己不說不代表其他人不說，文博遠和吳敬善兩人說不定早就將消息洩露了出去，既然水師方面做好準備也好。

一干人等保護著胡小天進入倉木城的大門，剛剛進入大門，就看到前方一隊人馬迎面而來，胡小天舉目望去，卻見那隊人馬盔甲鮮明，將士們也是精神抖擻，整個精神風貌跟倉木的這幫駐軍就完全不同。

為首一員將領銀盔銀甲，胯下白馬沒有一根雜毛，騎在馬上英武非常威風八面。

胡小天看著都不由得心中暗讚，這小夥子長得蠻英俊啊，就快趕上我了。不過他現在的狀態可不怎麼樣，一身灰不溜秋，破破爛爛的棉襖棉褲，乍看上去毫不起眼。

熊天霸道：「他就是趙武晟！」

趙武晟勒住馬韁示意手下人停下行進，揚聲道：「是熊將軍嗎？我等正準備出城尋找胡公公的下落。」

熊天霸大聲道：「不用找了，我胡叔叔已經平安回來了！」

趙武晟聞言一怔，他放緩馬速向前方隊伍而來，雖然胡小天是個太監，可他畢竟是皇上欽點的遣婚使，欽差大臣，趙武晟在禮儀上也必須做足面子。

胡小天騎著臨時給他用的棗紅馬，來到趙武晟面前。

趙武晟向他一抱拳：「胡公公，末將趙武晟，甲冑在身不能全禮，還望胡大人多多海涵。」

胡小天向他還了一禮，微笑道：「趙將軍！初次相見，不必多禮！有機會幫我問提督大人好。」他這麼說等於明白地告訴趙武晟，已經清楚你的背景來路。

趙武晟微微一笑：「多謝大人！」將馬韁一帶，調轉馬頭，為胡小天讓開道路，然後揚聲道：「兄弟們，胡公公回來了，護送胡公公返回駐地。」

趙武晟追上胡小天的步伐和他並轡而行，忽然道：「我看胡大人倒是有些面熟呢，咱們之前是不是在哪裡見過？」

胡小天心想這廝居然跟自己套起了關係，呵呵笑道：「有嗎？我怎麼不記得？」

趙武晟一副苦思冥想的模樣，想了一會兒忽然道：「對了，咱們好像一起在通天江乘過船。」

胡小天正想否認，自己壓根沒去過大雍，更別提通天江了，忽然想起姬飛花讓他在通天江動手的事情，內心不由得一驚，再看趙武晟此時的表情耐人尋味，胡小天隱然覺悟，這趙武晟莫不是姬飛花安排過來配合自己下手的人？

趙武晟道：「胡大人真是貴人多忘事，那次還差點翻船呢。」

胡小天強行抑制住內心的震驚，姬飛花果然手眼通天，竟然提前在這邊安插人手，可自己對趙武晟並不瞭解，此人究竟值不值得信任還未必可知，一切還需謹慎。胡小天微笑道：「你這麼一說，我好像有些印象了。」

胡小天安然返回的消息在頃刻之間傳遍了整個倉木城，一直在縣衙駐地揪心不已的安平公主得到這個消息，激動的眼圈都紅了，倘若天下間能有一人讓她如此牽掛，這個人只能是胡小天。

自從得到消息之後，龍曦月就站在營帳之外翹首以盼，雖然她恨不能迎出城去，可是她的身分卻限制了她。

周默靜靜站在龍曦月的身後，胡小天將保護龍曦月的重任交給了他，他就必須做好這件事，雖然在他的心底深處同樣關心胡小天，可是他堅信，以胡小天的聰明才智應該不會遇到什麼大麻煩，事實證明果然如此。周默低聲道：「公主殿下一夜都沒休息了，已經確定胡大人平安無事，何不趁著這會兒去休息一下？」

龍曦月俏臉微紅，她知道自己的一舉一動全都被周默看在眼裡，胡小天的這位結拜大哥雖然很少說話，可是他心中明白得很，說不定他也察覺到自己和胡小天之間的情愫。龍曦月小聲道：「總要看到他回來才放心一些。」

周默的唇角露出一絲微笑，安平公主溫柔善良，對三弟情真意切，但願他們有情人能夠終成眷屬，想起即將離開大康，抵達大雍境內之後，等於一手將安平公主送到了別人的手中，周默不禁為這對年輕人的未來暗自感到揪心。

雖然胡小天從未向他提起過具體的計畫，可是周默也能夠意識到，自己的這位兄弟絕不會眼睜睜將心愛的人送給他人為妻，可龍曦月不是普通人，身為大康公主的她若是逃走，必然引起軒然大波。胡小天的父母仍在京城，如果他和龍曦月遠走高飛，那麼大康皇帝又豈能輕饒了他的父母。周默實在想像不出有什麼兩全齊美的辦法，不過胡小天素來足智多謀，說不定他早已成竹在胸，周默對自己的這位結拜兄弟擁有相當的信心。

胡小天卻沒有第一時間回來見安平公主，他讓熊天霸過來報訊，卻是中途被吳敬善請了過去，說是有要事商量。

吳敬善見到胡小天平安返回也是非常高興，雖然當初他在大康和胡小天有過幾次不快，可畢竟都是小事，這一路走來如果沒有胡小天，很難說能夠順利來到這裡。路程只是走了一半，雖然進入大雍之後說好了會由大雍的軍隊負責安全，可畢竟是異國他鄉，還不知道接下來的路途會發生什麼變數。文博遠心高氣傲，雖然名聲在外，但是在遇到真正考驗的時候，其人格的缺陷就暴露出來，通過接連發生的幾次事情，吳敬善已經看得越發清楚了。聽聞胡小天被李長安抓走，吳敬善這一夜也沒有睡好，前途未卜，若是胡小天出事，以後還有誰來為他擋風遮雨？

看到胡小天進來，吳敬善欣喜迎了上去，握住胡小天的手腕道：「哎呀胡大人，你總算回來了，我就說你不會有事，吉人自有天相，果然是吉人自有天相！」

胡小天笑道：「慚愧，慚愧！給吳大人添心思了，這一夜連累大家到處找我，真是不好意思。」

吳敬善拉著他坐下道：「胡大人，大家風雨同路，馬上還要風雨同舟，自己人又何必說客氣話。吳奎！看茶！」說完之後又想起一件事：「胡大人吃過飯了沒有？」

胡小天正在饑腸轆轆呢，當下搖了搖頭。

吳敬善又吩咐下去趕緊給胡小天做飯，他這次出來為了飲食方便，還特地從家裡將廚子帶了出來，沒多久，一碗熱騰騰的陽春麵就端了上來，胡小天也不客氣，接過大碗狼吞虎嚥地將這碗麵給吃完了，這一夜消耗不少，想想自己送給須彌天的數億種子，到最後還免不了被她內力滅活的下場，努力了一夜最後還是無用功，想想倒是有些遺憾呢。

吳敬善看到胡小天的吃相，再看他的這身穿著打扮，猜測到胡小天這一夜必然歷盡千辛萬苦，他又怎會想到胡小天雖然辛苦，可事實上卻香豔旖旎，過得不知有多舒服。

吃完陽春麵，端起茶盞，舒舒服服喝了口香茗，胡小天這會兒感覺舒坦多了，笑瞇瞇道：「這麵條還真好吃呢。」

吳敬善笑道：「胡大人昨晚想必辛苦得很吧？」

胡小天點了點頭道：「辛苦，辛苦！」

「累不累？」

「累，但是心情很爽！」胡小天所答非所問，這會兒功夫腦子裡仍然在想入非非，人生之中多了須彌天這樣的炮友倒也有滋有味，明知山有虎偏向虎山行，老子玩的就是心跳。

吳敬善道：「胡大人又是如何脫身的？」

胡小天早就想到了應對之策，他歎了口氣道：「吳大人，不瞞您說，這一夜我真是死而後生，險死還生，九死一生啊！」

吳敬善一臉的同情。

胡小天道：「我在城隍廟突然被人襲擊，那個什麼羽魔，就是咱們在峰林峽遇到的那一位，就是文博遠對他非常客氣的那個。」

吳敬善聽到文博遠的名字，心中一怔，難道這件事又和文博遠有關？

胡小天道：「我本來以為他找我還是讓我交出什麼須彌天，我正準備跟他解釋，說我壓根就不認識什麼須彌天，可沒想到，話都沒說一句，他就襲擊我，我一時不察被他點了穴道，拖上那隻大白鳥。」

「雪雕！」

胡小天點了點頭道：「對，雪雕！他劫持我上了雪雕，就在這時候文博遠來了，你猜猜他幹了什麼？」

吳敬善道：「他做了什麼？」

胡小天道：「這孫子竟然帶頭朝我射箭，表面上是救我，其實是坑我啊！」

吳敬善愕然道：「這……他豈會如此，莫不是救人心切，目標未必是你啊。」

胡小天道：「吳大人，您就別替他說話了，當時那雪雕飛起足有十幾丈高，就算他沒想射我，可是您想想，若是把雪雕射下來，我從這麼高的地方摔下來，豈不是要粉身碎骨？這王八蛋根本是要借機把我往死裡整。」

吳敬善道：「胡大人還請息怒，此事老夫一定會問個清楚。」

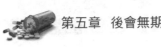

胡小天道：「沒什麼可問的，你剛問我是如何脫身的，羽魔李長安武功高強，以我的功夫根本沒辦法逃脫他的掌控，本來我覺得自己這次必死無疑，可沒想到連李長安都看不過去了，文博遠下令射箭根本是為了殺我不惜連他一起幹掉，李長安因此惱怒，將我在青紗瀫放下並告訴我，他之所以來抓我，乃是文博遠的授意。」

吳敬善將信將疑，文博遠雖然和胡小天不睦，可是勾結外敵如此明目張膽地要將胡小天幹掉，這膽子也忒大了一些。

胡小天道：「接下來的事情更加讓人齒冷。」

吳敬善道：「什麼事？」

胡小天道：「昨夜我就快離開青紗瀫，看到火光還以為有人過來救我，於是我張口呼救，想不到他們竟用火箭引燃青紗瀫，意圖將我活活燒死在蘆葦蕩中。」

吳敬善倒吸了一口冷氣，昨晚青紗瀫失火他也聽說了，不過具體情況並不清楚，現在聽胡小天道來，方才明白整件事的來龍去脈，倘若一切都是文博遠在背後主使，此子的心腸也忒狠毒了一些，吳敬善道：「可他沒有理由做這種事啊。」

胡小天冷笑道：「我開始也以為他沒有理由，吳大人還記得黑松林的事嗎？」

吳敬善點了點頭。

胡小天道：「皇上委派咱們三人護送公主前往大雍成親，您負責統籌調度，我負責內勤照顧公主飲食起居，文博遠負責沿途安全，大人有沒有想過，這一路走來，你沒什麼事，我也沒出什麼差錯，所有的麻煩全都出在誰的身上？」

吳敬善面色凝重，就算胡小天不說出答案，他也知道是文博遠。

胡小天道：「大人仔細想一想，當初在黑松林遭遇伏擊，公主沒事，有人想要除掉我，我說趙志河想要對唐輕璇非禮，其實只是一個藉口，真正的原因是這廝和黑松林的強盜勾結，被我識破後，他亡命反抗，被我失手殺死，在魯家村，遭遇危險之時，又是文博遠想要棄我於不顧。在峰林峽，咱們損失慘重，可是只需稍稍留意就會發現，死傷大都出在負責車隊的車夫和腳力身上。我辛辛苦苦找回了嫁妝，找到了出路，這卑鄙小人竟然在脫困之後第一時間污蔑我和渾水幫的匪徒勾結。」

吳敬善雖然沒有說話，可現在他也感覺事情有些不正常。

胡小天道：「他認為唐家兄弟是我的人，所以趁機讓他們離隊，以此來削弱我的力量，增強他自身的威信，吳大人到現在還看不清此人的嘴臉嗎？」

吳敬善歎了口氣道：「老夫聽說，文家一直都將文才人的那場意外歸咎到你的身上。」

胡小天呵呵笑道：「吳大人以為文博遠所做的這一切都只是為了報復我，那就錯了。」

吳敬善皺了皺眉頭，低聲道：「難道還另有隱情？」

胡小天道：「吳大人知不知道文博遠一直覬覦公主的美色，對她有非分之想？」

吳敬善倒吸了一口冷氣，他向周圍看了看，還好下人都很識相，並沒有在他們身邊。吳敬善壓低聲音道：「胡大人，有些話不可妄言。」

胡小天道：「吳大人，你當真以為他只是想為他的乾姐姐報仇？除掉我之後他就會收斂？」他搖了搖頭道：「文博遠這個人心胸狹隘，睚眥必報，今次害我不死，肯定還會想出其他的毒計。」

吳敬善道：「胡大人，雖然途中發生了不少的事情，可是也不能斷定一定就是文博遠所為，總之老夫答應你，以後一定多多留意他的動向，若是他膽敢對你不利，老夫絕不會坐視不理。」

胡小天暗自冷笑，吳敬善終究還是個和稀泥的主兒，他根本不敢得罪文家。不過胡小天也並不是要逼他表態，更不是要他堅決站在自己的一方。胡小天道：「吳大人，小天只是好心提醒，他今天能對我這樣，說不定明天也會這樣對你，我看此人居心不良，公主的安全交給這個人我絕不放心。」他終於講話引到了主題。

吳敬善一籌莫展道：「可是皇上親自委派他來保護公主的沿途安全，難道能讓皇上收回旨意嗎？」

胡小天道：「吳大人，公主的安全才是重中之重，我懷疑文博遠真正的目的是對公主不利，所以這接下來的行程必須要由我們信得過的人來保護公主。」他的真正用意是要挑唆起吳敬善的疑心，讓老頭子開始懷疑文博遠的用心。

吳敬善道：「老夫的家將也只有十幾個，唐家兄弟又要留在大康照顧傷患，咱們眼前哪裡還有可用之人？」峰林峽遭遇渾水幫，他們可謂是死傷慘重，如今可用的人員的確有些捉襟見肘。

胡小天道：「唐家兄弟雖然離開，可是他們的那幫手下人裡還是有些人忠義可用，咱們可以抽出一些勇武忠心之人，既然要將那麼多傷患留下，文博遠想必下一步就會提出補充人手，吳大人是否事先已經向水師提督趙登雲趙大人通報過咱們的行程？」

吳敬善搖了搖頭道：「沒有，絕對沒有，咱們不是說過要對公主的行程保密，老夫怎麼可能將這麼重要的事情洩露出去？」

胡小天道：「你沒說我沒說，那麼只可能是文博遠說的，不然那趙武晟何以帶人會來得那麼快？」

吳敬善聽他說得如此斷定，心中卻不像他那麼認為，畢竟他們此行有七百多人，也不是只有他們三個，其他人也有洩露公主行蹤的可能，只是胡小天這麼說，他也沒必要去反駁，且耐心聽胡小天接下來說什麼。

胡小天道：「咱們前腳才到倉木，我昨日才讓熊大人前往青龍灣聯絡公主登船渡河的事情，今天趙登雲便派他的侄子趙武晟率人過來，吳大人不覺得這件事有些奇怪？」

吳敬善道：「這……你是說趙武晟是因為文博遠而來……」

他的話還未說完，外面就傳來吳奎的通報聲：「文將軍來了！」胡小天和吳敬善停下交談，胡小天繼續喝茶，吳敬善抬起頭來，卻見文博遠和趙武晟一起走了進來。

文博遠目光在胡小天臉上掃了一眼，正想說話。胡小天已經站起身來，向吳敬善拱了拱手道：「吳大人，我還得趕緊去公主那邊見個面，省得她為我擔心。」他又向趙武晟笑道：「趙將軍來了啊，先走一步，失陪失陪。」只當文博遠是空氣，正眼都沒看這貨一次，兩人之間的矛盾業已公開。

文博遠道：「胡大人還是別急著走，咱們商量一下渡江之事。」

胡小天微笑道：「不用商量，文將軍怎麼安排就怎麼做。」

文博遠壓根沒想到胡小天會這麼回答，表情顯得有些愕然。而胡小天根本沒有留下的意思，已經快步離開。

吳敬善心中暗歎，這胡小天做事果然夠利索，擺明了不跟文博遠多說，道不同不相為謀！

文博遠顯然被胡小天鬧得有些尷尬，咳嗽了一聲將身邊的趙武晟介紹給吳敬善。

吳敬善想起剛才胡小天說的那番話，自然多了個心眼，微笑道：「趙將軍來得好快啊。」

趙武晟道：「提督大人派我來青龍潭專程負責護送公主渡江之事，末將豈敢怠慢。」

吳敬善招呼兩人坐下之後，慢條斯理道：「此前我好像沒有和趙提督提起過渡河之事呢。」

趙武晟笑道：「是文將軍提前派人過來接洽，我叔叔聽說幾位大人在峰林峽遇到了一些麻煩，於是讓我儘快率領一支精銳小隊前來相助。」

文博遠道：「真是多謝提督大人鼎力相助了，等這次任務完成之後，必將此事奏明皇上。」

趙武晟道：「都是為了國家社稷，可不是為了什麼功勞。」

吳敬善嘿嘿笑道：「趙將軍言之有理，都是為國效力，卻不知趙將軍做出了怎樣的安排？」

趙武晟道：「水師方面準備了兩艘大船，因為是護送公主前往大雍成親，所以並沒有準備戰船，而是臨時調撥了兩艘補給船，一來向大雍方面表示咱們的友好之意，二來這大喜的事情也講究個吉利喜慶，用戰船護送總不適宜。」

吳敬善撫鬚笑道：「趙將軍考慮得果然周到。」

趙武晟笑道：「這可不是我的主意，是我叔叔吩咐的。」

吳敬善暗忖，趙登雲畢竟是為官多年，對國與國之間的門道還是清楚的，他派親侄子過來固然是從文博遠那邊得到了消息，可從另外一方面來看，有人盡力幫忙總不失為一件好事。

文博遠道：「還有一件好消息要告訴吳大人，經過我和趙將軍商量，趙將軍同意調撥二百名精銳武士隨同咱們一起保護公主進入大雍，剛好補充哪些受傷人員留下的空缺。」他面露喜色，似乎因這個消息而振奮不已。

吳敬善端著茶盞的手停頓在那裡，胡小天果然沒有說錯，趙武晟是有備而來，文博遠將唐家兄弟從隊伍中清除出去，然後馬上補充新生力量，不用問，趙武晟支援他們的二百名精銳武士肯定只服從文博遠的命令，這小子到底想幹什麼？難道只是為了保護安平公主？又或是想著提升他在隊伍中的話語權，重新樹立他的威信？

吳敬善緩緩放下茶盞，笑瞇瞇道：「多謝趙將軍的好意，不過這二百名武士還是不需要了。」

文博遠愣了一下，想不到吳敬善這個和稀泥的糟老頭子竟然會當面否決他的提議。趙武晟並不方便發言，看了看文博遠。

文博遠道：「吳大人可能不清楚咱們目前的狀況，有百多名兄弟受傷，加上途中死去了多名，以咱們目前的人手，很難說能夠保證這次行程萬無一失，增補這二百名武士主要是為了公主的安全考慮。」

吳敬善道：「渡過庸江，公主的安全就會由大雍方面的軍隊負責，咱們的壓力自然減輕許多，沒必要再增加人手了。」

趙武晟微笑道：「吳大人是不是信不過我的這些手下？」他為人精明，已經猜到了吳敬善的心思。

吳敬善呵呵笑了一聲道：「不是信不過，而是不能用！」老頭兒表現出前所未有的明確態度。

文博遠道：「吳大人，末將有些不解，難道這二百人不是大康的將士？為何不能用？」

吳敬善向東南方向拱了拱手道：「承蒙陛下不棄，將此次護送安平公主前往大雍成親的重任交給了老夫，老夫雖然年老體衰，可就算賠上這條性命也不能有負聖托，這隊伍中的人是皇上定下來的，什麼人可以去什麼人不能去，也是皇上再三斟酌考慮之後的結果，若是咱們憑著自己的喜好隨隨便便想讓什麼人加入就讓什麼人加入，以後咱們又該如何去面對皇上？」

文博遠認定了吳敬善肯定是被胡小天挑唆，他對吳敬善也只是表面尊敬，事實上壓根沒把這個和稀泥的糟老頭子放在眼裡。一直以來，吳敬善也從未公然反對過他的意見，可現在卻一反常態，表現出從未有過的堅決，文博遠暗罵吳敬善不識抬舉，傲然道：「這一點吳大人無需擔心，以後皇上問起，我自會解釋。」這番話說得實在是狂妄之極，雖然吳敬善的存在只是聾子的耳朵——擺設，可他畢竟是此次的總遣婚使，表面上還是使團的帶頭人。

吳敬善對文博遠一直都非常的客氣，雖然他早已看出文博遠年輕氣盛，目空一切，可念在太師文承煥的面子上始終沒說他半個不字，文博遠的這番話已經全然不將他放在眼裡，想起剛剛胡小天所說的那番話，吳敬善暗生警惕，若是由著這小子折騰，只怕接下來的局面會鬧得不可收拾。

吳敬善撫鬚笑道：「皇上讓老夫負責這次的事情，皇上那邊自然是由老夫去交代，若是公主的安全出了什麼問題，皇上追究下來，肯定第一個追究老夫的責任，文將軍就算是願意替老夫承擔責任，老夫也不忍心讓你代我受過。」他的這番話還算委婉，但是心中的不悅已經明白的表露了出來，你文博遠還沒這個資格，這裡還是我說了算。

文博遠道：「吳大人，末將可全都是為了公主的安全考慮，難道吳大人懷疑我的動機？」

吳敬善微笑道：「文太師忠心耿耿，乃大康國之棟樑，老夫就算不瞭解文將軍，可對文太師卻是深深佩服的，以文太師的人品，兒子自然差不到哪裡去。」

文博遠道：「吳大人，這一路走來咱們傷亡了不少人，若是以現在的陣容護送公主，很難保障公主的安全，萬一出了什麼差錯，只怕咱們擔待不起。」

吳敬善聽他居然再次威脅自己，心中自然生出反感，不過這個老油子仍然沒有表現出絲毫的怒氣，臉上的表情古井不波，輕聲道：「老夫也明白文將軍是為了公主考慮，可這件事你有沒有請示過公主？若是公主答應，一切都好說，若是公主不同意，咱們在這裡就算達成了一致也等於白費唇舌。」

文博遠暗罵這老東西狡猾，他也明白安平公主對胡小天唯命是從，他的提議百分百會被否決。

胡小天回到營地，本以為安平公主會主動相迎，卻沒有看到預想中的場面，問了紫鵑方才知道安平公主已經睡了。胡小天心中不免有些奇怪，以龍曦月對自己的感情，在自己沒有回來之前她一定寢食難安，又怎能睡得踏實，看到周默在不遠處整理行裝，於是緩步走了過去。

周默笑眯眯望著他。

胡小天總覺得周默的笑容中透著詭異，笑道：「大哥一定是笑我沒用，又被人給抓去了。」

周默道：「能在羽魔李長安和天下第一毒師須彌天手中逃生，而且毫髮無損，天下間應該沒幾個人能夠做得到，反正我自問不能。」

胡小天笑道：「運氣罷了，如果不是他們兩人拚個你死我活，我也鑽不到這個空子，這就叫鷸蚌相爭，漁翁得利。」

周默微笑道：「回來就好，展鵬一直都在找你，昨晚文博遠意圖趁機謀害你的時候，被他出手化解，以後無法潛伏在文博遠身邊了。」

胡小天不由得有些擔心：「文博遠會不會對他不利？」

周默道：「唐鐵漢帶人跟他一起，文博遠當著那麼多人應該不敢妄動，而且展鵬的武功也非泛泛，為人機警，不會吃虧。」

胡小天這才稍稍放下心來。

周默笑道：「你不用擔心，剛剛我讓熊孩子派人去接他了，如無意外，他們也應該快回來了。」

胡小天點了點頭，目光轉向安平公主的營帳，低聲道：「公主睡了？」

周默臉上的笑容顯得耐人尋味：「我不清楚，只是我知道從昨晚你出事到剛才讓人過來報信，公主殿下始終沒有合過眼。」他朝大門處看了一眼道：「昨晚公主就在那裡站了一夜。」

胡小天感到越發歉疚了，安平公主肯定還沒睡，想必是生自己氣了，想想也難怪，自己失蹤了一整夜，回來後又沒有第一時間過來見她，讓她為自己擔驚受怕這麼久，再好的性子也有忍不了的時候。

周默笑，意味深長道：「三弟，無論你決定怎樣做，我都支持你。」

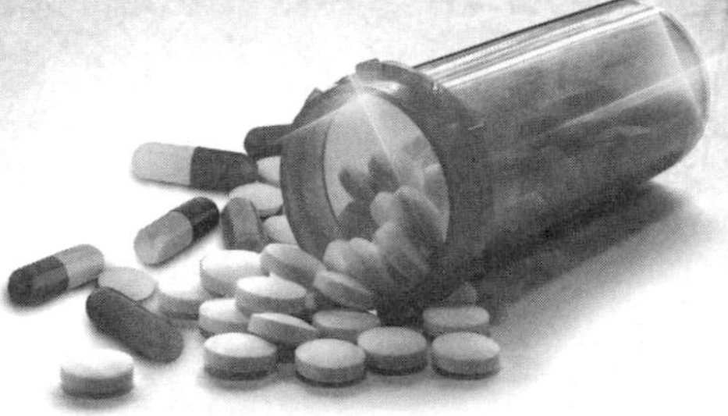

第六章

不可能的任務

胡小天現在正面臨著前所未有的考驗，
一是幹掉文博遠，二是神不知鬼不覺地救出公主，
這兩件事無論哪件事都稱得上是驚天動地，
在任何人看來都幾乎可以稱之為不可能完成的任務。
可胡小天不但要幹，而且兩樣都要完成。

胡小天點了點頭，來到安平公主的營帳前，正準備進去給龍曦月低頭認錯，說幾句軟話，好好勸慰她幾句，可還沒等他進去，唐輕璇就過來了，這妮子眼圈通紅，顯然剛剛哭過。

胡小天看到她的模樣不由得吃了一驚，以為她遇到了什麼麻煩，迎上去問道：「唐姑娘，發生了什麼事情？」

唐輕璇抽抽噎噎道：「我三哥回來之後，突然上吐下瀉，好像是染了重病，看來非常的嚴重。」

胡小天聞言心中暗樂，其實裝病這個辦法根本是他交給唐家兄弟的，如果來硬的，以唐輕璇的剛烈性情未必肯答應留下，現在唐鐵鑫裝病，身為妹子的唐輕璇就沒有理由離開了。

胡小天道：「有沒有請大夫？」

唐輕璇道：「請了，大夫說我三哥的病很奇怪，興許會傳染，我都不知應該怎麼辦了。」

胡小天道：「應該不會有什麼大事，回頭我去看看他。」想不到唐鐵鑫裝得還有模有樣。

唐輕璇搖了搖頭道：「你還是別去了，萬一被他傳染了豈不是更加麻煩。」

胡小天道：「你準備怎麼辦？」

唐輕璇道：「還能怎麼辦，只能先留下來照看他，我來這裡是想跟公主說一聲，我暫時不能跟隨你們一起前往雍都了。」

此時帳門一動，卻是龍曦月聞聲從裡面出來，親切道：「輕璇妹子來了。」

唐輕璇不敢走過去，擺了擺手道：「姐姐別過來，剛剛大夫說過，跟他接觸過的都可能被傳染。」她退了兩步道：「我只是想來親口對姐姐說一聲，我不得不在這裡多留幾日，等我三哥病情好轉之後，才能前去追趕姐姐了。」

龍曦月還想走過去，唐輕璇卻不敢跟她多說話轉身就逃了。胡小天望著這傻丫頭的背影不禁想笑，忍俊不禁的表情剛好被龍曦月看到，向來溫柔可人的公主居然瞪了他一眼，話都不說一句，轉身就走入了營帳。

胡小天緊跟著龍曦月走了進去，躬身行禮道：「小天參見公主殿下。」

龍曦月沒有搭理他，背朝他站著，十根纖美的手指交織在一起，眼圈都紅了。

胡小天悄悄走了過去，伸手輕輕搭在她肩膀上，卻被龍曦月用力甩開，胡小天非但沒有退縮，反而從身後將龍曦月緊擁在懷中，龍曦月嬌軀微微一顫，象徵性的掙扎了一下，就不再動彈，胡小天的面孔緊貼在她細膩如玉的俏臉之上，感到她腮邊那顆沁涼的淚珠兒：「對不起！」

龍曦月咬著櫻唇，美麗的鼻翼抽搐了一下，眼淚如斷了線的珍珠一般落下。

胡小天挑起她的下頜，讓她慢慢轉過身來，低下頭去，輕輕吻去龍曦月腮邊的淚水，輕吻著她為了自己牽掛流淚而哭紅的眼睛。龍曦月被他的熱吻融化，趴在他的胸前，傾聽著他有力的心跳。她本想說話，嘴唇卻在此刻被胡小天給堵住，柔嫩的香舌被他捉住，龍曦月在他的熱吻下，俏臉蒙上一層嫣紅。

纏綿良久，胡小天方才放開她，附在她的耳邊柔聲道：「你不用說話，且聽我說，昨晚是有人故意害我，我無論如何也不想你為我擔心，對不……」龍曦月伸出纖手掩住他的嘴唇，輕輕搖了搖頭，美麗的俏臉上浮現出一絲醉人的笑靨，心中的委屈和牽掛全都融入這深情的一笑中。

胡小天正想將昨晚的經歷告訴她，外面卻又響起文博遠的聲音：「公主殿下，末將文博遠有要事求見。」

龍曦月望著胡小天，以目光徵求他的意見，胡小天搖了搖頭。龍曦月會意，整理了一下情緒道：「有什麼事情明天再說，此刻我什麼人也不想見。」

文博遠微微一怔，可公主既然這麼說，他總不能強行闖進去，目光向遠處的紫鵑看了一眼，紫鵑悄然向他遞了一個眼色。文博遠會意，大聲道：「那在下先行告退，等晚些時候再來拜會公主殿下。」

周默在遠處始終在留意文博遠的一舉一動，甚至連他和紫鵑那點微妙的交流也沒有瞞過他的眼睛。

文博遠離去之後，龍曦月擦乾了眼淚，胡小天笑道：「我聽說公主一夜未眠，還是趕緊睡上一覺。」

龍曦月搖了搖頭道：「我不睏，剛剛想好了要好好罰你，可是被你這麼一打岔，我居然忘了。」

胡小天笑道：「公主想怎樣罰我？」

龍曦月咬了咬櫻唇沒說話。

胡小天一臉壞笑向龍曦月湊近了一些，壓低聲音道：「不如我用肉償……」

龍曦月的俏臉紅到了脖子根，她小聲道：「別胡說，我想去鳳凰台看看，你陪我去好不好？」

胡小天聽她說起，方才記起在剛剛入城的時候曾經問起這裡有什麼風景名勝，縣丞熊安民便推薦了鳳凰台，說那裡曾經是太宗皇帝龍胤空遊歷過的地方，鳳凰台上留有不少古今大家的墨寶，值得一看。

胡小天擔心龍曦月疲憊，低聲道：「你不睏啊？」

龍曦月道：「不睏，你在我身邊，我永遠都不睏。」言語間充滿甜蜜的情意。

胡小天脫口道：「那豈不是說咱倆永遠沒有一起睡覺的機會了。」

龍曦月羞不自勝，伸手擰住了他的耳朵。

雖然羽魔受了重傷，短時間內不可能再來找自己的麻煩，須彌天也留下了後會無期那句話飄然離去，可為了穩妥起見，胡小天仍然做足了安全措施，他讓周默隨同他們一起前去，剛好展鵬和熊天霸也回來了，熊天霸對倉木的情況極其熟悉，自然是責無旁貸的引路人。

周默和熊天霸護衛著公主座駕，胡小天和展鵬落在後方，展鵬也是折騰了整整一夜，不過他精神頗佳。

胡小天歉然道：「這次連累你了，如果不是為了救我，你也不至於暴露。」

展鵬笑道：「對我來說反倒是一件好事，從今天起我就可以名正言順地和你同行，再也不用藏頭露尾，做表面文章了。」

胡小天哈哈大笑，問起青紗澱的事情。

展鵬道：「我帶人趕過去的時候，只是在現場發現了一些屍首，其實當時我就猜到公子已經逃走了。」

胡小天點了點頭道：「董鐵山那幫人肯定是奉了文博遠的命令，跟出來想趁機結束了我的性命。」

展鵬道：「一開始我還以為文博遠倒也算得上一個人物，現在看來此人實在是卑鄙無恥，盡是幹些見不得人的勾當。」

胡小天道：「你既然暴露，依文博遠睚眥必報的性情，他肯定不會善罷甘休，你是打算跟我繼續往前走，還是就此回頭？」

展鵬笑了起來：「公子想獨自一人前往大雍嗎？」

胡小天道：「我沒有選擇，你還有選擇啊！」

「從我認識公子的那一天起，就已經做出選擇了。」

胡小天因這句話而感到激動，展鵬用事實證明他完全當得起自己的信任。

展鵬道：「聽說文博遠拉來了二百名武士，意圖取代那些傷亡士兵的空缺。」

胡小天道：「開始時我還摸不清他的深淺，現在看來，我應該是高估他了。」

展鵬道：「公子準備如何應對？」

胡小天笑瞇瞇道：「無需應對！等過了庸江，一切就簡單了。」

鳳凰台只是倉木縣，城內的一個土台，據說當年在土台之上還建有七層寶塔，後來因為被天火擊中而毀於一旦，後來再沒有重建過，歷經數百年，如今的土台之上再也看不到絲毫建築的遺跡，剩下的只有一塊塊的石碑，上面刻滿了古往今來不少文人墨客的文章詩句，大都是觸景生情，有感而發。

龍曦月之所以來這裡，是為了瞻仰太宗皇帝留下的一幅字，太宗皇帝當年登臨鳳凰台，遙望北方庸江，曾經寫下了大河滔滔四個字，如今這四個字已經被人刻在石碑之上。

胡小天雖然文學造詣不錯，詩詞也背了無數首，上輩子多少還沾染了一些文青氣，可現在的胡小天卻變得越發世故油滑，對舞文弄墨反倒沒什麼興趣了，生在亂世，吟詩作賦雖然能夠提高格調，可是那玩意兒畢竟不能當飯吃，更不能作為保命的工具，胡小天現在正面臨著前所未有的考驗，一是幹掉文博遠，二是神不知鬼不覺地救出公主，這兩件事無論哪件事都稱得上是驚天動地，在任何人看來都幾乎可以稱之為不可能完成的任務。可胡小天不但要幹，而且兩樣都要完成，如果說沒點心理壓力是不可能的。

周默和展鵬雖然能夠信任，可是胡小天深知這兩件事越少人知道越好，如果可能，即便是這兩位最親密的夥伴也要瞞住。一個人內心中埋藏著這麼多的秘密，又沒有可以分享之人，他所承受的壓力可想而知。

在胡小天看來這鳳凰台就是一個不起眼的小土丘，或許昔日寶塔還在的時候，從塔上俯瞰周圍的景致還有些味道。

龍曦月在遠處朝胡小天招了招手，胡小天走了過去，其餘人都很識相，包括少根筋的熊天霸在內都遠遠站到了一旁。

龍曦月指著倒在地上的石碑道：「應該是這裡了。」

胡小天低頭望去，卻見那石碑已經斷成了兩截，殘破的石碑上也只剩下了滔滔兩個字，大河不知去了哪裡。

龍曦月道：「當年太宗皇帝在這裡曾經寫下大河滔滔四個字，當時他正率軍北上，征討胡人，那時候大雍的大半疆土還是屬於大康的。」

胡小天道：「懷古傷今，公主心中又在為大康的命運而感慨傷心。」

龍曦月輕聲歎了口氣道：「可惜我只是一介女流之輩，無法像男人一樣衝殺戰場，為國效力。」

胡小天笑道：「其實為國效力也不一定要上陣殺敵，東征西討固然重要，可是仍然比不上國家的內政，如果國家連老百姓的溫飽都保證不了，這個國家還有什麼希望，還有什麼戰鬥力呢？」

龍曦月眨了眨眼睛，胡小天說得雖然很有道理，可是在她心中仍然不希望大康就此衰敗下去，她輕聲道：「我相信大康還有復興的一天。」

胡小天道：「天下合久必分，分久必合，這是一個再正常不過的規律，沒有人會長生不老，國家也是這樣。」

龍曦月歎了口氣道：「一談起國家大事，心情頓時凝重起來了，小天，明日咱們就要離開故土了，不如你作一首詩給我聽聽？」

胡小天笑瞇瞇望著龍曦月，這位可愛公主的文青病又犯了，還真把我當成了一個才子？我雖然會的詩詞不少，可那都是拾人牙慧，真是不想顯擺，隨隨便便拿出來一首都是驚世之作。

胡小天這麼厚的臉皮也不好意思總這麼獻寶了，可公主的話又不能不聽，只能勉為其難地再表露一下自己的才華，裝模作樣地沉吟了一會兒，方才道：「我來一首詞吧，臨江仙：滾滾庸江東逝水，浪花淘盡英雄。是非成敗轉頭空，青山依舊在，幾度夕陽紅。白髮漁樵江渚上，慣看秋月春風。一壺濁酒喜相逢。古今多少事，都付笑談中。」

一首臨江仙背完，胡小天一臉憂思，深沉的男人是非常迷人的，胡小天生性外向，在玩深沉雖然欠缺了一些，可是這首臨江仙在此時此刻吟誦出來，可謂是恰到好處。

龍曦月聽得芳心亂顫，美眸生光，已經難以掩飾內心的激動之情，低聲道：「小天！這首詞真是道盡世間冷暖，看透人間滄桑，你讓人家佩服得五體投地了，真不知道你腦子裡究竟裝的是什麼？連這樣的驚世絕句都想得出來。」這位單純的公主是徹徹底底被胡小天的才華折服了。

胡小天老臉微熱，還好皮厚，沒有變紅，笑道：「喜不喜歡？」

龍曦月點了點頭。

「開不開心？」

龍曦月又點了點頭。

胡小天以傳音入密道：「愛不愛我？」

龍曦月的俏臉騰地紅了起來，咬了咬櫻唇跺了跺腳，扭過身去，少女的羞赧神態看得胡小天血脈賁張，如果周圍沒有其他人在，他肯定要讓這位可愛的公主嘗嘗自己的懷柔功夫。

龍曦月美眸迷離，過了好一會兒，方才鼓起勇氣道：「愛！」

雖然胡小天早就已經知道答案，可是龍曦月親口說出的這個字卻仍然讓他熱血沸騰，為了這個字他不惜以身犯險，為了這個字就算賠上性命也在所不惜。

龍曦月抬起頭望著北方的天空，庸江在她的視野中只是一條曲折蜿蜒的銀色亮線，目光淒迷，美眸如同籠罩著一層神秘的煙霧：「青山依舊在，幾度夕陽紅！」無論曦月走到哪裡，都會記得。她轉過俏臉，晶亮的雙眸凝望著胡小天道：「若然有一天，我不在人世，你就將這兩句話刻在我的墓碑上……」說到這裡，美眸之中淚光閃現。

胡小天搖了搖頭道：「你註定是要給我陪葬的，真有那麼一天，咱們手牽手的離去，我親口在你耳邊念給你聽好不好？」

龍曦月害怕自己流淚，再度轉過身去，嗯了一聲，臉上的淚水終於無法抑制，在面頰之上肆意奔流。

胡小天回身看了看周圍，其餘人都走得很遠，他低聲對龍曦月道：「文博遠還會過來求見公主，他的目的是用手頭的二百人取代唐家兄弟那些人。」

龍曦月擦乾眼淚，美眸之中流露出不悅的神情：「我才不會同意。」

胡小天微笑道：「公主差矣，這次你要答應。」

龍曦月愕然道：「為什麼？」

龍曦月美眸圓睜，雖然她很想從胡小天的臉上找到答案，可是又擔心被其他人懷疑，目光依舊望著北方。

胡小天一如往常般躬身伺候在她的身邊，看起來他們一主一僕毫無異樣。胡小天低聲道：「公主不必考慮太多的事情，文博遠想怎樣做，暫且答應他無妨。」

龍曦月道：「如果答應了他的要求，那麼他會不會在途中對你不利？」

胡小天道：「公主無需擔心，你只要按照我說的去做，而且這件事我會反對，吳敬善也會反對，公主這次要跟我們站在不同的立場上。」

龍曦月道：「你想做什麼？是不是想撇開關係？」她以為胡小天要趁機救走自己，卻無論如何都沒想到，胡小天竟然膽大如斯，意圖將文博遠置於死地。

胡小天暗讚龍曦月聰穎，他微笑道：「一切我都已經計畫妥當，公主只需按照我的安排去做就好，總之你記得，咱們之間需要製造一些矛盾了。」

龍曦月內心不禁怦怦直跳，她已猜到胡小天果然將營救她的計畫付諸實施，可這件事一旦敗露，豈不是要惹下天大的麻煩，她顫聲道：「你不許為我冒險……」

胡小天搖了搖頭：「公主放心，沒有確然的把握，我不會冒險。」

此時鳳凰台周圍塵煙四起，卻是一支百餘人的馬隊在文博遠的引領下飛速趕來，文博遠在鳳凰台下翻身下馬，大踏步走上鳳凰台，熊天霸上前將他攔住，文博遠怒吼道：「讓開！」

熊天霸才不吃他這一套，將胸脯向前挺了挺，大有要跟文博遠當場動手的勢頭。

身後響起胡小天懶洋洋的聲音道：「天霸，讓他過來！」

熊天霸這才讓到一邊，文博遠狠狠瞪了他一眼，大步流星地來到安平公主身邊，躬身抱拳道：「公主殿下乃千金之軀，豈可隨意離開營地，若是出了什麼差池，誰來承擔這個責任？」說話的時候目光盯住胡小天。

龍曦月輕聲歎了口氣道：「文將軍不必緊張，只是胡公公看我無聊，所以帶我來這裡看看風景，來到這裡卻是大失所望，正準備回去呢。」

胡小天道：「文將軍真是消息靈通啊，公主只不過剛剛來到這裡，你這就追蹤而至，如果一直都那麼盡心盡力，這一路之上公主也不會受了這麼多的驚嚇。」

文博遠正要動怒，卻聽龍曦月歎了口氣道：「胡公公不得胡說，文將軍一路之上的辛苦我是看到的，如果沒有文將軍的盡心保護，咱們也不可能安安穩穩地抵達這裡。」

文博遠幾乎以為自己聽錯，在他的印象之中，龍曦月從離開康都之後還從來沒有主動為他說過一句話，每次他和胡小天產生爭執，她都是站在胡小天的一方，何曾顧及過自己的感受。

胡小天道：「安安穩穩，我昨晚的確過得安安穩穩，文將軍差點沒把我一箭射死啊！」

文博遠道：「胡公公，你何必在公主面前辱我清白，昨晚你在城隍廟出事，我率領部下冒著風險去救你，你不知感恩倒罷了，反倒誣我清白，還請公主給末將做主！」他也非尋常角色，豈能老老實實承認這個事實。

胡小天道：「辱你清白？你文將軍是想救我還是想害我，周圍人都清清楚楚地看到，我跟你有何冤仇，你三番兩次地害我？」

龍曦月皺了皺眉頭道：「你們兩個這一路之上摩擦不斷，都是大康的臣子，都是為了保護我的安全，這還是在大康的境內，若是到了大雍，被別人看到你們這般模樣，豈不要貽笑大方，別人看到自己人先鬥起來，更會覺得我大康無人。」

胡小天道：「公主殿下，小的對您一片赤膽忠心，還望公主殿下明察，切勿聽信讒言。」

龍曦月明顯有些生氣了：「夠了！我念你跟隨在我身邊，始終不忍說你，可也不是所有的事情都是你一個人做對，別人全都是錯的，陛下讓你們幾個陪我一起前往大雍，每個人該做的事情全都分得清清楚楚，你們每個人都做好自己的本分就是，為什麼非得要相互詆毀？昨晚你出了事情，沒有一個人對你坐視不理，文將軍也是將所有人發動起來，整整找了你一夜，沒有功勞也有苦勞，若說他當著這麼多人的面想要害你，我也不會相信，我知道你昨晚吃了一番苦頭，可是不能將這件事的責任全都歸咎到文將軍的身上，好好地你跑去城隍廟做什麼？」

胡小天一臉委屈，心中暗樂，想不到龍曦月真演起戲來還有模有樣的，女人果然都是天生演技派，這方面根本不用調教。

文博遠心中這個舒坦啊，公主，我的好公主，不枉我對你相思一場，總算肯為我說句公道話了。聽聞龍曦月詢問胡小天昨晚跑去城隍廟的原因，文博遠當然不會放過這個落井下石的機會：「公主問得好，不知胡公公昨晚跑到城隍廟卻是為了什麼？」

胡小天向龍曦月拱了拱手道：「小的去城隍廟乃是為公主祈福。」

文博遠冷笑道：「你分明在撒謊，昨晚還有一人在城隍廟出現，羽魔李長安之所以抓你也是因為那人而起，那人乃是天下第一毒師須彌天。」

胡小天道：「什麼須彌天，我根本就不認得。」

文博遠道：「你不認得？何以李長安會三番兩次來找你，我現在方才明白，原來你一直都在勾結須彌天，幫她潛藏在咱們的隊伍之中，所以李長安才會陰魂不散地找來，所以才會連累咱們那麼多的兄弟受傷！」

胡小天也不得不讚歎文博遠的推理能力還真是不錯，他並沒有辯駁，而是裝出張口結舌的樣子：「你……你……血口噴人……」旋即又向龍曦月行禮道：「還請公主殿下為我做主啊！」

龍曦月皺了皺眉頭道：「好端端的你怎麼會招惹那麼大的麻煩？那天李長安的確找你要人來著，胡小天，你若是當真做了這等事，害死了那麼多的兄弟，我也不能輕饒你。」

胡小天額頭大汗淋漓，不裝出尷尬心虛的模樣，怎能讓文博遠堅信他自己占了上風。

文博遠看到胡小天被斥，自然是心中大悅，趁著這個機會剛好提出補充人手的事情，文博遠道：「公主殿下，末將還有要事稟告。」

龍曦月道：「你說吧。」

文博遠就將想讓趙武晟手下兩百名武士加入己方隊伍的事情說了。

不等他說完，胡小天就道：「公主殿下，此事萬萬不可！」

龍曦月道：「為何不可？」

胡小天道：「公主殿下，那二百人武士咱們根本不瞭解，只是知道他們來自水師，如果其中混入了別有用心之徒……」

文博遠道：「公主殿下，末將可以人格擔保，這二百人全都是忠心耿耿的大康將士，絕不會有任何的問題。」

胡小天道：「文博遠，你根本是想利用這次機會排除異己，增強自己的影響力，你是何居心，我心中清楚。」

文博遠大聲道：「公主殿下，我文博遠一顆忠心可昭日月，自從離開康都之後，我和我麾下的那幫兄弟為了公主安危日以繼夜不眠不休的警戒，有多少兄弟為此喪命，又有多少兄弟受傷，相信公主殿下看得到，還請胡公公說個明白，我有何居心？」

胡小天冷笑道：「你有何居心你自己清楚，當初你委託文才人送了一幅畫給公主，究竟想說明什麼？」

文博遠想不到他竟然當眾道破這件事，又羞又惱，一張俊臉漲得通紅。

龍曦月雖然知道胡小天是在做戲，可這混蛋東西連這事兒也兜出來了，不是想找罵嗎？

胡小天似乎越說越有勁，根本不怕把事情鬧大：「根本就是你對公主有非分之想，居心叵測……」話沒說完，就被龍曦月呵斥：「住口！你……給我跪下！」

龍曦月俏臉緋紅，鳳目圓睜，氣得嬌軀瑟瑟發抖，在其他人看來，龍曦月生氣也是正常的，畢竟是一國公主，胡小天什麼事情都往外倒，這已經嚴重觸及到了公主的尊嚴，龍曦月在這種狀況下若是沒有任何的表示，反倒不正常了。

胡小天惡狠狠看了文博遠一眼，心有不甘地在龍曦月面前跪了下去。

龍曦月心中實在是有些不忍，如果不是胡小天要求，自己無論如何也不會這樣對他，她甚至想到，若是胡小天不開心怎麼辦，回頭一定要好好哄哄他。

龍曦月道：「胡小天，看來我對你太過縱容了，什麼話都敢胡說，你自己好好想一想，紫鵑！咱們回去。」她也沒有讓胡小天起來，憤然離開。

文博遠看到跪在地上的胡小天，心中升騰起一陣快意，他揚聲道：「兄弟們，保護公主回營！」離去之前，充滿得意地向胡小天看了一眼，自從離京之後，他還是第一次在胡小天的面前占了上風。

周默也跟隨公主一起走了，展鵬和熊天霸兩人沒走，展鵬看出胡小天和安平公主肯定是在做戲，可能熊天霸沒看出來，被這突然的變化搞得有些糊裡糊塗，看到安平公主他們走遠了，快步來到胡小天身邊道：「胡叔叔，胡叔叔，公主走了！不用跪了！」

胡小天點了點頭，在熊天霸的攙扶下站起身來，跪了這麼一會兒，雙腿還真是有些發痠，他撣了撣膝蓋上的灰塵，微笑道：「熊孩子，你去幫我將馬牽過來。」

熊天霸轉身去了。

展鵬等到熊天霸走遠，低聲道：「公子有何吩咐？」

胡小天壓低聲音道：「渡江之時應該會有大事發生。」

展鵬眉頭一皺，雖然他知道胡小天肯定在醞釀著某個驚人的計畫，可是這一路之上胡小天始終沒有主動提及，他自然也不便發問。

胡小天輕輕拍了拍他的肩膀道：「有件事我始終沒有告訴你，其實我這次出來已經做好了兩個準備。一是救出公主，二是除掉文博遠。」

展鵬雖然知道胡小天一定在圖謀大事，卻沒有想到事情會如此驚天動地，這兩件事無論哪一件做成都會驚動天下，可是無論做成哪件事都沒有那麼容易。展鵬低聲道：「公子可否告知我多一些？」

胡小天點了點頭：「展大哥，我之所以隱瞞到現在，一則時機不到，二是因為我有不得已的苦衷，我答應了公主，要幫她獲得自由，說過的話必須要做到。」

展鵬抿了抿嘴唇，男兒立世當一諾千金，既然胡小天答應了安平公主，無論頂著多大的壓力都應當去做。

胡小天道：「她是大康公主，此次前往大雍成親，我若是悄悄帶她走了，此時必然連累許多無辜，我不可因一己之私而害了父母兄弟朋友。所以必須要找到一個萬全之策。」他停頓了一下又道：「我此次離開康都前，姬飛花讓我在途中除掉文博遠，他透露給我一個重要資訊，文博遠不通水性，而且提醒我在通天江動手。」

展鵬道：「公子答應他了？」

胡小天無奈歎了口氣道：「我父母的性命在他手中，我又能怎樣？」

展鵬道：「文博遠為人多疑，此次他新增了二百名武士，只怕除掉他未必有那麼容易。」

胡小天道：「我本以為姬飛花是讓我在通天江動手，可是沒想到他選擇的地方是庸江。」

展鵬驚聲道：「他派人跟你聯絡過了？」

胡小天點了點頭，瞇起雙目望向遠方的庸江，低聲道：「我敢斷定，咱們渡江的時候必然有人會動手腳，而且遇到麻煩的應該是文博遠所在的那艘船。」

展鵬道：「公子能確定嗎？」

胡小天道：「姬飛花做事縝密，他向來不做沒把握的事情，他想要利用我除掉文博遠，而我恰恰可以借著這個機會做成另外一件事。」

展鵬低聲道：「你是說趁機救出公主？」

胡小天道：「我唯一無法確定的是，姬飛花會不會將我也計算在其中，假如他同時也想犧牲掉我，只怕這次的風險會大上許多。」

展鵬道：「我水性還好，就將文博遠交給我親自來對付。」

胡小天搖了搖頭道：「文博遠對你早已生出疑心，你反倒難以找到機會。」他蹲下身去，從地上撿起一根枯枝，在地上畫了一條船：「如果我沒猜錯，應該是公主乘坐的船會出事，文博遠必然選擇和公主同舟護衛，周大哥負責保護公主，你負責幫我清除文博遠身邊的人，阻止他們營救文博遠，其他的事全都交給我來做。」

展鵬道：「可這樣公子豈不是要冒很大的風險？」

胡小天道：「除了我以外，你們很難接近文博遠，而且談到水下功夫，很少有人趕得上我。」胡小天絕沒有自吹自擂，他自從跟隨老乞丐學會了裝死的方法，又在陪同七七前往縹緲山探秘的時候領悟了長留水下不用換氣的竅門，論水性普通人很少能夠趕得上他。就算文博遠的武功比他要高明，可是文博遠這隻旱鴨子一旦到了水下，也只有等死的份兒。

展鵬道：「假如姬飛花還有其他的打算呢？」他所說的就是胡小天剛剛提起的事情。

胡小天站起身來，望向東南的天空，那裡是康都的方向，雖然他也有這方面的顧慮，但是不知為何，他總覺著這種可能微乎其微，在他的心底深處，總認為姬飛花目前仍然對他沒有加害之心，不然他何以送給自己那身水靠？假如姬飛花真有將自己也除掉的心思，那麼老爹老娘也只怕難逃劫數了。

自從胡小天離開康都之後，徐鳳儀的臉上就再也沒有流露出笑容，胡不為當然能夠體諒妻子的心情，他們所居住院落中的桃花已經開了，春色隨著這點點嫣紅在無聲無息中來到了這裡。

陽光很好，徐鳳儀的臉上卻沒有因陽光而變得明媚，依然籠罩著一層愁雲。

胡不為悄然來到她的身邊，將一個布包遞給了她，徐鳳儀回過神來：「什麼？」

「看看！」

徐鳳儀展開布包，裡面是一把黃楊木梳子。

胡不為道：「剛剛經過市集的時候，看到這把梳子，想起你的那把已經斷了，於是就買回來給你。」

徐鳳儀握著那把普普通通的木梳，心中一股暖流湧起，患難方才見真情，他們夫婦這段時間經歷的事情實在太多，還好他們仍然活著，更讓她欣慰的是，兒子也活著。

胡不為微笑道：「怎麼？又在想兒子了？」

徐鳳儀點了點頭，眼圈不由得又紅了起來。

胡不為道：「你放心吧，小天絕不會有事，他那麼聰明，遇到任何事情都能夠化險為夷。」

徐鳳儀輕聲歎了口氣道：「話雖然這麼說，可是兒行千里母擔憂，現在世道這麼亂，大康和大雍的關係也頗為微妙，只希望他平平安安地回來就好。」

胡不為伸出手去握住妻子的手，卻發現昔日珠圓玉潤的手掌已經變得無比粗糙，心中不由得生出一陣內疚，歉然道：「因為我，讓你受累了。」

徐鳳儀搖了搖頭道：「一家人何必說這樣的話，當初我不顧娘親的反對選了你，就已經做好了跟你受苦的準備，在你身邊我已經過了幾十年的舒心日子，就算此刻死了也沒什麼遺憾。」

胡不為故意板起面孔道：「胡說什麼，咱們還要等著小天回來呢。」

徐鳳儀黯然道：「我寧願他一走了之，永遠都不要回來。」她轉向胡不為道：「我真是後悔，當初胡家落罪之時，咱們為什麼沒有一死了之，若是咱們死了，小天也就不再有什麼牽掛，更不會冒險回來京城救我們，他又怎會有事？」

胡不為道：「此時說這些是不是已經太晚。」

徐鳳儀搖了搖頭道：「不晚，不為，如果咱們死了，小天是不是就可以不回來了？」

胡不為歎了口氣，低聲道：「鳳儀，你並不瞭解自己的兒子，若是咱們真走了那一步，他絕不會一走了之，只怕……」他向周圍看了看，這句話終於還是沒說出口，以他對兒子的瞭解，若是他們出事，胡小天說不定會做出顛覆大康江山報仇雪恨的事情。

院門被輕輕叩響，胡不為站起身來，自從胡家落難，暫時寄居在水井兒胡同，他們的一舉一動都在官方的監視之中，平日裡很少有人過來探望，即便是親朋好友也一個個避之不及，這麼久了，也就是寥寥幾個前來：「誰啊？」

門外一個尖細的聲音道：「胡大人在嗎？」說話的時候，院門已經被緩緩推開，一身深藍色宮服的姬飛花緩步走入院落之中。

胡不為慌忙上前行禮：「罪臣胡不為參見提督大人……」他慌忙向徐鳳儀使眼色，示意徐鳳儀過來見禮。

徐鳳儀打心底厭惡這個紅得發紫的大太監，可想起兒子在宮中的未來命運，不得不走過來行禮。

姬飛花的唇角露出一絲淡淡的笑意：「原來胡夫人也在。」

胡不為道：「夫人，趕緊去給提督大人倒茶。」

徐鳳儀轉身去了。

胡不為邀請姬飛花去裡面坐，姬飛花卻搖了搖頭，在剛才徐鳳儀的位置坐下，目光投向不遠處怒放的桃花，輕聲道：「桃花已經開了！」

徐鳳儀端著倒好的茶出來，將其中一個粗瓷茶杯遞給姬飛花。

姬飛花雙手接過，溫文爾雅道：「有勞徐夫人了。」

徐鳳儀留意到姬飛花的一雙手掌宛如白玉雕琢而成，當真細膩柔滑到了極點，比起女兒家的手掌還要白嫩纖美，心中暗歎，這太監生得真是美麗，真正是讓女人都要嫉妒他的美貌了，不覺又想起了自己的兒子，卻不知兒子以後會不會也變成他這種不男不女的樣子。

徐鳳儀正想告退，姬飛花卻叫住她道：「夫人不用急著迴避，一起坐下，咱家剛好有些話想要問你呢。」

徐鳳儀看了丈夫一眼，胡不為道：「提督大人讓你坐你就坐下。」轉而又向姬飛花笑道：「提督大人見笑了，婦道人家沒什麼見識。」

姬飛花道：「金陵徐家的大小姐怎會沒什麼見識？胡大人這話對夫人可不公平。」

胡不為聽他突然提到金陵徐家，內心中不禁一驚，臉上的表情仍然古井不波，微笑岔開話題道：「提督大人這次過來找我，有什麼事情？」

姬飛花道：「沒什麼事，只是順路過來看看，我和胡公公相交莫逆，在我心中已然將他當成了自己親弟弟一般，他出門在外，我自要多多照顧他的父母雙親。」

胡不為誠惶誠恐道：「不敢當，提督大人真是折殺胡某了。」

姬飛花道：「胡大人不必見外，若是遇到了什麼困難，什麼解決不了的事情只管對咱家明說，咱家在皇上那裡多少還是能夠說幾句話的。」

胡不為道：「多謝提督大人。」

姬飛花道：「聽戶部那邊說，胡大人將事情交接得已經差不多了？」

胡不為道：「是！」心中不由得忐忑起來，兔死狗烹，鳥盡弓藏，皇上之所以留下他的性命，無非是因為他對戶部仍然有些用處，一旦等他的利用價值消失，那麼也就到了他的死期。

姬飛花道：「胡大人不必拘謹，咱們就是隨便聊聊，最近咱家從宮中聽說了一些事情，又無從分辨真偽，所以想請胡大人幫我參詳一下。」

胡不為恭敬道：「蒙提督大人看重，胡某必知無不言言無不盡。」

姬飛花道：「十九年前楚源海一案，胡大人是否還記得？」

胡不為道：「記得，十九年前楚源海案發的時候轟動天下。」他暗自心驚，可表情卻一如往常，回答也是滴水不漏，楚源海一案當年轟動天下，不但我記得，很多人都記得。

姬飛花道：「據說當時在楚源海家的地窖中搜出的赤金就有十八萬兩，現銀三百萬兩，更不用說其他奇珍異寶，大康也就是從那時財政出了大問題。」

胡不為道：「卑職雖然是楚源海的繼任，但是我和楚源海並無任何私交，當年他案發之時，我還在金陵為官，具體的情況並不知情。」

姬飛花笑道：「胡大人不用多想，咱家只是隨口一問。」他歎了口氣道：「最近宮裡有個傳言，說楚源海案發之時雖然被抄家滅族，可是仍然有大筆財富沒有找到。」

胡不為道：「這個傳言我也聽說過，我接手戶部之後，單單是清理戶部帳目就用去了整整兩年，從中沒有發現太多的疏漏，不知這傳言又是因何而起？」

姬飛花意味深長道：「帳目始終都是人做出來的，也許有人存心想要隱瞞呢？」

胡不為雙手抱拳，朝著皇城的方向作揖道：「我胡不為對大康忠心耿耿，日月可鑒。」

姬飛花笑了起來：「胡大人到現在還不明白為何會淪落到如今的境況？」

胡不為沒有說話。

姬飛花道：「皇上真正在乎的，不是大康，而是他自己。」

胡不為夫婦聽得心驚肉跳，姬飛花何等大膽，竟然說出這種大逆不道的話。不過他也沒有說錯，在當今皇上的眼中，胡不為只是一個忠於太上皇的臣子。

姬飛花道：「皇上發現當年涉及到楚源海案子的關鍵人物大都已經死了，楚源海在這世上的親朋好友也大都被殺，如果說楚家的親友被殺尚可解釋，可是當年辦楚源海一案的那些人乃是功臣，卻不知他們怎麼也遭到了厄運？」

胡不為苦笑道：「當年的事情我並不清楚。」

姬飛花道：「楚源海擔任戶部尚書之時，大康有四大鉅賈，徐、賈、周、武，這其中徐家乃是第一大戶。」

徐鳳儀面色微變，沒想到姬飛花話鋒一轉突然轉向了她的娘家。

姬飛花繼續道：「徐家的生意做得很大，絲綢、瓷器、藥材，真正讓徐家發達的還是拿下了江南鹽運的獨家經營權。」

徐鳳儀道：「提督大人所說的都是陳年舊事了，早在三十年前，朝廷就收回了徐家經營鹽業的權力。」

姬飛花道：「咱家當然知道，而且主張收回徐家運營權的人就是戶部尚書楚源海，從那時起，徐家在大康的生意一落千丈，徐老夫人果斷改變經營策略，徹底斷了和朝廷有關的所有生意，將商業重心開拓到海外，組建船隊，遠渡重洋，與南洋諸國建立了貿易往來的關係，也正是因為這個緣故，徐家方才躲過了一劫，沒有被楚源海案所牽累，其他的三大家，都因為或多或少牽連到戶部的生意，最後全都落到抄家滅族的下場。」

胡不為感歎道：「福禍相依，有些事情是根本無法預料到的，如果不是當初楚源海因為私怨而排擠徐家，只怕當年徐家就已經落難。」

姬飛花微笑道：「都說楚源海和徐家有私怨，可到底是什麼私怨？胡大人可不可以告訴我？」

徐鳳儀搶先答道：「提督大人只怕是問錯人了，三十年前，我和他還未成親呢，連認都不認識，他又怎麼知道這些事？」停頓了一下又道：「其實我們徐家和楚源海到底有沒有什麼私仇我也不清楚，我娘親也從未提及，只是聽說當年我們徐家生意做得太大，於是招來很多人的妒忌，更有許多別有用心的商人想要取代我們的位置，不知用什麼手段說動了這位楚大人，才上演了楚大人出面奏請皇上提前收回了我們徐家的經營權利。」

姬飛花道：「聽夫人這麼一說，咱家心中就有些明白了。」

胡不為道：「也是好事，如果沒有這件事，徐家或許會被捲入當年的那場無妄之災。」

姬飛花道：「徐家從那時起低調了許多，都說徐家大不如前，可是又有人說徐家只是收斂鋒芒罷了，這些年徐家通過海上經營，財富不斷積聚，早已富可敵國。」

胡不為呵呵笑道：「提督大人真是高看徐家了，老太太早在十八年前就已經退居幕後，頤養天年，只需查一查徐家進出金陵港的船隻，就會對徐家這些年的生意了然於胸。」

徐鳳儀道：「提督大人給徐家貼金了。」

姬飛花道：「徐家這些年做得也的確不錯，幾次大康發生戰爭，徐家都捐了大筆金銀，這也是胡大人的事情沒有牽連到徐家的原因。說起徐老夫人，聽說她最近一次出海還是在十九年前，也就是楚源海事發之後的七天，不知是不是巧合呢？」

徐鳳儀雙目中掠過一絲惶恐之色，連她都不清楚這件事，可姬飛花是因何知道，而且言之鑿鑿，似乎真的發生過一樣。

胡不為道：「提督大人心中有什麼想法，不妨明說。」

姬飛花微笑道：「捕風捉影的事情說得太明白反而不好，外界還有一個傳言呢，都說楚源海其實是徐老太太從小收養的孤兒呢。」

徐鳳儀斷然道：「提督大人，這種捕風捉影的事情還是少說為妙，我們胡家已經落到了如此境地，自從我嫁入了胡家門，就是胡家人，徐家的事情我一概不知，提督大人若是真想知道當年究竟發生了什麼，不如親口去問問老太太。其實我們早已和徐家斷了聯繫。」

姬飛花點了點頭道：「還真是想親眼見見老太太呢。」

胡不為內心變得極其沉重，姬飛花今日前來絕非偶然，此人提起徐家的事情，難道打起了徐家的主意？胡不為暗自心生警惕，輕聲道：「戶部的帳目卑職已經交接得差不多了。胡某自問在任期間沒有貪墨過大康一文錢，當年胡某接任戶部尚書之時，整理過的帳目也都原封未動，一切有據可查，提督大人若是不信，盡可去調來查看。」

姬飛花道：「咱家可不擅查帳，那堆積如山的帳目若是讓我去查，只怕不出三日就要吐血了。」他端起茶杯喝了口茶道：「胡家有功於社稷，當年皇上曾經御賜胡家丹書鐵券，足以證明胡家對大康的貢獻，徐家對大康的忠心也是天下皆知，十五年前東海王叛亂，那場戰事徐家捐了不少的銀子。」

胡不為夫婦二人心中忐忑不安，姬飛花今日前來舊事重提，卻不知他究竟打什麼算盤。胡不為道：「為大康盡忠乃是臣之本份。」

姬飛花道：「說起來胡大人也沒有什麼大錯，錯就錯在一片忠心都給了太上皇，惹得皇上不開心了。」

胡不為後背的衣衫全都為冷汗濕透，姬飛花果然狂妄，這種話他也敢說，都說此人一手遮天，連皇上都對他畏懼三分，現在看來果然如此。胡不為誠惶誠恐道：「皇上既然降罪於我，就證明我做事不周，有負皇上重托，落到現在的地步完全是胡某咎由自取，胡某心中對皇上只有感激，絕無半分埋怨。」

姬飛花眼波流轉：「胡大人的這片肺腑之言若是讓皇上聽到，說不定他真會感動，搞不好會赦免了你的罪責，只可惜皇上對你有些懷疑。」

胡不為額頭都冒出了冷汗：「皇上若是懷疑，罪臣願一死表白忠心。」

姬飛花歎了口氣道：「千萬不要隨隨便便地說出這個死字，就算你不為自己考慮，也要為胡公公考慮，咱家答應了他要好好照顧你們，自然要保你們平安。」

胡不為對姬飛花的這番話將信將疑，姬飛花何許人物？為人冷血殘忍，殺伐果斷，他和胡小天之間無非是相互利用的關係，又豈會有什麼真正的感情，姬飛花的這番話無非是表面功夫罷了。雖然如此，胡不為仍然裝出感激萬分的樣子：「多謝提督大人眷顧，其實我們夫婦都已到了知天命之年，只要犬子平安就好，除此以外別無他求。」

姬飛花道：「你們無須擔心，胡小天聰明伶俐，機智過人，無論到了哪裡，他都有能力保護自己。」

胡不為欣慰地點了點頭，對姬飛花的這番話他倒是認同。

姬飛花又道：「胡大人既然已知天命，不如說說你對大康未來局勢的看法。」

胡不為苦笑道：「提督大人給我出了個難題，戴罪之身豈敢妄論國事。」

姬飛花道：「大康經濟深陷泥潭，這段時期以來天災不斷，民亂四起，胡大人身為大康官員，難道不想為國家出力？」

胡不為道：「年紀大了，無論精力還是體力都已經跟不上了，胡某現在是有心無力了。」

姬飛花道：「最近有個傳言，都說太上皇還有一個地下金庫，據說金庫中的財富要比國庫多上數倍。」

胡不為道：「胡某在任十多年從未聽說過這件事。」

姬飛花道：「胡大人或許不知道，可是你的前任未必不清楚這件事，陛下認為，很可能是楚源海為皇上建起了這個秘密金庫，而他之所以落難也是因為這件事。」

胡不為歎了口道：「當年的事情胡某真不清楚，所以也不敢妄言。」

姬飛花緩緩點了點頭，他向徐鳳儀道：「胡夫人，在下有件事想委託您去做。」

徐鳳儀道：「提督大人只管吩咐。」

姬飛花道：「夫人對我無需客氣，我和小天情同手足，大人和夫人只管將我當成子侄看待就是，私下裡不用拘泥禮節。」

徐鳳儀垂頭道：「不敢！」

姬飛花從袖中拿出了一封信遞給徐鳳儀道：「我寫了一封信給老夫人，勞煩胡夫人親自去一趟金陵城，親手將這封信交給老夫人。」

徐鳳儀心中忐忑不已，不知姬飛花的用意到底是什麼，以她現在的身分又如何能夠離京？姬飛花是不是在佈局陷害她的娘家？

姬飛花微笑道：「夫人無需多慮，這兩天好好收拾一下，後天我會派人護送夫人前往金陵。」

徐鳳儀看了看胡不為，自然是徵求丈夫的意見。胡不為當然看出其中必有蹊蹺，但是姬飛花決定的事情豈是他們能夠改變的，唯有照辦。多年夫妻，一個眼神就已經瞭解了對方的意思，徐鳳儀接過那封信道：「是！」

姬飛花起身道：「我走了，對了，胡大人，最近宮裡正在整理帳目，我跟皇上提過，讓你暫時去那邊幫忙，不知你意下如何？」

胡不為恭敬道：「胡某聽從提督大人安排。」

姬飛花微笑點頭。

離開了水井兒胡同，何忍興守在他的座車前，靜靜等候著他的到來，姬飛花來到車前並沒有急著走，低聲對何忍興道：「徐夫人後天去金陵娘家，我想你親自護送她走這一趟。」

何忍興道：「是！」

姬飛花道：「北邊的事情準備好了嗎？」

「準備好了。」

姬飛花微笑道：「卻不知會有怎樣一個驚喜？」

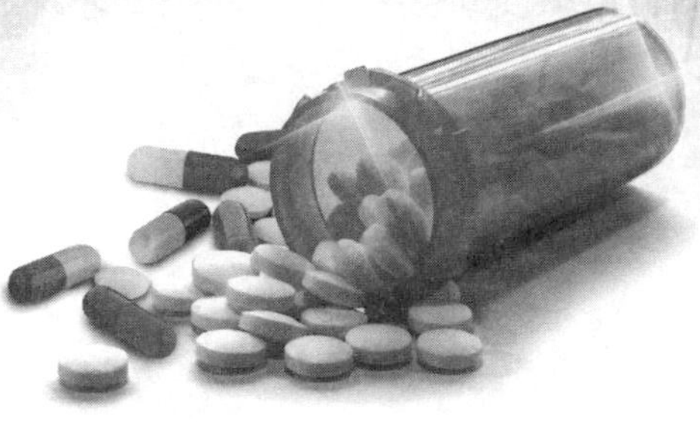

第七章

是敵是友

胡小天無法確定趙武晟是敵是友，即便他是姬飛花安插的內應，
只是這廝今晚就要離去，等於將所有的事都交給了自己，
可他為什麼要留下二百名武士，這二百名武士不可能知道內情，
會不會成為自己誅殺文博遠的障礙呢？

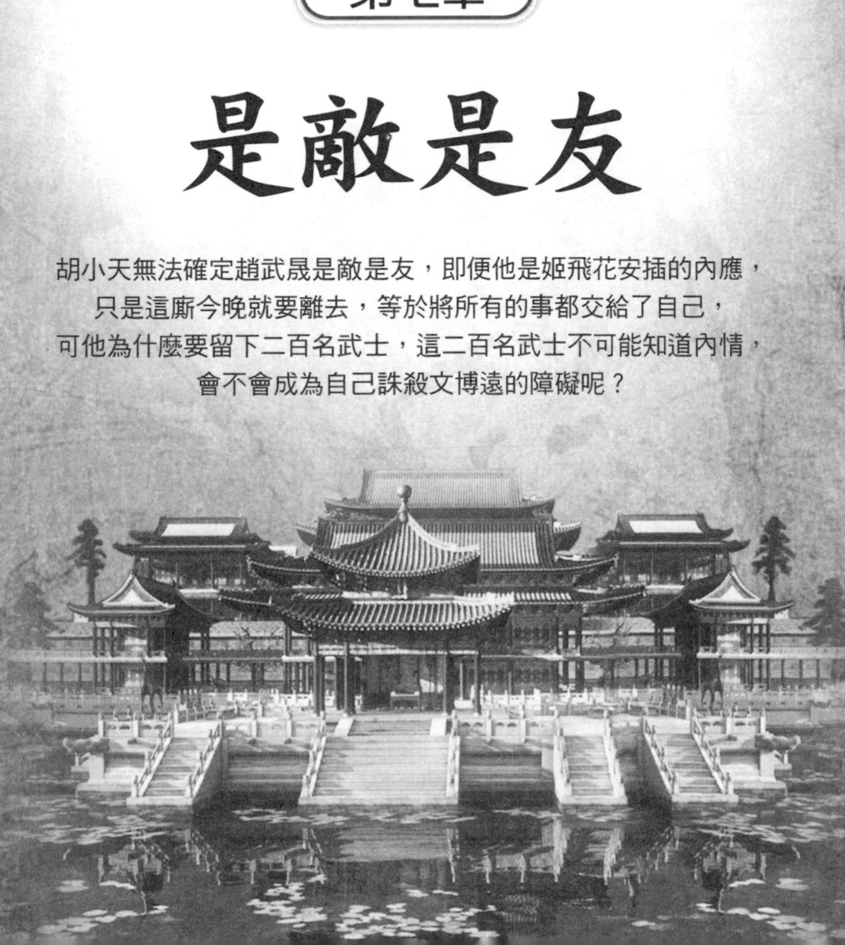

風雲彙聚，一會兒功夫，鳳凰台上方的天空已經烏雲密佈，北方的寒風越過庸江，帶著江水濕冷的潮氣於無聲之中席捲而來，讓人感覺到一股刺骨的冷意，鳳凰台下一束剛剛綻放的迎春花在寒風中戰慄著，似乎在後悔它來得有些太早，金黃色的花瓣終於在和寒風的抗衡中落敗，落英紛飛，有幾片飛到了胡小天的身上，他從熊天霸手中接過馬韁，翻身上馬，正準備離開鳳凰台，卻看到遠方一隊人馬朝著這邊的方向而來。

胡小天本以為文博遠去而復返，定睛一望，為首那名男子居然是趙武晟。

胡小天勒住馬韁，讓小灰停下腳步，微笑望著趙武晟。

趙武晟來到近前，猛然勒住馬韁，馬兒前衝了幾步方才止住步伐，他向胡小天抱拳道：「胡公公，你果然在這裡啊！」

胡小天道：「趙將軍找我有事？」

趙武晟道：「護送公主渡江的船隻已經準備好了，今晚就可以將公主的隨行物品提前送過去，聽文將軍說，所有的後勤事務都是由胡大人負責，所以特地來找胡大人商量。」

胡小天道：「不是明日才渡江嗎？」

趙武晟笑道：「提前將隨行物品運送過去，省得到時候又手忙腳亂。」

胡小天道：「趙將軍想怎樣安排呢？」

趙武晟道：「不如找個地方坐坐，我詳細說給胡大人聽。」

胡小天環顧四周，倉木城內他可不熟，正想詢問熊天霸。趙武晟又道：「我讓人在前方鳳鳴亭內準備了一些酒菜，胡大人若是不嫌棄，咱們前去喝上兩杯，聊上幾句。」

胡小天對趙武晟充滿了好奇，第一次見面，趙武晟就已經給他暗示，此人十有八九就是姬飛花佈局在此地的內應，這次前來很可能是為了配合他除去文博遠。胡小天決定跟他好好談一談，探聽一下他的虛實。

鳳鳴亭內早已準備好了酒菜，胡小天跟隨趙武晟一起來到鳳鳴亭，兩人讓手下人全都退了下去。

趙武晟拿起酒壺將兩人面前的酒杯斟滿，微笑道：「能夠結識胡大人真是三生有幸，第一次飲酒，咱們乾了這一杯。」

胡小天非常爽快，拿起酒杯一飲而盡，砸了砸嘴唇道：「這酒好烈！」

趙武晟道：「北疆苦寒，烈酒可以暖身，不過這酒肯定比不上宮裡的玉液瓊漿，胡大人多多見諒才是。」

胡小天道：「趙將軍有沒有去過京城？」

「去過，算起來已是三年前的事了，那時候還和尊父胡大人一起飲過酒。」

「哦？」胡小天詫異道。

趙武晟呵呵笑道：「只不過那時我只是一個不起眼的邊關小兵，哪有和胡大人喝酒的資格。」

胡小天心中暗忖，三年前，老爹正在得勢之時，趙武晟只不過是趙登雲的侄子，想來和父親飲酒應該是跟隨他叔父一起。胡小天道：「那我就替家父跟你乾上三杯。」

趙武晟笑道：「不敢當，胡大人乃是性情中人，趙某對胡大人也是一見如故呢。」

胡小天放下酒杯，回到正題之上：「明日趙將軍的具體安排是什麼？」

趙武晟道：「一共安排了兩條船，我方會抽調兩百名士兵隨行。」

胡小天道：「趙將軍也會一起嗎？」

趙武晟道：「在下還有要事，今晚就會離開倉木，無法陪同胡大人渡河了。」

胡小天呵呵笑了一聲道：「趙將軍看來一定是有特別重要的事情了。」心中卻明白這趙武晟是提前抽身離開，分明是撇開和這件事的關係，只是有一點胡小天想不通，補充的兩百名士兵武士全都來自水軍提督趙登雲的陣營，若是在庸江發生了事情，趙登雲也難逃其責，趙武晟是趙登雲的親侄子，難不成他連自己的親叔叔都要坑？這事兒還真是撲朔迷離，讓他看不清楚了，當局者迷，卻不知姬飛花到底有沒有連自己也算計在其中？

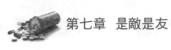

趙武晟歎了口氣道：「亂民四起，最近武興郡那邊形勢不容樂觀，我必須儘快趕回去。」

胡小天意味深長道：「那麼保護公主的事情都要由我來做了？」

趙武晟微笑道：「我聽說胡大人好像並不想我們介入。」

胡小天道：「既然如此，趙將軍為何又要派二百名武士增援我們，難道趙將軍不怕這些武士會遇到什麼麻煩嗎？」

趙武晟道：「這二百名武士能征善戰，且一個個水性絕佳，胡大人只管放心就好。」

胡小天到現在都無法確定趙武晟究竟是敵是友，即便他是姬飛花安插在這裡的內應，只是這廝今晚就要離去，等於將所有的事情都交給了自己，可他為什麼要留下二百名武士，這二百名武士不可能知道內情，會不會成為自己誅殺文博遠的障礙呢？轉念一想，他既然做出如此安排，那麼這二百名武士很可能就是為了配合剷除文博遠而存在。

趙武晟道：「兩國以庸江末界，庸江的中心就是兩國看不見的分界線，我已經讓人往大雍方面報信，想必大雍的水師會在他們的水域範圍內迎接。等到了他們那邊的水域，就已經不是我方力所能及的範圍了。」

胡小天點了點頭，趙武晟這是在暗示自己最好在江心動手。

胡小天意味深長道：「卻不知明日庸江的風浪如何？」

趙武晟低聲道：「即便是無風無浪也可能翻船，江中的情況千變萬化，表面看上去平靜無波，可實際上卻是暗潮湧動。」

胡小天眉峰一動，已然領悟了趙武晟話中的寒意。

趙武晟端起酒杯道：「祝胡大人此行一帆風順，早日護送公主平安抵達雍都，凱旋而歸，趙某在武興郡恭候胡大人的佳音。」

胡小天端起面前的那杯酒，輕聲道：「我若是平安回來，必和趙將軍喝上個一醉方休。」

胡小天唯一能夠確定的就是趙武晟是姬飛花派來的內應，至於明天究竟會發生什麼，他不清楚，無論他的計畫如何完美，最終還要看趙武晟在暗中的功夫，從姬飛花當初所說的那番話可以推斷出，他應該計畫將文博遠溺死在水中，庸江就是下手之機，當著那麼多人的面，胡小天當然不可能將文博遠推下水去，即便是他想，以他目前的武功也很難做得到。

以姬飛花的頭腦不會考慮不到這件事，也許他安排趙武晟在此等候就是出於這方面的考慮，讓趙武晟來配合自己下手。可是趙武晟明確表示不會登船，只留下了二百名武士，這讓胡小天不免有些忐忑，而趙武晟至今也沒有將詳盡的計畫透露給他，這二百名武士到底能夠起到什麼作用，趙武晟也沒有說明。

明日就要渡江，而現在胡小天還無法斷定將會發生什麼。不過他可以斷定，明日肯定會出事，而且極可能在江心翻船，姬飛花絕不會放過這個千載難逢的機會。

周默從胡小天緊鎖的眉宇已經猜到他此時內心的壓力一定很大，入夜時分，公主的營地歸於寂靜。周默和胡小天坐在庭院內的石欄之上，望著公主營帳的方向。

胡小天低聲道：「明日不管發生了什麼事情，你只需記住一件事，保護公主，其他的事情全都跟你無關。」

周默道：「明天會發生什麼？」這還是他第一次主動發問。

胡小天抬起頭看著深沉的夜色，搖了搖頭道：「我也不清楚，只要有逃走的機會，你就帶她離開，到時候我自會想出脫身之策。」

周默道：「只怕你擔不起這個責任。」

胡小天低聲道：「走一步看一步，姬飛花答應過我，他會照顧好我的父母。」

「你相信他？」

胡小天瞇起雙目：「他雖然不是一個好人，可是我認識他這麼久，他還從未對我食言過。」

周默低聲提醒他道：「一個禍國奸賊罷了，他的話絕不可信。」

胡小天抬起手輕輕拍了拍周默的肩膀道：「除了相信他，我已經沒有更好的選擇。」

此時紫鵑走出營帳向他們兩人走了過來，來到近前輕聲道：「胡公公，公主請您過去一趟。」

胡小天點了點頭，快步來到營帳之中。

龍曦月看到胡小天進來，俏臉之上流露出欣喜之色，小聲道：「我還以為你生我氣了呢。」

胡小天呵呵笑道：「怎麼會？」

龍曦月壓低聲音道：「今日在鳳凰台，你為何要我那樣做？」

胡小天道：「只是想製造一些假像罷了。」他將事先準備好的水靠和人皮面具交給龍曦月，低聲道：「這套水靠，你明日穿在身上，以防萬一。」

龍曦月聽他這樣說，知道明日必有大事發生，一顆芳心怦怦直跳，顫聲道：「你……你不要做傻事。」

胡小天道：「不是我要做傻事，而是有人逼我不得不這樣做，你不用害怕，周大哥會在你身邊寸步不離地保護你，你只需要記住，一旦有機會，馬上將人皮面具戴上，這或許是你唯一可能脫身的機會。」

龍曦月道：「可是……」

胡小天道：「沒有什麼可是，你若是真心對我，就乖乖按照我說的去做，你放心，我不會胡來，我爹娘還在京城，我不會拿他們的性命冒險。」

龍曦月眼圈紅了，將胡小天遞給她的東西收好了，胡小天將人皮面具的使用方法詳細交給了她，然後又道：「我還有一件事需要紫鵑配合。」

龍曦月道：「你想怎樣？」她知道胡小天對紫鵑一直存疑，生怕胡小天會對紫鵑不利。

胡小天道：「你放心，我只是做一些必要的防範手段。」

龍曦月道：「你是不是仍然懷疑她？」

胡小天道：「正因為如此，我才給她一個證明自己的機會，如果這次她按照我所說的去做，就證明我誤會她了，假如這件事她洩露出去，那此人絕不可再用。」

龍曦月猶豫了好一會兒，終於點了點頭道：「好，就依你一次。」

胡小天在龍曦月營帳內停留了近半個時辰方才出來，離開營帳，他並沒有馬上離去，而是來到紫鵑身邊，低聲道：「紫鵑，咱家有幾句話想對你說。」

紫鵑不由得內心忐忑，輕聲道：「胡公公有什麼事只管吩咐。」

胡小天將她叫到了自己的營帳之中，紫鵑的目光明顯有些惶恐，十指糾結在一起，螓首也垂落下去。

胡小天和顏悅色道：「紫鵑，公主待你如何？」

紫鵑道：「公主待紫鵑恩重如山，胡公公因何這樣問我？」

胡小天道：「既然如此，我讓你為公主做一件事，你願不願意？」

紫鵑咬了咬嘴唇道：「紫鵑就算為公主犧牲性命，也在所不辭。」

胡小天道：「明日渡江，等到渡過庸江之後就進入大雍的疆域，雖然公主和大雍七皇子有了婚約，但是一天沒有抵達雍都，一天就不能放鬆警惕，為了公主的安全起見，我想了一個主意。」

紫鵑道：「什麼主意？」

胡小天打量了一下紫鵑，紫鵑雖然美貌無法和龍曦月相提並論，可是她的身高和龍曦月相仿，胡小天道：「我準備讓你穿上公主的衣服扮成公主的模樣，而殿下扮成你的侍女，就在你的身邊。」

紫鵑聞言大驚失色：「胡公公，此事萬萬不可，我只是一介下人，豈敢扮成公主的模樣，這種大逆不道的事情，紫鵑無論如何也不敢做。」

胡小天心中冷笑，她不是不敢是怕死，低聲道：「又不是讓你一直扮演下去，只是一個預防的手段罷了，你和公主身形相若，若是穿上公主的衣服，戴上面紗，我想外人肯定是無從分辨的。難道你連這件事都不願為公主去做？」

紫鵑慌忙道：「不是紫鵑不願意，而是這件事若是暴露出去，紫鵑豈不是犯了欺君之罪。」

胡小天笑道：「你是為了公主的安全著想，不但無罪而且有功，你也不用多想，等渡江之後，形勢穩定下來，就不會讓你繼續扮演下去。」

紫鵑道：「此事公主知不知道？」

胡小天道：「此事咱家可以做主，紫鵑，有件事你務必要記住，此事除了你我和公主之外，絕不容許有第三人知道，若是膽敢洩露出去，休怪咱家不講咱們過去的那些情面。」

紫鵑看到胡小天目光中陡然迸射出的陰冷殺機，嚇得內心一顫，點了點頭，再不敢多說什麼。

翌日清晨，胡小天早早醒來，天色仍未放亮，周遭卻是白茫茫一片，居然起霧了，胡小天愣了一下，從短暫的錯愕馬上變得心中狂喜，當真是天助我也，這樣的天氣豈不是等於給他創造了一個最好機會？看來天公作美，剷除文博遠，救走公主就在今日。

胡小天卻不是最早起來的那個，周默已經在準備車馬，此時安平公主和紫鵑的身影出現在營帳前，她們兩人都是戴著面紗，事實上她們已經更換過衣服，除非是對她們相當瞭解的人近距離觀察，或許能夠看出一些破綻，可是在她們蒙上面紗的情況下，普通人很難從外表上分辨出，再加上今日起了大霧，更加難以分辨。

安平公主已經換上了紫鵑的宮女服，在營帳前向胡小天眨了眨眼睛，然後重新進入營帳之中。

胡小天來到周默身旁，周默對此事清清楚楚，檢查了一下拉車馬匹的轡頭，低聲道：「準備好了！」

胡小天道：「大哥，拜託了！」

周默笑道：「此事完結之後，咱們兄弟一定要好好喝上一場。」

胡小天用力點了點頭，旋即又壓低聲音道：「盯住紫鵑，若是她敢耍什麼花樣，先把她殺掉。」

周默笑了笑道：「也許用不著我來動手。」

此時吳敬善過來了，一走進院落，吳敬善就叫苦不迭道：「哎呀呀，胡大人，今日突然起了大霧，看來渡江之事要推遲了。」

胡小天道：「文博遠怎麼說？」

吳敬善將胡小天拉到一邊，苦著臉道：「為何？這次為何公主要答應他的提議，讓那二百名武士加入到咱們的隊伍中來？」

胡小天苦笑道：「我昨日就因為多說了一句話，結果被公主罰跪，這件事我是無論如何都不敢再提了。吳大人，咱們既然阻止不了，只能聽之任之，可朝廷那邊必須要提前通知一聲，文博遠擅作主張，獨斷專行，以後萬一出了什麼事情，責任由他自己承擔，跟咱們沒有關係。」

吳敬善歎了口氣道：「說是那麼說，真要是出了什麼事情，咱們只怕也難以抽身事外。」他搖了搖頭，低聲道：「此事我即刻就讓人前往京城稟報，無論如何也得先說清楚。」

熊安民父子此時也來到營地送行，兩人見過吳敬善和胡小天之後，熊安民道：「兩位大人，昨夜裡突然起了大霧，只怕要等到上午時候霧氣才能消退。」

吳敬善道：「反正也不急著趕路，等到霧散了再走也不遲。」他的話音剛落，外面響起駿馬嘶鳴之聲，卻是文博遠率領麾下眾武士前來護送公主。

經過倉木縣的短暫休整之後，護送公主前往雍都的隊伍重新做出了調整，這其中最大的變化就是唐家兄弟被摒棄於陣營之外，當然也留下了部分負責驅車車馬的馬夫，文博遠一方雖然也有不少武士受傷無法隨行，可是此次趙武晟帶來了二百名武士補充了人員上的不足，可以說文博遠麾下的實力更勝往昔。而胡小天剛剛在隊伍中發展起來的力量和建立起的威信則受到空前的挑戰。

文博遠的臉上洋溢著重新找回的自信，通過倉木城的這次調整，他已經將形勢成功逆轉，重新掌握了隊伍的控制權，非但如此，胡小天對自己的當面詆毀終於激起了安平公主的反感，她心裡的天平也不再像過去那般完全偏重於胡小天一方。

文博遠看到胡小天，輕蔑地瞥了他一眼，馬上將臉轉到了一邊，只當沒看見這廝，擺出一副老死不相往來的架勢。

胡小天心中暗自呵呵冷笑，且讓你多威風一會兒，等到了庸江，老子將你餵了王八。

文博遠向吳敬善拱了拱手：「吳大人好早，我還以為大人年紀大了，要多睡一會兒呢。」

吳敬善焉能聽不出他在嘲諷自己老邁，乾咳了一聲道：「不是說今天一早要渡江，所以提前起來準備，可起來之後方才發現到處都是霧氣瀰漫，聽說江面上濃霧深鎖，看來咱們唯有等到霧氣消散之後才能出發了。」

文博遠道：「江邊的天氣從來都是這個樣子，雖然有霧，可是不會維繫太久的時間，我問過當地的嚮導，大概一個時辰之後濃霧就會消散。」

吳敬善點了點頭道：「那就等一個時辰之後再行出發。」

文博遠搖了搖頭道：「按照咱們的既定計劃，中午就已經度過庸江，咱們可以在對岸吃午飯，將時間耽擱在此地並無任何的意義。」

吳敬善朝胡小天看了看，想要徵求他的意見，卻見胡小天在不遠處和熊天霸低聲說著什麼，似乎置身事外，根本沒有關注他和文博遠之間的對話，終忍不住叫道：「胡大人，你怎麼看？」

胡小天笑道：「公主殿下都已經說了，讓咱們各司其責，我負責的是內務補給，其他的事情全都由兩位大人做主。」

吳敬善心中不由得有些奇怪，這廝怎麼突然轉了性子？昨天還鼓動自己要警惕文博遠，今日卻要抽身事外，小子啊，不帶這麼玩的，你這等於把我給推出來了。

文博遠道：「兩位大人如無異議，咱們這就出發，等到了青龍灣碼頭，根據情況再定何時出發。」

吳敬善因為胡小天剛才的表現心中也有了些情緒，你小子不問，我這個老頭子更加無所謂，於是點了點頭道：「胡大人說得不錯，行程上的事情還是文將軍做主就是。」

一行人頂著濃霧向青龍灣碼頭進發，除了送親隊伍的七百餘人之外，熊安民父子也率領倉木城的百餘名士兵為他們引路，出了倉木城北門之後，霧氣明顯消散了許多，再加上有當地駐軍引路，行進的速度自然沒有受到影響。

胡小天騎著小灰就守護在公主的坐車旁邊，周默和他並轡而行，以傳音入密向胡小天道：「並沒有發現紫鵑有任何異樣。」

胡小天向座車看了一眼，低聲道：「盯緊她，此女絕對有問題。」

東方的天空開始有些發紅，朝陽正在和遮住天空的濃霧努力抗爭，天地之間雖然還是朦朦朧朧的顏色，可是比起清晨已經通透了許多，吳敬善拉開車簾，從車窗內探出頭去，看到兩旁護衛武士排著整齊的佇列大步行進。他竭力張望，看到文博遠朦朧的身影行進在隊伍的最前方。不知為何，吳敬善的內心總是有些忐忑，他招了招手，將家將吳奎叫到身邊。

吳奎躬身陪著笑臉道：「大人有何吩咐？」

吳敬善低聲道：「還有多久才能到青龍灣？」

吳奎道：「聽說就要到了。」

他的話音剛落，就聽到前方傳來蹄聲陣陣，腳下的地面似乎都震動了起來。縈繞的霧氣也感應到了這震動，劇烈起伏波動起來，朝陽終於掙脫了雲層和霧氣的束縛，從東方的天空中露出頭來，金光頃刻間灑滿了大地。

一隊近三百人的馬隊從東北方向朝著送親隊伍的位置飛速而來，馬上將士盔甲鮮明，朝陽金色的光輝籠罩在他們的盔甲之上，描畫出華麗的金色輪廓，他們躍馬奔騰，身姿矯健，彷彿破開晨霧突然就出現在眾人的眼前。

文博遠勒住馬韁，瞇起雙目望去，卻見那馬隊正中一面大旗迎風招展，上方繡著一個大大的馮字。

馬隊在距離他們十丈外停下，隊伍之中一名身穿青銅甲冑的中年將領縱馬出列，揚聲道：「青龍灣駐軍統領馮長征率領麾下將士，特來恭迎安平公主殿下一行。」

文博遠點了點頭，安平公主今日要從青龍灣碼頭渡江的事情早已傳達到了這裡，而且昨晚就已經提前將嫁妝輜重裝船，文博遠親自跟進此事，他和馮長征在昨天已經見過面了，他向馮長征一抱拳道：「馮將軍好！」

馮長征在原地候著，等到文博遠來到近期，撥轉馬頭改為和文博遠並轡而行，他帶來的三百名騎兵向兩旁散開，從中現出一條通路，文博遠和馮長征兩人率先騎馬進入通路之中。

文博遠道：「準備得怎麼樣了？」

馮長征恭敬道：「啟稟文將軍，一切準備妥當，只等公主登船。」

文博遠舉目望去，陽光出現之後，霧氣消散得很快，原本處在濃霧籠罩中的青龍灣碼頭，突然間就出現在他們的面前，在陽光的驅逐下，霧氣正在以肉眼可見的速度消退著。他低聲道：「天氣不錯！」

馮長征笑道：「剛才還有霧呢，這會兒就快消散了。」

文博遠道：「大雍方面有沒有聯繫上？」

馮長征點了點頭道：「已經派人聯絡了，大雍水師方面會在南陽寨迎接，七皇子薛傳銘正在通天江練兵，已經收到消息，應該在趕往南陽寨的路上。」

說話間已經來到碼頭大門前，卻見碼頭上停泊著兩艘大船，今日他們就要乘坐這兩艘船渡江。

抵達碼頭之後，眾人紛紛翻身下馬，吳敬善也從車內出來，一邊捶著老腰一邊觀察著碼頭和江面的情況，霧散得很快，此時目力已經可以達到庸江中心了，用不了太久時間，晨霧就可以完全消退。

文博遠朝著吳敬善走了過來，他向吳敬善道：「吳大人，一切都已經準備停當，隨時都可以渡河。」

吳敬善點了點頭道：「好，好！」

文博遠將事先擬好的人員分配方案告訴吳敬善，讓吳敬善詫異的是，他和文博遠被分配在一艘船中，而胡小天和安平公主上了另外一艘船。這樣的分配方案也是大大出乎胡小天的意料之外，他本以為文博遠必然以護衛為名，和安平公主同船，可是卻沒有想到文博遠居然做出這樣的安排。胡小天心中暗歎，當真是計畫不如變化，難道文博遠已經有所覺察？所以才做出這樣的安排？仔細想想，自己並沒有流露出任何的破綻，他發現的可能性微乎其微，可又不是臨時起意。

胡小天心中越想越是奇怪，雖然不清楚文博遠的真實動機，可是他可以斷定此人做出這樣的安排絕對不是偶然。

此時安平公主和紫鵑兩人也下了馬車，紫鵑和安平公主換了裝扮，安平公主攙扶著紫鵑的手臂，胡小天慌忙走了過去，在另一側攙扶住紫鵑的另外一條臂膀，紫鵑轉頭向遠處望去，不等完全轉過頭來，卻遭遇到胡小天充滿殺機的目光，紫鵑內心為之一顫。

胡小天以傳音入密道：「往前走，千萬不要露出任何的破綻。」

紫鵑垂下頭去，腳步凝重地向舷梯走去。

即將登船之時，文博遠走了過來，大聲道：「公主殿下請留步！」

龍曦月芳心一震，暗叫不妙，文博遠難道已經從中看出了破綻。

胡小天低聲道：「繼續走！不必理會他！」他停下腳步攔住了文博遠的去路。

文博遠冷冷望著胡小天道：「胡公公攔住我去路作甚？」

胡小天道：「這裡不是說話的地方，有什麼話，還請文將軍登船之後再說。」

文博遠微微一怔，卻見胡小天做了一個邀請他登船的手勢。文博遠並沒有上船的意思，而是看了看周圍道：「人多眼雜，的確不是說話的地方，還是等到下船之後再說。」

胡小天笑道：「文將軍不上這條船嗎？」

文博遠指了指一旁的大船道：「文某在這條船上為公主殿下保駕護航。」

胡小天呵呵冷笑道：「文將軍過去可都是近身護衛啊！」

文博遠道：「胡公公多心了，陸路上和水路之上情況不同，應該採取怎樣的防範措施文某比胡公公要清楚得多，遇到突然狀況，文某可以率領部下擋住，而讓公主先行撤離到安全的地方，再說了，胡公公手下也是人才濟濟，有你們在公主身邊保護，我也放心得很呢。」

雖然文博遠說得有些道理，可是胡小天卻認定這廝有詐，就在此時，忽然聽到舷梯上發出一聲驚呼，兩人同時抬眼望去，卻見公主失足踏空，險些摔倒在舷梯之上，幸虧周默及時一把將她抓住，在她身邊的龍曦月大吃一驚，也伸手去扶她，險些將紫鵑的名字叫了出來。

胡小天知道紫鵑此番舉動絕非偶然，她應該是通過這種方式給文博遠傳遞信號。胡小天留意文博遠的一雙瞳孔驟然收縮，似乎意識到了什麼，不過他並沒有走過去。

胡小天故意道：「好像發生了事情，咱們過去看看。」

文博遠並沒有回應他的話，淡淡然道：「應該沒什麼事情，胡公公還是儘快登船吧。」

胡小天內心之中變得越發疑惑，文博遠沒理由那麼沉得住氣，莫非他早就識破了自己的計謀？轉念一想應該不對，紫鵑一舉一動完全在周默的監視之下，根本沒有和外界溝通的機會。

此時安平公主和紫鵑一行已經上船，龍曦月走上甲板的那一刻轉過身來，目光投向胡小天，看到他仍然和文博遠站在一起，又擔心暴露了身分，慌忙轉過身去。雖然只是這一微妙的動作，卻被文博遠完全捕捉到，文博遠皺了皺眉頭，隱約猜到發生了什麼，他向胡小天抱了抱拳道：「告辭了，胡公公咱們對岸相見。」

胡小天笑道：「好啊！好啊！」望著文博遠的背影總覺得事情非常的蹊蹺，此時熊安民父子過來向他辭行，胡小天卻向熊天霸招了招手道：「熊孩子，叔叔還有一件事交給你去做。」

熊天霸道：「叔叔請說。」其實熊天霸原本就想跟著他們一起前往大雍去湊個熱鬧，路上也好跟師父周默學些武功，可是胡小天考慮到途中會有大事發生，擔心會連累到他，所以並沒有讓他同行。

胡小天道：「你帶些兄弟跟我渡河，等船安全到了地方，再跟著船返回。」

熊天霸笑道：「成！叔叔乾脆帶我去雍都，我也好見識見識。」

熊安民老於世故，看到胡小天突然改變了主意，心中料到胡小天必然覺察到了情況異常，否則不會讓兒子跟他上船，低聲向胡小天道：「胡大人，是不是有什麼不對？」

胡小天也不瞞他，看了看周圍壓低聲音道：「我總覺得文博遠今日的行為舉止有些異常。」

熊安民點了點頭道：「我跟著一起過去。」

胡小天知道他一是為了幫忙，二是對熊天霸放心不下，於是點了點頭道：「也好！」

文博遠沿著舷梯方才走到了一半，就看到胡小天和熊家父子一起率領五十名士卒也跟著上了他的這條船，文博遠不由得心中一怔，暗叫不妙。

眾人先後來到甲板之上，文博遠攔住胡小天的去路道：「胡公公好像上錯了船。」

胡小天笑道：「沒錯啊，那艘船已經滿了，熊大人一片忠心，決定送公主到對岸，然後再隨船返回，咱家總不能拒絕他的盛情，嫁妝輜重都在那邊，我們只能到這艘船來湊個熱鬧了。」

文博遠冷冷道：「胡公公，船隻載重有限，這艘船只怕載不走那麼多人吧。」

身後一個聲音道：「怎麼載不走啊，不是說還能坐一百多人嗎？」說話的卻是禮部尚書吳敬善，吳敬善登船之後一直留在甲板之上，他也奇怪為什麼文博遠會選擇和安平公主分開乘坐。

胡小天笑道：「吳大人！」

吳敬善拱手道：「胡公公，老夫還以為你跟公主同船呢。」

胡小天道：「文將軍說了，這艘船擔負著保護公主的重責，我想來想去，責任豈可讓文將軍獨自承擔，於是就來了。」

吳敬善豎起大拇指，假惺惺道：「胡大人赤膽忠心，實在讓老夫佩服佩服。」

胡小天道：「論到忠心，有吳大人在，小天只敢稱第二。」

「哪裡哪裡！」兩人手挽手來到對著一艘船的那一側船舷，吳敬善壓低聲音道：「是不是哪裡有些不對頭？」

胡小天道：「未雨綢繆！防患於未然！」他舉目望去，卻見安平公主正站在對側的甲板之上，兩人四目相對，目光交匯的剎那，龍曦月芳心中湧起一股難言的感受，百般滋味瞬間填塞心頭，竟無語凝噎。

胡小天內心不由得一緊，突然有種生離死別的異樣感覺，再看到周默和展鵬二人全都守護在安平公主的身後，一顆心頓時平靜了下來，有這兩位好兄弟照顧，即便是遇到了什麼麻煩，他們也有能力保證她平安。在此生死存亡之際，必須保持清醒的頭腦，決不可為兒女情長所困，文博遠居心不良，十有八九要在公主乘坐的那艘船上做文章。

吳敬善雖然覺得奇怪，倒沒有想過文博遠有加害安平公主之心，他撚著山羊鬍道：「胡大人，你為何沒有跟隨在公主身邊？」

胡小天道：「想要保護一個人有兩種方法，一是貼身防護，二是盯住危險不讓危險有靠近她的機會。」

吳敬善目露驚奇之色：「你是懷疑……」

胡小天道：「可能是我多心了，為了公主的安全，多心總比無心要好。」

吳敬善聽胡小天這麼一說，心中更是懷疑，撚著山羊鬍鬚，暗忖：「文博遠因何不肯與公主同舟？胡小天為何堅持登上這條船，難道文博遠在登船一事上真有陰謀，胡小天應該是看破了什麼？否則不會過來監視文博遠的舉動。」想到這裡，吳敬善不由得有些頭痛，早知這趟差事如此的錯綜複雜，自己就該裝病躲過，現如今已經是騎虎難下，進退兩難。

伴隨著起錨之聲，兩艘船離開了青龍灣碼頭，緩緩駛向庸江對岸，紅彤彤的太陽顏色突然變得黯淡了下去，風猛烈了許多，非但沒有吹走江面上的薄霧，卻將上游的霧氣沿著江水吹落下來，聚攏在青龍灣，天空中烏雲徹底遮住了太陽，天色黯淡了許多，聚集的雲層漸漸壓低，讓人有種透不過氣的感覺。

文博遠向船頭處走去，他走一步，熊天霸就跟一步，一雙眼睛虎視眈眈地望著他。

文博遠停下腳步怒道：「你總是跟著我作甚？」

熊天霸道：「船又不是你家的，你能蹓躂，我就不能蹓躂？」

文博遠道：「別再看著我！」

「你不看我怎麼知道我在看你？眼睛長我自己腦袋上，我愛看誰就看誰！」熊天霸將一雙眼睛瞪得更大了，上船之前，胡小天就交給了他一個任務，讓他牢牢盯住文博遠，熊天霸雖然頭腦不慎靈光，可是做事向來負責，答應過的事情就一定要做好。

文博遠心中這個氣啊，不但熊天霸，還有熊天霸手下的二十名武士，只要文博遠有任何舉動，這幫人馬上如影相隨。文博遠拿這少根筋的莽貨也實在沒轍，總不能當著那麼多人跟他打起來。擺了擺手，讓手下人搬來一張椅子，就在船頭坐下。

熊天霸仍然想靠近，卻被文博遠手下的武士排成人牆阻擋在外，熊天霸嚷嚷道：「幹什麼？還怕別人看到？在甲板上撒尿嗎？」

一幫武士聽他信口胡說一個個忍俊不禁，只差沒笑出聲來。

你有張良計，我有過牆梯。熊天霸也不是真傻，他做了個手勢，兩名手下蹲了下去，熊天霸分別坐在一人的肩膀之上，讓兩人將他架起，這樣他就能夠居高臨下，目光越過人牆盯住文博遠，其餘武士也紛紛效仿。

熊天霸朗聲道：「弟兄們，都給我把眼睛放亮了，我胡叔叔說了，誰敢對公主不利，就將這狗日的腦袋給擰下來！」說話的時候死死盯住文博遠。

文博遠氣得滿面通紅，強行壓住怒氣，冤有頭債有主，熊天霸之所以敢如此放肆，全都是因為胡小天的緣故，他冷冷望向胡小天，目光如刀，恨不能在這廝的身上戳數十個透明窟窿。

胡小天卻只當沒有看到他，雙手扶在憑欄之上，望著在旁側行進的大船。兩艘船離得雖然很近，可是霧氣卻越來越大，在眾人的眼中，彼此船隻的輪廓已經開始變得模糊。

吳敬善歎道：「怎地又起霧了？」

胡小天道：「早就聽說這青龍灣的天氣千變萬化，現在看來果然如此。不過吳大人不用擔心，這裡水勢平緩，不會有什麼太大的風浪。」

吳敬善道：「那就好！」

此時熊安民走了過來，胡小天指著霧氣騰騰的江面道：「熊大人，咱們此刻到了哪裡？」

熊安民道：「應該快到江心了，兩位大人不必擔心，青龍灣的氣候就是這樣。現在雲遮霧繞說不定過一會兒就風和日麗了。」

吳敬善道：「好像公主那艘船慢下來了。」他一直都在關注著另外一艘船的行進情況。

熊安民解釋道：「霧太大，兩艘船不能距離太近，萬一發生碰撞就麻煩了。」

胡小天舉目向遠方江面看去，霧越來越大，站在甲板上竟然已經看不清江面。

此時忽然聽到船隻對側，胡小天慌忙循聲趕了過去，卻見上游處似乎有光影閃動，熊安民也跟了過來，他皺了皺眉頭，猜測道：「可能是前來打漁的漁船。」甲板之上眾武士開始同聲呼喝，又搖晃手中紅燈，向那遠處的漁船發出警示，以免那幾艘漁船看不清方向誤撞在大船之上。

文博遠雙手扶著欄桿，極盡目力方才看清上游三艘漁船模糊的輪廓，他大聲道：「弓箭手準備，只要他們膽敢靠近，格殺勿論！」

五十名弓箭手火箭上弦，齊齊瞄準了那上游的三艘漁船。

那三艘漁船並沒有繼續向他們靠近，保持著和他們平行行進的狀態，所有人員都聚集到了甲板之上，每個人都關注著那三艘小船，表情都變得凝重非常。

吳敬善道：「興許只是打漁的漁船。」

胡小天道：「早晨這麼大的霧，誰會出來打漁？」他料定今天會有事情發生，所以江面上任何的狀況都覺得可疑。

就在此時，三艘漁船忽然改變了行進的方向，順水向下，借著水流和風勢，直奔大船而來。

文博遠大吼道：「射！」

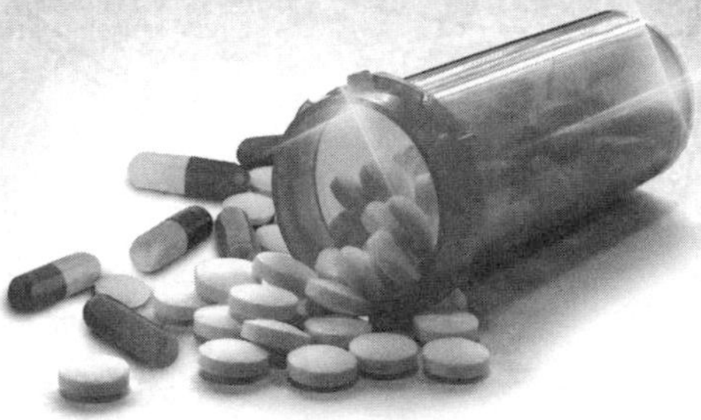

第八章

一石二鳥

文博遠嚇得魂飛魄散，在他的預定計劃之中，
胡小天本應該和安平公主同船，那艘船會在江心沉沒，
將胡小天、安平公主這群人一網打盡，
只是他萬萬沒有想到會在江心遭遇到這樣的襲擊，
而且這場襲擊還包括他在內。

頃刻之間五十名弓箭手將手中火箭引燃，齊齊向三艘小船射去，火箭紛紛命中目標，三艘漁船燃燒起來，映紅了霧氣籠罩的江面，然而火箭卻沒有阻止漁船前進的勢頭，燃燒的漁船繼續向大船側身衝來。

又有數十名武士手持長篙衝了上來，用長篙將燃燒的漁船抵住，阻止它們靠近船身。

安平公主乘坐的那艘船位於下游，有他們這艘船擋在前方，所以暫時沒有被漁船撞擊之憂。

長篙成功制止了漁船下衝的勢頭，燃燒的漁船在水中慢慢沉沒。眾人不敢大意，靜靜注視著上游的情形，此時忽然聽到一聲慘叫，一名武士直挺挺倒在了甲板之上，眾人舉目望去，卻見那武士腦漿迸裂，頭頂竟被一顆拳頭大小的石頭洞穿。

眾人面面相覷，誰也想不透怎麼會突然飛來一塊石頭，然後抬頭望去，天空中全都是雲霧，根本看不清上方的情景，就在抬頭剎那，慘呼聲接二連三地響起，一顆顆石頭從天而降，小的如同雞蛋，大的如同碗口，宛如一場傾盆大雨從天而降。

胡小天本以為船隻本身會有變故，卻想不到真正的襲擊來自空中，突如其來的襲擊殺了眾人一個措手不及，身處在甲板之上，根本不及閃避，即便是做出了反應也找不到太多可供藏身的地方，一時間，數十名武士被高空中墜落的石塊紛紛擊中命喪當場，被砸傷者更是多達百人之眾，現場慘呼聲響成一片。

眾人慌忙尋找可以藏身的地方，不少人慌慌張張逃向船艙，蜂擁而至的結果造成艙門擠壓，誰也無法進去，一塊磨盤大小的石塊從空中墜落下來，正砸在船艙上方，喀嚓一聲巨響，木屑四處飛濺，竟然將船艙洞穿。

文博遠慌忙命令弓箭手向天空上方射擊，雲霧籠罩，他們根本看不清上方的目標，只能盲目施射，雖然如此，還是有幾支羽箭射中了空中的目標，一隻身形巨大的禿鷲中箭之後從高空中墜落下來，蓬的一聲砸在胡小天前方的甲板之上，摔得血肉模糊，羽毛四處飛濺。

胡小天看到眼前一幕驚得目瞪口呆，此時方才明白，一定是有馭獸師驅策這些巨鳥抓起石塊從高空中向下發動攻擊，即便是一顆雞蛋從高空中落下也可能將人砸死，更不用說這些堅硬的石塊。在重力的作用下，這從天而降的石塊無異於一顆顆出膛的炮彈，殺傷力巨大。

蓬！又是一聲巨響，一足有臉盆大小的石塊從空中墜落下來，砸在甲板之上，厚重堅實的甲板在它的面前竟然脆薄如紙，石塊毫無阻滯地穿透了甲板，留下一個直徑大約五尺的黑色洞口。

文博遠命令弓箭手不停向空中射擊，卻很少命中目標，在射下十多隻禿鷲之後，那些禿鷲顯然想到了應對之策，向空中爬升一段距離，逃出弓箭手的射程之外，然後再將石塊拋下，這樣一來，石塊的威力更大，甲板上已經被砸出了數十個洞口。這些禿鷲本來就力大，成年禿鷲甚至可以抓起一隻牛犢，這些石塊小的如同雞蛋，大的甚至如同臉盆。

船上眾人驚慌失措，文博遠驚呼道：「轉舵！趕快轉舵！」試圖在最短的時間內逃離禿鷲的攻擊區。

此時有水手從下方逃了上來，大聲道：「不好了，不好了，底艙進水了！」卻是船身被禿鷲投擲的石塊洞穿，江水從底倉的洞口瘋狂湧入進來。

就在此時，又聽到臨船有人驚恐叫道：「失火了，失火了！」

眾人四處望去並沒有看到失火的跡象，舉目望去卻見失火的正是安平公主乘坐的那艘船。

文博遠嚇得魂飛魄散，在他的預定計劃之中，胡小天本應該和安平公主同船，那艘船會在江心沉沒，將胡小天、安平公主這群人一網打盡，只是他萬萬沒有想到會在江心遭遇到這樣的襲擊，而且這場襲擊還包括他在內。

他的親信武士衝到他身邊大聲道：「將軍，趕緊離開這裡。」幾名武士護衛著文博遠一起向救生小艇的方向逃去。

此時空中的落石漸漸減少，船隻進水的速度很快，整個船體正在緩慢地向右傾斜，並不是每一名士兵都精通水性，尤其是文博遠從京城帶來的這幫人，不少都是旱鴨子，眾人全都將希望寄託在船頭的兩艘救生小艇，一個個都向小艇的方向奔去，此時已經有武士為了爭搶小艇自相殘殺起來。

胡小天看到安平公主乘坐的那艘艦船突然起火，不由得大驚失色，他幾乎可以斷定，姬飛花根本沒有考慮過他的死活，姬飛花不但要殺文博遠，也要除掉安平公主，早就佈置下了這一石二鳥之計。可笑自己竟然認為他會在乎自己的性命，姬飛花生性冷血，未達目的不擇手段，又怎會在乎自己的死活。胡小天恨不能身插雙翅，飛到對側的大船之上，將龍曦月救出，可是兩艘船相距還有一段距離，這種想法根本是不現實的，就算自己能夠趕到那艘船上，也未必能夠及時找到龍曦月，而今唯有將全部的希望寄託在周默和展鵬的身上。

「小心！」熊天霸從一旁衝了出來，一把將胡小天推到一邊，胡小天被他推了個踉蹌，一顆拳頭大小的石塊從他的眼前劃過，咚！的一聲砸在雙腳間的甲板之上，將甲板砸出一個碗口大小的洞口。胡小天嚇出了一身的冷汗，如果不是熊天霸出手相助，恐怕他此時腦殼都要被砸碎了。生死關頭，唯有考慮如何逃出困境，其他的事情已經不能分神細想。

熊天霸道：「走！」

胡小天點了點頭，舉目尋找文博遠的位置，卻見文博遠正在擠開人群拚命向救生小艇逃去。

生死關頭，誰也不會再考慮什麼地位高低官職大小，無論文博遠如何呵斥，他手下的那群武士已經不再聽從他的命令，每個人都想著搶先登上小艇，逃出生天，現場亂成一團，為了登船，武士之間不惜刀劍相見，拚上個你死我活。文博遠勃然大怒，抽出虎魄，刀光一閃，阻擋在他前方的那名武士頓時身首異處，鮮血從斷裂的腔子裡面湧泉般噴了出來，嚇得一幫武士紛紛閃避，文博遠怒吼道：「擋我者死！」

熊安民在幾名士兵的保護下，也走了過來，向胡小天道：「胡大人，那邊的情況已經不可收拾，不可過去，趕緊跳江逃生！」

胡小天向熊安民道：「熊大人保重，我還有一事未了！」他說完舉步向文博遠逃走的方向追去，心中只有一個念頭，無論如何不能讓文博遠順利逃走，不然只會後患無窮。

熊安民叫道：「大人……」看到胡小天已經跑遠，他唯有搖頭，向熊天霸道：「熊孩子，去，去保護胡大人！」

熊孩子點了點頭道：「爹，你們先走！」

文博遠在親信武士的幫助下，終於從擁擠的人群中殺出了一條血路，他渾身染血，狼狽不堪翻身上了小艇，吩咐手下武士放下小艇，可這會兒功夫又有多名武士從甲板之上不顧性命飛撲到小艇內，那小艇豈能容納這麼多人同時乘坐，文博遠一刀戳入一名剛剛進入小艇的武士體內，然後抬腳將他的屍身踹了下去，大聲叫道：

「快，快放下小艇！」

胡小天雖然看到了文博遠，可是他們之間隔著那麼多驚慌失措、亂成一團的武士，根本無法趕到文博遠身邊，胡小天手中握著暴雨梨花針，心中懊惱到了極點，只怪自己一時疏忽，竟然讓文博遠得以順利逃離，若是他逃出去了，今天的事情只怕要麻煩了。

文博遠也看到了人群中正拚命朝這邊擠來的胡小天，他的臉上流露出幸災樂禍的表情，此時小艇距離水面已經不到一丈了。大船因為進水向右側不斷傾斜。

文博遠大吼道：「砍斷繩索，砍斷繩索！」他揮劍向船尾處繩索砍去，另外一名武士揮劍砍向船頭的繩索，繩索應聲而斷，救生艇從丈許高處直落水面，一時間水花四濺，在水面上顛簸蕩漾，文博遠嚇得面無血色，他不通水性，若是這小艇翻了，只怕他只有等死的份了。

胡小天和熊天霸先後趕到船舷旁，看到文博遠乘坐的小艇已經成功落在了水面上，幾名武士正在努力划槳，試圖儘快遠離大船。

胡小天怒喝道：「文博遠，你這反賊，竟然謀害公主！」

文博遠坐在小艇之上，望著霧中胡小天的身影，緩緩伸出手去，豎起拇指然後將拇指指向甲板下方，從心底怒吼道：「去死吧！」

此時船上傳來一陣驚恐的呼聲，胡小天轉身望去，卻見另外那艘大船船帆已經徹底點燃，甲板之上也燃燒多處，正朝著他們這邊飛速靠近，眼看兩艘大船就要相撞了。

眾人紛紛從甲板上向江面跳去，胡小天和熊天霸對望一眼，兩人都已經明白，他們所乘坐的這艘船難免被攔腰撞斷的結局，現在剩下的唯一機會就是跳水逃生。

胡小天點了點頭大吼道：「跳！」他抓住憑欄，凌空翻越過去，毫無畏懼地跳入滔滔江水之中，熊天霸隨後跳了下去。

他們兩人剛剛落入庸江之中，燃燒的艦船就撞擊在他們剛才乘坐的大船之上，他們乘坐的這艘艦船剛才就已經進水傾斜，被這劇烈的撞擊撞得底部洞穿，整個船身側立而起，不及跳水逃生的武士宛如風中落葉一般，四散飛出，天地間響徹著一片淒慘的嚎叫。

文博遠也加入了划槳的行列，可是他們划得還不夠快，沒等他們逃到安全範圍，就看到那艘船側立起來，然後向他們的頭頂鋪天蓋地壓了下來，他們同聲驚呼，文博遠下意識地伸手護住頭部想要遮擋，大船並沒有將他們整個扣在下面，倒伏在距離他們五丈左右的地方，文博遠還沒有來得及慶幸躲過這一劫，一股強勁無匹的大風席捲著潮濕的空氣，夾裹著一排足有三丈高度的水浪，宛如猛獸一般向小艇撲了上去，小艇被大浪打翻，一眾人全都落入了水中。

胡小天落入水中卻是如魚得水，浮出水面，看到他們乘坐的那艘船已經底部朝天，正一點點向江中沉去，龍曦月所在的那艘船船尾也開始沉沒，留在水面上的部分仍然在熊熊燃燒。周圍到處都是呼救之聲，濃霧並沒有消退的跡象，而船身燃燒的濃煙讓江面的可見度變得更低。在這樣的環境下想要找到文博遠幾乎沒有可能，胡小天心中暗歎，當下還是先找到龍曦月再說，希望她平安無事。辨明那失火艦船的方向，迅速游了過去。

游出沒有多遠，耳邊聽到呼救之聲，舉目望去，內心不由得大喜過望，當真是冤家路窄，卻見文博遠正趴在一根浮木之上，頭髮蓬亂，再也沒有了昔日耀武揚威的表情。有兩名武士也向浮木游去，意圖抓住那根救命的浮木，可是一根浮木顯然承受不住三人的重量，文博遠一手抱住浮木，另外一隻手揮動虎魄長刀，揮刀就砍，將一名武士砍得命喪當場，另外那名武士看到如此情形，嚇得不敢過來了，可是他水性又不行，雙手狂舞著沉了下去，發出幾聲慘叫，頭在水面冒了兩下就再也沒有了動靜。

文博遠也在同時看到了胡小天，仇人相見分外眼紅，兩人對視了一會兒。胡小天點了點頭，突然潛入水下。

文博遠看到胡小天的身影突然在面前消失，心中暗叫不妙，他爬到那根浮木之上，手中虎魄來回揮舞，不停向周圍水中砍去，以此來阻止胡小天接近他。砍了一會兒卻沒有察覺到任何異狀，文博遠心中不由得感到奇怪，難道胡小天也被淹死了不成？

文博遠左顧右盼，等了一會兒沒有動靜，這才稍稍放下心來，大聲道：「胡小天，我看到你了，我看到你了！」他的聲音在水面中迴盪，可是並沒有任何人回應他，周圍的慘叫聲也是越來越少，顯然倖存的武士已經越來越少。

此時遠處又聽到有人叫道：「有船來了！有船來了！」因為生機的出現，一些即將放棄掙扎的武士鼓起最後的希望，水面上救命之聲此起彼伏。

文博遠大喜過望，當真是天無絕人之路，想不到船這麼快就來了，就在他翹首企盼之時，忽然感覺到足踝一緊，一股大力將他拖了下去，文博遠空有一身武功，在水中卻沒有施展的地方，被拖入水下，連續灌了幾口江水，出於本能他揮刀亂砍，卻沒有砍中任何目標，慌亂之中手腕又被對方抓住，文博遠知道在水中襲擊自己的人必然是胡小天無疑，他死命掙脫，死亡容易激發一個人的潛力，文博遠握刀的手腕再度逃出對方的手掌。

在水下伏擊文博遠的正是胡小天，他閉住氣等候了很久，等到文博遠放鬆警惕方才發動這次襲擊，胡小天也預料到文博遠會做出垂死掙扎，而且文博遠的反抗比他預料中要頑強得多。

胡小天一手抓住文博遠的手腕，一手去抓他的頸部，爭鬥之中抓住文博遠頸部的一根繩索，胡小天也顧不上多想，竭力牽拉，控制文博遠無法將頭露出水面。

文博遠這會兒功夫又嗆入了不少的江水，掙扎的力量明顯越來越弱，他揚起手中虎魄刀胡亂刺去，手腕再度被胡小天拿住，胡小天用雙腿絞住他的右腿，貼近了文博遠的身體。文博遠在胡小天的牽拉下不斷向下墜落，頸部也被束得越來越緊。他感覺體內的力量正在飛速流逝，甚至連握住虎魄刀的力量都沒有。虎魄刀脫離他的手掌緩緩墜落下去。

胡小天宛如一棵千年古藤般牢牢將他纏住，文博遠在水下雙目圓睜，目光充滿了惶恐和驚懼，他竭力掙扎了幾下，間隔越來越長，力量也是越來越弱，就在此時，一道淡綠色的身影從水下無聲無息向搏鬥中的兩人靠攏過來，揚起一把長刀照著文博遠心口狠狠插了進去，胡小天沒料到水下會突然發生這樣的變化，嚇得慌忙放開文博遠的身軀，卻見那把刀徑直穿透了文博遠的胸膛，假如他的反應再慢上一步，只怕要遭遇和文博遠一樣的命運，被那把刀如同穿糖葫蘆一樣的串在一起。黑色的血霧在前方蔓延開來，文博遠的手足猛然張開，在水下形成了一個標準的大字，血霧之中蒼白的面孔漸漸失去了生命的神采，身軀緩緩向水下沉去。

胡小天心中大駭，生恐那名殺手再次發動對自己的襲擊，拚命向遠處游去。那綠衣殺手在水下望著胡小天離去的方向，卻沒有追擊，轉身向反方向游去。

胡小天再度浮出水面的時候，確信那水下殺手沒有追趕上來，這才稍稍放下心來。看到不遠處的江面之上竟然多出了一艘巨型戰船，戰船之上飄蕩的大紅旗子上繡著大大的一個雍字，卻是大雍水軍聞訊趕到了，大雍水軍方面放下了五艘小艇，在江面上營救著倖存的武士。

一艘小艇發現了胡小天，迅速向他這邊划來，船上的大雍士兵將胡小天救了上去。胡小天被送到艦船之上，等他來到上面方才發現甲板上已經有不少人先他被救了上來，他第一眼就發現了展鵬，展鵬看到胡小天也是驚喜萬分，慌忙迎了上來，扶住他坐下，胡小天以傳音入密道：「公主殿下呢？」

展鵬壓低聲音道：「趁著船上混亂，周大哥帶她先行逃了，如果一切順利，此時應該快游回大康了。」

胡小天聽到龍曦月平安無事的消息，頓時放下心來，內心中無法形容的暢快，今天過程雖然艱險，可結果非常理想，不但如願以償地幹掉了文博遠，而且還救出了龍曦月。只是那水下殺手從何處而來？其實就算他不出手，自己也可以將文博遠溺死在水中，此人究竟是誰？代表何方而來？一時間胡小天陷入沉思之中。

此時又有人陸續被送上船來，熊天霸父子也平安無恙，幾人相見當真是皆大歡喜，讓胡小天沒想到的是，禮部尚書吳敬善也僥倖逃生，吳敬善見到胡小天，哭得是老淚縱橫，本以為必死無疑，卻想不到絕處逢生。

胡小天一邊安慰吳敬善一邊低聲道：「吳大人不必難過，所有一切全都是文博遠那個奸人所為，是他故意設計害死了公主。」

吳敬善經他提醒，方才想起公主的事情，不由得大驚失色，顫聲道：「公主殿下呢？公主殿下呢？」

胡小天拿捏出一臉悲憤的表情：「公主殿下到現在都沒有消息，我看十有八九是遇到不測了。」

吳敬善聽到這個消息，捶胸頓足道：「這可如何是好？公主啊，公主若是出事，我還有何顏面去見陛下，唯有一死贖罪了。」他作勢朝船舷跑去，做出要投江自殺的架勢。

胡小天將他一把拖住，歎了口氣道：「吳大人，現在事情尚未有定論，說不定公主吉星高照，絕處逢生也未必可知，咱們不如等等再說。」

吳敬善一臉沮喪道：「那就再等等。」其實他可不是真心想死。

大雍水軍在庸江水面上的搜索一直在繼續，救出了幾十名武士，又撈上來數百具屍體，雖然胡小天親歷這場災禍，可是親眼看到那麼多的屍體整整齊齊排列在甲板之上，也感到觸目驚心，於心不忍。

讓胡小天想不透的是，事發到現在已經過去了一個多時辰，大康方面竟然沒有任何船隻前來救援，究竟是他們沒有得到消息，還是已經得到了消息卻依然按兵不動？

胡小天低聲向吳敬善道：「吳大人，咱們不能再繼續等下去，需要找到他們的頭領，向他們當面說明情況。」

吳敬善點了點頭，此時他的情緒也已經漸漸平復下來，壓低聲音道：「不知為何咱們的水軍仍然沒有得到消息？」

胡小天遙望對岸的大康，低聲道：「或許是視而不見吧！」

一旁熊安民道：「兩位大人，咱們現在所處的地方乃是大雍的水域範圍，即便是他們發現，也不敢貿然過來。」

熊天霸忍不住道：「那船好好的怎麼會突然沉了？莫非是有人在船上動了手腳？」連他這個少根筋的小子都能想到的事情，其他人自然也會想得到。

胡小天歎了口氣道：「都是我的錯，我不該離開公主左右，若是我和公主同舟，或許不會發生這樣的事情。即便是發生了事情，我也可以保護公主！」這廝裝模作樣，長吁短歎，自責不斷。

吳敬善道：「胡大人不必自責，此事諸多疑點，那文博遠從登船之時便鬼鬼祟祟，他選擇不與公主同舟，此事必有蹊蹺。」

熊天霸道：「吳大人說得是，一定是他在船上動了手腳。」

熊安民擔心兒子說多話惹了禍端，瞪了他一眼道：「不得胡說。」心中不由得有些後悔，早知如此他們爺倆兒就不該跟隨胡小天上這趟賊船，現在麻煩了，

如果公主死了，這群人只怕沒有一個能夠逃脫責任，明明沒有他們爺倆的事

情，這下也要被牽連進來了。

熊天霸忽然驚喜道：「師父！我師父嗳！」

胡小天聞言一驚，舉目望去，卻見周默也上了船，在他身邊還跟著一個小兵，那小兵也是渾身濕透，身材瘦小，一雙眼睛大而有神，只是顯得憂心忡忡，看到胡小天目光不由得一亮，唇角露出一絲會心的笑容，胡小天一眼就認出，這小兵就是易容之後的安平公主龍曦月，心中頓時喜憂參半，喜的是龍曦月平安無事，憂得是，本以為周默可以帶著她順利逃出生天，回到大康故土找個地方將她安頓下來，卻想不到他們竟然也出現在大雍的艦船之上。

周默聽到熊天霸呼喊自己的聲音，循聲望來，看到幾人全都無恙也是面露喜色。龍曦月看到胡小天已經不顧一切地向他奔了過來，跑了幾步卻又想起自己已經改變形容，擔心被他人識破，這才強忍住內心的激動和思念之情，停下步伐，眼睜睜望著遠處的胡小天，鼻子一酸，眼眶都紅了。

胡小天內心也是激動無比，可是他的自控能力要比龍曦月強上數倍，只當沒有看到龍曦月，大聲道：「周大哥！」

周默點了點頭，快步來到胡小天身邊，龍曦月跟在他身後，終於來到胡小天的身旁，她一言不發在胡小天身邊坐下，即便兩人沒有說一句話，可龍曦月此時一顆芳心彷彿漂泊在風雨中的小船找到了安全的港灣，踏實到了極點，溫暖到了極點。

胡小天轉過頭去看了她一眼，以傳音入密道：「丫頭，你踏踏實實坐著，回頭咱們再細說。」畢竟身邊還有吳敬善和熊家父子，龍曦月身分的秘密絕不能讓他們知道。

龍曦月咬了咬櫻唇，扭過頭去，裝出看遠方的樣子。

胡小天道：「周大哥，你怎麼來到這裡的？」

周默歎了口氣道：「本想游回對岸，卻被大雍水軍的小艇早一步發現，將我們救了上來。」言語中充滿了無奈，其實他本來是按著胡小天的意思帶著龍曦月趁亂逃回大康，卻想不到天意弄人，被大雍水軍派來營救的船隻發現，周默雖然可以從容逃離，但是龍曦月並無這樣的本事，他不敢拿公主的安全冒險，所以只能將錯就錯，被大雍水軍救上小艇送到這艘艦船之上。

胡小天心中暗歎，想不到這絕好的逃離機會卻被大雍水軍破壞，事到如今只能走一步看一步了，他站起身來，來到現場一名大雍將領的面前，抱拳道：「這位將軍，我們乃是大康遣婚使團，奉了大康皇帝之名護送安平公主前往雍都和大雍七皇子完婚，沒料到在渡江之時遭遇飛來橫禍，敢問這位將軍，這支水師乃是哪位大人麾下？可否帶我等前去見見大人並說明情況？」

那將領望著胡小天，雙目中卻未曾流露出絲毫的友好神情，冷冷道：「爾等只需在此等待，等將軍想見你們的時候自會相見。」他揮了揮手，兩名大雍士兵走上來示意胡小天回到原處坐下。

胡小天無奈只能回到吳敬善身邊坐下，低聲道：「事情看來有些不妙，他們對咱們並不友善。」

熊天霸道：「他們難道是在找公主嗎？倘若公主死了，會不會將咱們送回大康呢？」

熊安民斥道：「混帳東西，閉上你的臭嘴，公主乃天命之女，上天庇護，豈會有事。」其實他心中也覺得公主十有八九可能遭遇了意外。

除了胡小天和周默、展鵬之外，無人知道這小兵就是大康安平公主，都以為安平公主凶多吉少，一個個頓時變得垂頭喪氣、無精打采。

又過了一個時辰，艦船開始返航，他們意識到這艦船並非是將他們送往大康，而是載著他們倖存的三十多人航向大雍南陽水寨。

離開大康青龍灣碼頭的時候，兩艘船所有人加起來共計接近千人，現在被救起的只有三十六人，現場發現了數百具屍體，大雍水師並沒有將這些屍體棄去不問，而是從水面上撈起屍體之後，也一併拉到了南陽水寨。

胡小天等人乘坐艦船，抵達南陽水寨之時已經是傍晚時分，夕陽西墜，紅彤彤的夕陽將江水映照得火紅一片，微風浮動，江面上閃爍著千萬點金光，看起來浮光掠影，美不勝收，這看似美麗的江面卻無情吞噬了數百條人命。

胡小天不由得想起了姬飛花，自己只不過是他手中的一顆棋子罷了，關鍵時刻，姬飛花毫不猶豫地拋下了自己，那名水下的殺手十有八九也是他所派，心念及此，彷彿有一把尖刀深深刺入胡小天的內心，讓他煎熬到了極點。

南陽水寨停泊著三十多艘戰船，戰船之上旌旗招展，士兵列隊整齊，盔甲鮮明，威猛雄壯。和大康那邊青龍灣的蕭條破敗簡直是一天一地，不可同日而語。胡小天一幫人看在眼裡，心中不由得暗歎，大康和大雍如今此消彼長，實力早已不可相提並論，大康昔日這個中原霸主如今已經成為一個氣息奄奄的垂暮老人，發展勢頭如日中天的大雍又豈會將他們放在眼裡。

他們被帶到了南陽水寨之後，暫時安置在一片練兵場之上，大雍方面並沒有給他們應有的禮遇，只是派一隊士兵監督他們的行動。這三十六人中還有十多人受傷，有五人受傷頗重，躺在地上哀嚎不斷，吳敬善跑過去協商讓大雍方面請郎中過來救治，可是對方卻根本無動於衷。

胡小天只能親力親為，幫助幾名骨折的武士用棍棒木板進行固定，進行簡單的傷口處理，他空有一身醫術，苦於手中沒有必須的醫療器械。不過還好身上有秦雨瞳送給他的歸元丹，挑選傷重者先行餵下，至少能夠保住他們的性命。

大雍水師方面將撈起的屍體也陳列在練兵場上，望著那一排排整齊的屍首，龍曦月感到胸腹之中一陣翻江倒海，終於忍不住扭過頭去嘔吐起來。

一隻手從旁邊伸了出來，遞給她一方潮濕的手帕，龍曦月抬起頭正看到胡小天溫暖的笑臉，她接過手帕擦了擦嘴，胡小天低聲道：「紫鵑呢？」

龍曦月搖了搖頭，雙眸之中湧出晶瑩的淚水，低聲道：「剛才船上突然火起，周大哥他們護著我逃走，狀況極其混亂，我本想帶她一起逃走，可是卻在中途失散了。」那種情況下的確顧不上太多。

胡小天點了點頭，低聲叮囑龍曦月道：「回頭無論發生了什麼事情，你都不能暴露自己的身分，一切自有我來應付。」

龍曦月嗯了一聲，美眸之中全都是甜絲絲的情意，雖然前途未卜，可是有心上人在她的身邊，無論發生什麼事情她也不會害怕。

胡小天來到周默身邊，低聲囑託他繼續承擔起保護安平公主之責。

吳敬善東張西望，從倖存的人群中並沒有找到文博遠的影子，心中不由得暗暗叫苦，公主失蹤，文博遠也不見了蹤影，這兩個人無論哪一個發生了不測，都夠他受的。雖然他也懷疑今日江心沉船之事和文博遠有關，可是此時他心中卻暗暗祈禱兩人平安無事。

遠處有幾人抬著一具屍體送上了江岸，幾名倖存武士已經認出那屍體正是文博遠，十多名文博遠的手下一擁而上圍住文博遠的屍體哭聲一片，其中自然有裝腔作勢者，可也有對文博遠真有些感情的，畢竟賓主一場，文博遠死狀極慘，臉色因為失血和長時間被冷水浸泡變得蒼白如紙，雙目仍然瞪得老大，更讓人感到震驚的是，他的心口還插著一把長刀，正是文博遠從不離身的虎魄，冰冷的刀鋒刺穿了他的胸膛，明眼人一看就知道文博遠一定是死在他人的手中。

吳敬善強忍著心中的驚恐也湊了過去，確信那具屍體是文博遠無疑，頓時癱坐在地上，捶胸頓足道：「文將軍……文將軍……你怎會遭到如此噩運，英年早逝……真是天妒英才……天妒英才啊……」心中惶恐到了極點，暗叫完了，就算能夠順利返回大康，就算皇上肯饒了自己，只怕文承煥也不會善罷甘休。自己是這次的總遣婚使，文太師死了兒子，豈不要把帳算在自己的頭上。

一旁響起嚎啕大哭之聲，比起吳敬善哭得還要慘烈，吳敬善轉身望去，哭得昏天黑地的那個卻是胡小天，這貨絕對是貓哭耗子假慈悲，以他和文博遠的關係，肯定是巴不得文博遠死了才好，現在看到文博遠死於非命，心裡不知有多高興。吳敬善當然明白胡小天這番做派的原因，是為了演戲給眾人看，撇開自身的關係，其實吳敬善也存著一般的想法。

胡小天看到文博遠的屍體居然被撈了上來，暗罵老天不開眼，看到那把插在文博遠胸膛的長刀，心中暗叫不妙，自己原本可以將他活活悶死在水裡，那樣肯定是無跡可尋，這一刀有些畫蛇添足了，不過水下發生的情況誰也不知道，就算能夠斷定文博遠是他殺，誰又能知道這件事和自己有關？不過文博遠終究不是死在自己的手裡，殺他的另有其人。

吳敬善和胡小天裝腔作勢地嚎哭了幾聲，也都擠出了幾滴眼淚，然後兩人退到一邊，吳敬善六神無主道：「胡大人，連文將軍都死了，這可如何是好？」

胡小天道：「死的又何止他一個，現在公主也沒有找到，說不定也遭遇了不測。」

吳敬善嚇得面如土灰：「哎呀呀，胡大人，這次咱們可有大麻煩了，若是公主遭遇不測，皇上豈會輕饒我們？」他的目光又朝遠處文博遠的屍體看了一眼道：「就算皇上不殺我們，文太師也不會饒了我們。」

胡小天道：「吳大人，此言差矣，咱們也是受害者，本來咱們應該和公主在一條船上，是文博遠非要將咱們分開，有句話我不知該不該說。」

「胡大人請說！」

胡小天道：「文博遠雖然死了，可是他這一路之上都在陰謀加害公主，這次渡江之所以出事，也是他的緣故，如果不是他弄來二百名不明身分的武士加入咱們的佇列，又怎麼會發生這樣的事情。」

吳敬善聽他這樣說，馬上明白胡小天是要把所有的責任一股腦都推到文博遠的身上，他腦筋一轉，眼前這種局面也只有這個辦法了，反正文博遠已經死了，一個死人也不可能開口說話，不往他身上推，難不成往自己身上攬？吳敬善點了點頭道：「胡大人言之有理，都怪老夫，假如我據理力爭，堅持和公主同船，或許不會發生這樣的慘劇。」

胡小天道：「這也怪不了吳大人，他文博遠人多勢眾，自從離開京城以來，一直都獨斷專行，根本不聽我等的意見，我們手無縛雞之力，又怎能鬥得過他們這群武夫！」

吳敬善連連點頭。

就在此時練兵場的入口處，一隊人馬排著整齊的佇列井然有序地進入，兩名將領並轡行進在隊伍的最前方，左側一人年約四旬，面如重棗，腮邊生滿虬鬚，身軀高大，胯下黑色駿馬也比尋常的馬匹大上一號，威風凜凜，霸氣側露。在他右側的那名將領並沒有穿著甲冑，只是穿著一身深藍色的武士服，外罩黑色斗篷，劍眉朗目，鼻直口方，長得非常英俊，年齡在三十歲左右。他的相貌在一群身形雄壯的將領之中並不出眾，可是這群人一出場，所有人的目光仍然聚焦在他的身上。

看到這隊人馬前來，在現場負責安排調度的那名將領馬上迎了上去，來到馬前躬身行禮道：「末將劉允才參見唐將軍！李將軍！」

那名年紀稍長的紫面將軍正是南陽水寨的統領唐伯熙，此人乃是大雍十大猛將之一，曾經立下戰功無數，以他的功績官職本該更大，只是因為在皇上薛勝康壽宴之時喝多了酒，言行無狀，得罪了皇上，差點沒被薛勝康在盛怒之下砍了腦袋，幸虧大將軍尉遲沖和大皇子薛道洪說情，方才保住了他的性命，不過死罪可免，活罪難饒，將他貶到了南陽寨負責看守大雍的南部疆界。

庸江雖然也是戰略要地，可是近年來隨著兩國之間的關係有所緩和，已經多年沒有發生戰事，對於唐伯熙這種勇武好戰的將領來說，留在這裡操練，無法上陣殺敵如同坐牢一般，現在大雍真正吃緊的乃是北疆，黑胡人不斷南下滋擾大雍邊境，唐伯熙也上書無數，乞請皇上將他調到北方和黑胡人作戰，可是他的信卻如同石沉大海，沒有得到任何回應，為此唐伯熙也找了大帥尉遲沖，至今仍沒有得到任何回復。

唐伯熙目光投向練兵場上排列整齊的那一具具屍體，兩道濃眉皺了起來，低聲道：「死了這麼多？」

一旁那名英俊男子道：「怎麼回事？」

劉允才又向他拱了拱手道：「啟稟李將軍，情況剛剛查明，這兩艘船是護送大康安平公主前往京都和七皇子成親的，不料在江心遭到伏擊，兩艘船先後沉沒，我們聞訊之後急忙派船前去營救，到現在只救出了三十六人，撈上來的屍體已經有四百多具。」

唐伯熙轉向那名李將軍，向他湊了過去，低聲道：「兄弟，該不是你來的緣故，你一來就沉船了！」原來這名李姓將軍正是唐伯熙的結拜兄弟，也是大雍第一猛將李沉舟。他這次前來是特地探望自己的結義兄長，卻想不到遭遇到沉船之事。

李沉舟皺了皺眉頭，低聲道：「大哥別胡說！」他翻身下馬，唐伯熙也隨同他一起下馬。

唐伯熙道：「娘的，老子今天不在水寨，居然發生了這麼大的事情，有沒有向大康方面通報過這件事？」

劉允才道：「已經派人前往通報了，只是大康方面到現在還沒有派人過來。」

唐伯熙道：「娘的，嫁出去的閨女潑出去的水，敢情大康也不在乎這個什麼安平公主的死活啊！」

言者無心，聽者有意。龍曦月將這句話聽得清清楚楚，芳心中不禁黯然神傷，這魯莽將軍話雖然說得粗魯，可並不是沒有道理，她雖然貴為一國公主，可是皇宮之中親情寡淡，無論是她的父親還是她的兄長，只是將她當成了一個政治道具罷了，沒有人在乎她的死活，更不用談什麼幸福。她向胡小天望去，胡小天也剛好向她看來，龍曦月芳心中升騰出一陣溫暖，若是能夠順利度過眼前一關，什麼地位，什麼榮華富貴她都可以置之不理，只要有胡小天在她身邊就已經足夠。

李沉舟的目光從那地上的四百多具屍體上收回，投向坐在練兵場一角，被己方士兵看守的三十六名倖存者，轉向唐伯熙道：「大哥，此事非同小可，必須問個清楚。」

唐伯熙點了點頭，心中卻不以為然，在他看來死的都是大康人，儘管裡面有公主在內，也沒什麼大不了的，唐伯熙嚷嚷道：「他們誰是領頭的？」他嗓門奇大，說話的聲音每個人都聽得清清楚楚。

胡小天和吳敬善對望了一眼，他率先站起身來，吳敬善這老頭兒被水泡了半天，好不容易撿回了一條性命，可是在看到文博遠慘死，公主又不知下落，此時整個人變得惶恐不安，根本別指望他去解釋清楚這件事。

劉允才看到胡小天從人群中站起，來到他身邊將他帶到唐伯熙和李沉舟面前，為胡小天引見。

胡小天拱手行禮道：「兩位將軍，在下乃是大康遣婚使胡小天。」又指了指人群中的吳敬善道：「那位是我朝禮部尚書吳敬善吳大人。」

唐伯熙咧嘴道：「禮部尚書，官不小啊！」他乃是一介莽夫，在他心中一直都將大康視為敵國，自然看不起這幫大康的官吏，他的性情決定他也不會做表面功夫。

李沉舟就比他要禮貌得多，拱手還禮道：「在下李沉舟，這位是南陽水寨的統領唐伯熙將軍，胡大人，不知你們發生了什麼事情，怎麼會落到如此地步？」

胡小天看到李沉舟溫文爾雅，談吐之間也透著客氣，不禁心生好感，看來大雍也有通情達理之人，他歎了口氣道：「此事說來話長，我等奉了皇上之命，特地護送安平公主前往雍都和貴國七皇子殿下完婚，離開康都以來這一路之上歷盡辛苦，好不容易才到了大雍的疆域，卻想不到剛剛乘船渡江之時，剛剛進入大雍就遭遇襲擊。」

胡小天腦袋何其靈光，初聽他的這句話好像是實話實說，可是仔細一品卻遠不是那麼回事，他這句話的重點在說明他們是在大雍的範圍內出事，按照慣例在哪國的疆域範圍內出事，哪國就要負責的。

唐伯熙嘖嘖感歎道：「真是不巧啊！」

李沉舟卻沒有唐伯熙那麼好糊弄，目光閃爍，突然轉向劉允才道：「劉將軍，大康船隊在何處沉沒？」

劉允才大聲回應道：「啟稟李將軍，大康的兩艘船都是在江心沉沒，出事的時候位於大康水域，這也是開始我們沒有果斷營救的原因，後來看到大康方面無人營救，我等方才派出船隻。」

胡小天心中暗罵，誰讓你們多事了？倘若不是你們多事，老子這會兒已經帶著公主游回了大康，將所有的事情全都推到你們的身上，反正是死無對證。

唐伯熙一聽就火了：「你這人好不厚道，明明在你們自己國境內出事，為何要栽贓到我們身上？」

胡小天道：「將軍莫急，當時濃霧鎖江，我怎能分得出是在哪裡出事？當時只聽大家說船隻就快抵達南陽水寨，只當是到了你們的疆域，當時天空中亂石紛飛，我還以為是你們的水軍襲擊我們呢。」

唐伯熙怒道：「放屁！你當我方水軍不長眼睛嗎？」

李沉舟慌忙將唐伯熙勸住，從這番對話中他也意識到眼前這個年輕人並不簡單，雖不清楚對方的具體情況，可此事畢竟關係到兩國邦交，更何況還涉及到皇室聯姻之事，必須要慎重。李沉舟道：「胡大人，請問安平公主可平安逃出來了？」

胡小天一臉沮喪道：「公主至今仍然沒有下落。」

李沉舟聞言心中也是一沉，假如安平公主遭遇了不測，倒是一件不小的麻煩。他抬起頭來，看到遠處一幫大康武士仍然圍在一具屍體旁邊，李沉舟道：「那是什麼人？」

唐伯熙道：「應該是個大官兒吧！」

胡小天故意歎了口氣道：「是我們此次的副遣婚使文博遠將軍。」

李沉舟道：「文博遠？我聽說過此人，據說還是大康年輕一代中出類拔萃的人物，想不到命喪庸江，真是可惜。」他一邊說一邊走了過去。

圍攏在文博遠屍體旁邊的幾名武士一邊擦著眼淚一邊讓開。

李沉舟舉目望去，卻見文博遠直挺挺躺在那裡，雙目圓睜死不瞑目，在他的胸膛上插著一把鋒利的長刀，李沉舟不禁有些好奇道：「是被人殺死的？」

唐伯熙道：「瞎子也能看得出來，這刀倒是不錯。」他看到那柄虎魄不禁雙目生光，頓時升起了據為己有的念頭，伸手去抓刀柄，他的手還沒有觸及刀柄，就被李沉舟一把抓住手腕，唐伯熙愕然道：「幹什麼？」

李沉舟向他遞了一個眼色，畢竟當著那麼多人，如果唐伯熙堂而皇之地將這把刀拿走，豈不是要落人口舌。

李沉舟在刀上掃了一眼，低聲道：「此刀名為虎魄，乃是刀魔風行雲所用的兵刃，聽說風行雲收了以為愛徒，想來就是此人了。」他在文博遠屍體面前蹲了下去，撥開文博遠散落在頸部的亂髮，想將刀口看得更仔細一些。夕陽的光芒灑落在文博遠的身上，讓他的遺容蒙上了一層淡淡的金色，可無論怎樣的包裝也掩蓋不了他失去生命的事實，李沉舟的雙目卻被他胸前的一點光芒所吸引，李沉舟慢慢伸出手去，拉開文博遠的領口，一枚雕工精美的魚形玉佩出現在他的眼前。

當李沉舟看到那枚玉佩，他的瞳孔在瞬間擴大，原本沉穩的面容突然變得蒼白如紙，李沉舟用力抿了抿嘴唇，手指微微顫抖著撚起那枚玉佩，玉佩光澤溫潤，觸手溫軟，雕工極其精美，但是魚嘴和魚尾的部分卻有裂痕，這玉佩並不完整，從玉佩的形狀來看，本來應該是一塊雙魚玉佩，被人從中剖成了兩半，文博遠胸前佩戴的就應該是其中的一半。

望著那枚玉佩，李沉舟的腦海中一片空白。

唐伯熙也察覺到他神情有異，低聲道：「兄弟，怎麼了？」伸手拍了拍李沉舟的肩膀，李沉舟卻突然吼叫道：「走開！」他如同一頭暴怒的雄獅，雙目佈滿血絲，神情可怖到了極點，唐伯熙雖然膽大，也被這位結拜兄弟一反常態的樣子嚇了一條，愕然道：「你……你怎麼了？」

李沉舟看著文博遠已經失去生命的蒼白面龐，內心有如刀割，他強行控制住自己的情緒，深深吸了口氣，慢慢站起身來。

唐伯熙道：「怎麼？你認識他？」

李沉舟已經麻痹的面龐硬生生擠出一絲笑容道：「怎麼可能？大哥……我只是覺得此人死得好生奇怪，讓人將他的屍體抬到我的營帳內，我要仔細勘驗一下。」

唐伯熙一臉的迷惘，他沒有聽錯，李沉舟要將這具屍體抬到他自己的營帳內。剛剛自己想將那柄刀據為己有，兄弟都不願意，現在卻要連人帶刀一起抬走，難不成他也看上這把刀了？如果兄弟喜歡，當哥哥的自然不能和他爭奪。

唐伯熙擺了擺手，示意手下人按照李沉舟的吩咐去做。

胡小天遠遠望著這邊的動靜，卻見幾名大雍士兵將文博遠的屍體抬到了擔架之上，似乎要運走，心中頓時感到不妙，四百多具屍體，為何偏偏要帶走文博遠的這一具，此事極其蹊蹺。

文博遠生前手下武士也不願他們無故帶走文博遠的屍體，攔住那幾名士兵的去路，大聲道：「為何要帶走文將軍的屍體？」

唐伯熙大聲道：「這裡是我的地盤，我不管你們是什麼人，在這裡就必須遵從我的規矩，別管我的閒事。」他身後的大雍士兵同時刀劍出鞘。

胡小天起身勸阻道：「大家不要激動，有話好說，有話好說！」

吳敬善也慌忙勸道：「這裡是大雍軍營，大家冷靜，千萬要冷靜。」

在人屋簷下怎敢不低頭，文博遠的那幾名倖存手下也不至於為了一具屍體將性命丟在這裡，忍氣吞聲地退了下去。

胡小天來到周默身邊坐下，周默也看出形勢不對，以傳音入密向胡小天道：「若是形勢對咱們不利，就殺出去。」

胡小天看了看周圍嚴陣以待的大雍士兵，緩緩搖了搖頭道：「多點耐心，靜觀其變。」想要從南陽水寨中殺出去，無異於難如登天，就算有周默和展鵬這樣的好手在，也很難保證大家全身而退。

幾名士兵將文博遠的屍體送到了李沉舟的營帳內，李沉舟摒退眾人，獨自一人來到文博遠的屍體前，顫抖著將那枚染血的玉佩從文博遠的屍體上取下來，然後他伸手從自己的頸部拽出戴在頸前的魚形玉佩，將兩枚玉佩合二為一，一枚完完整整的雙魚玉佩出現在他的面前。

李沉舟內心的堅強防線在瞬間崩塌，熱淚順著面頰宛如決堤江河一般滾滾流下，他的喉結上下蠕動著，用力搖了搖頭，顫抖的手伸了出去，將虎魄刀從文博遠的胸前拔了出來，再看文博遠的頸部還有一條被玉佩紅繩勒出的血痕。

李沉舟無論如何都想不到，竟然會在這裡遇到他的同胞兄弟，他自幼在爺爺大雍丞相李玄感身邊長大，他無數次問過爺爺，為何他人皆有父母，單單自己沒有。爺爺只是告訴他，他自小父母雙亡。

李沉舟一直以為自己無父無母，也沒有兄弟姐妹，直到十五年前，爺爺臨終之時方才告訴他，他在這世上還有父親還有弟弟，如今都在大康，只是爺爺考慮到他年齡幼小，沒有告訴他父親和兄弟的名字。當時只是對他說，如果有一天有一人拿著雙魚玉佩的另外一半過來和他相見，那人就是他的兄弟，兄弟相認之日，他父親的謎團就會揭曉。

這十五年來，李沉舟無數次午夜夢迴都在盼望著和親人相認的情景，卻想不到現實如此殘酷，當他見到另外一半雙魚玉佩的時候，卻是在死去的文博遠身上。

眼前浮現出爺爺臨終之前的畫面，他瘦骨嶙峋的雙手緊緊拉住自己，用盡最後一絲氣力道：「沉舟……終有一日，你的兄弟會拿著另一半……玉佩過來和你相見，到時候……你就會知道你的身世……你就會知道自己的親生父親……身在何處……」

李沉舟熱淚盈眶，他終於找到了另一半玉佩，找到了他的兄弟，可是他們兄弟之間卻永無相見之日了，文博遠就是他的兄弟，困擾他三十餘年的謎團今日終於解開，他的父親乃是大康太師文承煥，難怪爺爺不肯告訴他父親身在何處，爺爺是害怕他們父子相認暴露了父親身分。

李沉舟握住雙魚玉佩，緊緊貼在心口，望著弟弟那死不瞑目的面孔，一顆心在不停滴血，他暗暗發誓，無論付出怎樣的代價，都要找出殺害自己兄弟的真凶，要為弟弟報仇雪恨。

李沉舟顫抖的手伸了出去，為文博遠闔上雙目。

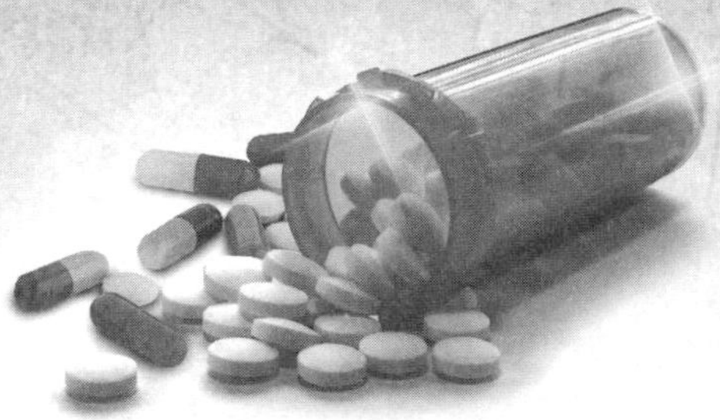

第九章

李代桃僵的偽公主

吳敬善歎了口氣道：「蒼天佑護，
幸虧公主殿下平安無事，否則我等萬死難辭其咎了。」
嘴上說著慶幸的話，心頭卻如同墜了鉛塊一樣沉重非常，
若然此事暴露，不但他們的性命保不住，只怕要被株連九族。

當李沉舟赤紅著雙目走出營帳的時候，一直在外面等候的唐伯熙迎上來關切道：「怎樣？你沒事吧兄弟？」

李沉舟緩緩搖了搖頭道：「沒事，大哥放心，我好得很。」他大步向練兵場走去。唐伯熙看出苗頭不對，慌忙跟在他的身後。

夕陽已經落山，夜幕漸漸籠罩了南陽水寨，倖存的這三十六人一個個心中忐忑，到現在仍然沒有見到大康方面來人，難道沉船這麼大的事情他們都沒有任何覺察？明明大雍方面已經過去送信，於情於理大康方面也應該來人了。

大雍水軍的打撈仍然在繼續，不斷有死屍被撈上來，同時也有不少箱子被打撈出來，這些箱子中大都是安平公主的嫁妝。

自從剛才李沉舟他們出現，胡小天就感覺到氣氛有些不對，周圍大雍士兵對他們充滿了警惕。吳敬善壓低聲音道：「胡大人，他們似乎將咱們當成囚犯了？」

胡小天道：「只能等咱們那邊的人過來才好跟他們交涉。」

兩人說話的時候，李沉舟一行去而復返，李沉舟腰間懸掛著一把長刀，正是文博遠貼身佩戴的虎魄。

一名文博遠的貼身武士起身迎了上去，指了指那柄長刀道：「這刀是我們將軍的，你把我們將軍的屍體帶到哪裡去了？」

李沉舟沒有理會他，繼續向前走去，那名武士上前攔住他的去路：「你……」

話音未落，只見一道閃亮的刀芒從那武士的左肩斜行劈落，刀鋒過處，那武士的身軀竟然被斜行劈成了兩段。

一時間驚得眾人驚呼四起。

一滴鮮血從冷如冰霜的刀鋒之上緩緩滴落，李沉舟看都不看倒在自己面前的那具屍體，緩緩將虎魄插入鞘中，一步步走向那群倖存的人群，低聲道：「安平公主現在何處？你們一個個只顧著自己逃命，不顧安平公主安危，全都死有餘辜！」他的聲音陰森可怕，臉上的表情再也不像之前那般和藹，充滿了凜冽殺機。李沉舟心中雖然悲痛到了極點，可是他卻不能公然為弟弟報仇，倘若讓外人知道了他和文博遠之間的關係，很可能會危及到身在大康仍然擔任大康太師的父親。

他的憤怒和悲痛必須要找到一個宣洩口，這個理由就是安平公主。

眼睜睜看著一名同伴死在了李沉舟的刀下，眾人無不膽戰心驚，目睹如此慘狀，誰也不敢再輕易上前，生怕觸怒李沉舟，招來殺身之禍。

李沉舟森然的目光掃過眾人，冷冷道：「安平公主身在何處？」

吳敬善哆哆嗦嗦道：「李將軍，我們公主殿下落水了，直到現在仍然不知所蹤……你找我們要人……我們又怎麼知道？」

李沉舟道：「她不僅是你們的公主，也是我們七皇子的未來妃子，爾等護主不利，全都該死！」他的手緊緊攥住刀柄，凜冽的殺機以他的身體為中心鋪天蓋地向周圍壓榨過去。

站在李沉舟身邊的唐伯熙也感覺到了這股強大的殺機，雖然唐伯熙魯莽，可是他也知道這些倖存者都是大康使團中人，這其中不乏吳敬善這樣的大康重臣，若是李沉舟大開殺戒，只怕會惹出不小的麻煩，慌忙提醒李沉舟道：「兄弟，死的是他們的公主。」在唐伯熙看來，安平公主一天沒有嫁給七皇子就不算什麼皇子妃，死了跟他們大雍也沒有任何關係，實在不明白李沉舟為何如此生氣，震怒之下已經斬殺了一名大康武士。

胡小天起身道：「李將軍，就算安平公主出事，我等有脫不開的罪責，也是面對我家陛下的事情，自有我大康皇帝追責，好像和貴國無關吧？」

周圍人暗暗為胡小天捏了一把冷汗，所有人都看出李沉舟此時表現異常，胡小天若是激怒了他，搞不好他會要了胡小天的性命。

周默和展鵬兩人暗自警惕，只要李沉舟膽敢有任何異動，兩人就會搶先出手。

李沉舟冷冷望著胡小天，緩緩點了點頭道：「不錯！你們是大康的臣民，犯了錯自然有大康的皇帝罪責，只是你不要忘記了，現在是在什麼地方？」

胡小天平靜道：「兩國交兵不斬來使，大康和大雍之間並非敵國，還有姻親之約，我等前來也不是為了給大雍下戰書，而是護送安平公主前往雍都成親，我們帶著誠意和友好而來，你們卻不通情理，斬殺我方士兵，還對我們無端指責，我不相信，大雍皇帝會讓你們為所欲為？」

李沉舟望著胡小天，忽然哈哈大笑起來，胡小天被他笑得有些摸不著頭腦，心中暗歎，此人喜怒無常，莫不是個瘋子？

李沉舟指了指地上那名剛剛被他一刀斬殺的武士道：「此人乃是奸細！死有餘辜！」

胡小天暗罵，這裡是你的地盤，你當然說什麼就是什麼。

李沉舟心中恨不能將這幫大康使團的成員全都殺死，可是在斬殺一人之後，他內心的憤怒又慢慢平復了下來，至少在目前無法證明弟弟死在這群人手中，自己千萬不可讓悲痛擾亂了心境，報仇雖然是大事，也許從長計議，必須要找到真凶方才能讓弟弟的冤魂在九泉之下瞑目。

李沉舟指著胡小天的鼻子道：「若是找不到安平公主的下落，你們全都要死！」他才不會關心大康公主的死活，只是以此作為藉口，掩飾內心中的悲憤和狂怒。

就在此時後方傳來一陣嗚律律的馬鳴之聲，卻是雍軍帶著幾匹剛剛從江中救起的馬匹走了過來，讓胡小天驚喜萬分的是，他的坐騎小灰也在其中。胡小天正準備過去認領，卻看到一名士兵扶著一位渾身濕透的少女走了上來，那少女頭髮蓬亂，臉色蒼白，雖然衣衫濕透，仍然可以看出她的衣飾極其華美，不是紫鵑還有哪個？

胡小天暗叫倒楣，想不到紫鵑如此命大，竟然能夠僥倖逃生。

李沉舟和唐伯熙等人也看出這少女衣著華貴，應該身分不凡，李沉舟走了過去，來到紫鵑面前低聲道：「你可是公主殿下？」

紫鵑抬起頭來看了看李沉舟，目光又向遠處那群倖存者望去，她仔細尋找著什麼，試圖從中找到安平公主的身影，不過她最終失望了，當她的目光落在胡小天的身上，頃刻之間充滿了仇恨。想來十有八九是憎恨胡小天讓她李代桃僵，假冒安平公主，可是在大船沉沒之時根本無人顧及她的性命，任她自生自滅。

紫鵑咬了咬牙，似乎想說什麼，此時胡小天卻起身狂奔了過來，距離她還有兩丈多遠的時候，撲通一聲跪倒在地上，喜極而泣道：「公主……公主殿下，蒼天保佑，您果然吉人天相，平安歸來，若是您有什麼三長兩短，我等便是萬死也難辭其咎……」

紫鵑顯然被胡小天這一跪弄得愣住了，秀眉顰起，雙目盯住胡小天，猜測他葫蘆裡究竟賣什麼藥。

胡小天痛哭流涕道：「公主殿下，可憐我們八百多人渡江，遭遇這等橫禍，如今活下來的只剩下我們三十幾個，連文將軍也……也被賊人害死了……」這廝的演技已經是爐火純青，說得情真意切，哭得驚天動地，身後的一幫倖存武士全都被他感染，一個個嚎啕大哭起來，倒不是每個人都對文博遠有多深的感情，而是因為他們現在處境不妙，這群人中自然有人是認識紫鵑的，可是誰也不敢說破，倘若找不到安平公主，他們難免一死，就算這群大雍軍人不殺他們，歸國之後也必被追責，他們實際上是為自己悲慘的命運而哭。

吳敬善開始的時候被胡小天給弄懵了，心想這明明不是安平公主，胡小天是不是糊塗了？可他很快就想明白了，胡小天沒糊塗，是他自己糊塗，而今之計只能渾水摸魚，反正大雍方面並不知道公主的真實樣貌，看李沉舟殺氣凜凜的模樣，大有找不到公主要將他們全都斬殺的勢頭，胡小天是想蒙混過關。

吳敬善暗讚胡小天機警，也顫巍巍地走了過去，和胡小天並排跪下，老淚縱橫道：「蒼天有眼，佑護我公主殿下平安歸來，老臣就算是死也可以含笑九泉了……」梆梆梆，老吳頭跪在地上狠狠磕了三個響頭，把地面都砸出了一個土坑，額頭沾滿了黃泥，足見內心之誠懇，力度之猛，胡小天都忍不住擔心這老頭兒把腦出血給磕出來。薑是老的辣，演起戲來老傢伙真是爐火純青了。

胡小天道：「公主殿下平安歸來，我等也就沒了什麼遺憾。」他向李沉舟拱了拱手道：「李將軍，要殺要剮悉聽尊便，我等死後，你將我家公主平平安安送到雍都就是，只需完成這個心願，我等死而無憾！」

紫鵑雖然只是一個宮女，可是她自小在皇宮長大，一直陪伴龍曦月左右，對皇宮中的禮儀耳熟能詳，頭腦也是極其聰穎，聽到胡小天和吳敬善剛才的那番話，馬上就明白了，文博遠死了，一定是這些大雍軍人找不到安平公主要結果了他們的性命，所以胡小天才強認自己是安平公主。胡小天之所以如此作為，是在提醒紫鵑，無論你如何恨我，可是你若是被仇恨蒙蔽雙眼，當場揭穿我的謊言，只怕這些人都要遭殃。

紫鵑環視四周，現場並沒有找到安平公主，如此看來公主十有八九遭遇不測，若是公主死了，只怕他們全都要死。

紫鵑咬了咬嘴唇，擺脫開攙扶她士兵的手臂，一步步來到胡小天的面前，胡小天看到她的眼神不善，已經猜到這宮女想要報復自己，心中暗叫倒楣。

紫鵑來到他的面前停下腳步，惡狠狠盯住胡小天道：「畜生，生死關頭，你竟然不顧本公主的死活，你有沒有良心，有沒有人性？」她揚起手來本想給胡小天狠狠一記耳光，卻看到胡小天陰森的目光，心中不由一顫，其實只是她解讀錯誤，胡小天早已做好準備，準備把臉湊上去挨她一記，也讓這宮女消消心中的怨氣。

紫鵑對胡小天還是極其忌憚的，猶豫了一下，這一巴掌竟然改變了方向，啪！的一聲打在了吳敬善的老臉上。

打得吳敬善臉都綠了，吳老頭實在是想不明白啊，我又沒招你沒惹你，你打我耳光作甚？也不怪吳敬善埋怨，紫鵑的這巴掌打得實在太出人意料，指東打西，讓人毫無準備。

吳敬善挨了巴掌還得叩頭不止：「請公主殿下降罪！」

紫鵑歎了口氣道：「今次我暫且放過你們，若是以後再做出絲毫對不起本公主的事情，我必然將你們千刀萬剮方解心頭之恨。」

胡小天道：「公主千歲千千歲，我等以後必赤膽忠心，捨命保護公主，就算為公主殿下肝腦塗地，粉身碎骨，上刀山下火海也萬死不辭！」

紫鵑冷冷道：「小胡子，你除了一張嘴巴還剩下什麼？忠心不是你說的，而是要踏踏實實去做！」

胡小天磕頭如搗蒜。

紫鵑擺了擺手道：「你們起來吧，全都是自私自利膽小如鼠的敗類，大康的臉面全都被你們給丟光了。」她舉手抬足之間居然有一股高貴的皇家氣度，要說胡小天讓紫鵑假扮龍曦月還真找對人了，紫鵑從小就跟龍曦月在一起，若是談到對龍曦月的熟悉沒有人能夠超過她。

即便是李沉舟這麼精明的人物也沒有識破這位安平公主乃是宮女假扮。

安平公主既然已經找到，其餘人的死活已經變得並不是那麼重要。

當晚他們這些倖存者全都留宿在南陽水寨，大雍派去青龍灣聯絡大康方面的使者回來了，帶來了一個不好的消息，卻是青龍灣於午後被亂民佔據，非但如此，連倉木城也被饑餓的亂民給攻破了。

胡小天等人聽聞這個消息，一個個哀歎倒楣，誰都沒有想到這一天之間竟然發生了這麼大的變化。

胡小天擔心龍曦月被紫鵑認出，讓展鵬保護龍曦月儘量遠離紫鵑。

入夜之後，大雍方面給他們提供了一些晚餐，他們餓了一整天，此時總算可以吃頓飽飯，胡小天還沒有來得及吃飯就被紫鵑召到了營帳之中。雖然剛才紫鵑在李沉舟等人面前承認了公主的身分，可是胡小天畢竟摸不透她心中真正的想法，來到營帳之後恭恭敬敬向紫鵑行禮道：「小胡子參見公主千歲千千歲。」說話之時側耳傾聽外面有無動靜，其實周默也跟他一起前來，在營帳外盯著，胡小天本不用擔心，可是這裡畢竟是大雍的軍營，為了謹慎起見，還是多一點小心為妙。

紫鵑冷冷望著胡小天，咬牙切齒道：「看著我活著出現，你心中是不是特別的失望？」

胡小天恭敬道：「看到公主平安歸來，小天心中喜出望外，喜極而涕。」

紫鵑一步步走向他壓低道：「沉船之事究竟是不是你在策劃？」

胡小天嚇得縮了縮脖子，低聲道：「公主千萬不能亂說話，此事若是讓外人聽到，小天只怕跳到庸江也洗不清了。」

紫鵑道：「胡小天，事到如今你不必在我面前演戲，你讓我換上公主的衣服，根本就是想讓我給她當替死鬼，你其實早就知道渡江之時會有事情發生對不對？所以你才設下如此圈套，想要利用我的死來掩人耳目！」

胡小天道：「公主殿下若是這麼想，小的也沒有辦法。」

紫鵑恨恨道：「你讓我頂替公主倒也罷了，我幾時說過不行？可是沉船之後，你又派人殺我？若非我命大，此時已經死在了你這奸賊的手中。」

胡小天苦笑道：「天地良心，小天絕沒有讓人做這種事，我敢對天發誓！」心中暗忖，難道是周大哥和展鵬幹的？將她殺掉才好，也不會有那麼多的麻煩。

紫鵑道：「你這種冷血自私之人有什麼良心？本來你應該和我們在一條船上，為何登船之前卻改變了主意？」

胡小天道：「我之所以改變主意是因為文博遠形跡可疑，為了保護公主不得已才採取的措施，他的事情你應該清楚。」

紫鵑怒道：「我怎會清楚？」

胡小天道：「一直以來，你跟他眉來眼去，不要以為我不清楚你們之間在謀劃什麼？」

紫鵑怒視胡小天道：「你信口雌黃，汙我清白，我跟他連話都沒有多說過一句。」

胡小天淡然笑道：「說過也罷，沒說過也罷，文博遠居心叵測，意圖謀害公主，所以他才沒有登上和公主同一條船，無論你們有沒有關係，他也沒有考慮過你的死活。」

紫鵑道：「你們還不是一樣，在你們心中何嘗顧及過我這種小人物的性命。」

胡小天道：「人算不如天算，文博遠一心謀害公主，卻沒料到螳螂捕蟬黃雀在後，還有人想要將我們一網打盡。」

紫鵑冷笑道：「你就是那隻黃雀。」

胡小天搖了搖頭道：「我不是黃雀，咱們這群人全都是栓在一根繩上的螞蚱，事到如今，唯有將錯就錯，若是他們識破了你的身分，咱們全都無法活命。」

紫鵑道：「我這條命是撿來的，生死對我來說早已無關緊要。」

胡小天道：「好死不如賴活著，能有機會活著誰都不想死，公主殿下，或許咱們之前有些誤會，可是事情既然都已經過去，你我也都僥倖活命，那些不愉快的事情沒理由總記在心上。當前最重要的是，大家精誠合作共度難關。」

紫鵑道：「你以為可以瞞得過天下人嗎？」

胡小天微笑道：「瞞得一時是一時，瞞得一世是一世，若是一直能夠隱瞞下去，公主大可安安穩穩留在大雍當一個皇子妃，有朝一日，說不定還可能當上太子妃，成為大雍皇后也有可能，享不盡的榮華富貴，到時候說不定公主心中還會對我感激不盡呢。」

紫鵑道：「若是事情敗露，只怕天下之大也沒有咱們的容身之地。」能夠說出這句話，就證明她已經被胡小天的這番話觸動。

胡小天道：「凡事多往好處想，根本沒有幾個人見過公主的真正樣貌，連吳大人都認定了你是公主，其他人又怎麼會懷疑，即便是有人懷疑，他們也應該顧惜自己的性命，你說是不是？」

紫鵑低聲道：「公主現在身在何處？」

胡小天並沒有回答。

紫鵑道：「一定是你利用這次的事情將公主偷偷救走是不是？」

胡小天道：「公主殿下此言差矣，您還在這裡，小天還在您身邊，兩國之間最重要的是聯姻，就算你永遠不回娘家，陛下也不會關心。大雍七皇子也不會關心安平公主殿下是什麼樣子，他關心的只是娶了一位公主，公主殿下覺得我說得對不對？」

紫鵑咬了咬嘴唇，似乎仍然有些猶豫，終於點了點頭道：「你給我記住，你只要再敢有加害我的心思，我便和你拚個魚死網破，玉石俱焚！」

胡小天微笑道：「我是瓦片您是瓷器，公主乃是金枝玉葉不值得跟我動氣。」

他深深一躬，向後退到營帳前，掀開帳門走了出去。

門外周默始終都在靜靜守候，看到胡小天出來，跟他一起離開了營帳，以傳音入密道：「怎樣？」

胡小天道：「暫時沒什麼問題，此女留著始終是個禍端。」

周默低聲道：「那我尋找機會將她除掉！」

胡小天搖了搖頭道：「勢成騎虎，咱們暫時不能動她，走一步看一步。」

胡小天來到篝火前，三十多名倖存的武士全都圍坐在篝火旁，每個人的表情都極其複雜，看得出他們心事重重。龍曦月和展鵬兩人也在人群之中靜靜坐著，看到胡小天歸來，龍曦月美眸生光。

胡小天儘量避免和她的眼神相遇，生怕被其他人看出破綻，他來到吳敬善身邊坐下。

吳敬善此時的狀況好了些，至少眼下將腦袋保住了，至於明天會怎樣，天知道！吳敬善低聲道：「胡大人，公主怎麼說？」

胡小天勾住吳敬善的脖子，附在他耳邊低聲道：「公主息怒了！」

吳敬善心領神會，一定是紫鵑同意將公主的角色繼續扮演下去，雖然無法從根本上解決問題，可畢竟暫時度過了眼前的難關，歎了口氣道：「蒼天佑護，幸虧公主殿下平安無事，否則我等萬死難辭其咎了。」嘴上說著慶幸的話，心頭卻如同墜了鉛塊一樣沉重非常，躲得了一時，躲不了一世，若然此事暴露，不但他們的性命保不住，只怕要被株連九族。

胡小天環視身邊倖存的這群人，這其中有和他肝膽相照的朋友，有同生共死的紅顏知己，還有吳敬善這種逼於無奈被自己牽連進來的中間派，當然也有文博遠從京城帶來的一幫忠心手下。胡小天此時方才發現了一件不尋常的事情，趙武晟支援他們的兩百名武士竟然沒有一人在這裡，難道他們全都淹死在庸江之中？稍一琢磨，應該沒有可能，那二百名武士全都精通水性，就算會有傷亡，也不會全軍覆沒，胡小天的心頭不禁蒙上了一層陰影。

現在看來，趙武晟的確是姬飛花派來的，他前來的目的卻不是為了配合自己。趙武晟早就知道這兩艘船都會遇襲，現在看來，兩艘船在江心出事和趙武晟有著必然的關係，十有八九就是他安插在其中的武士策劃了這起沉船事件。

想起離京之前姬飛花對自己的那番鄭重囑託，胡小天當時還信以為真，現在想起來方才明白，從頭到尾姬飛花都沒有真正信任過自己，也沒有將所有的希望都放在自己的身上，在他的計畫之中，負責剷除文博遠的另有其人。文博遠在水下被殺的一幕仍然歷歷在目。姬飛花果然夠狠，表面上將殺死文博遠的任務交給自己，讓自己誤以為已經獲得了他的絕對信任，暗地裡卻悄然佈局，在庸江一石二鳥，想要同時將龍曦月和文博遠除去。自己只顧著和文博遠爭來鬥去，處處提防著文博遠搗鬼，卻想不到最終他們兩人都被別人算計了進去。

相比較而言，自己還算幸運，至少活著逃離了庸江。文博遠那個倒楣鬼就沒自己那麼好命，被人一刀捅死在庸江之中。

其實那名殺手出現之時，文博遠已經快被他給悶死了，那一刀戳得有些多餘，胡小天忽然想起，天下間不僅僅是自己清楚文博遠的死因，那名殺手也知道，假如他將此事宣揚出去，自己豈不是麻煩？想到這裡，胡小天脊背上瞬間被冷汗濕透。

此時劉允才走了過來，向胡小天和吳敬善兩人拱了拱手道：「兩位大人，我家將軍請兩位大人去營帳中說話。」

胡小天如夢初醒地點了點頭，吳敬善卻歎了口氣道：「老夫頭疼病犯了，現在不方便過去，胡大人，您代我向唐將軍問好。」

胡小天知道吳敬善是害怕，唐伯熙性情魯莽，粗鄙無禮，吳敬善想起要和這人打交道就頭疼，找個藉口婉言謝絕。反正凡事都有胡小天撐著呢，這小子頭腦靈活，有什麼事情還是讓他去交涉。

胡小天離去之時，周默站起身來：「胡大人，我跟您一起過去。」這裡畢竟是雍軍水寨，加上剛才李沉舟毫無理由地當場斬殺了一名大康武士，周默不由得為胡小天的安全擔心，多一個人跟過去也好多個照應。

胡小天笑道：「放心吧，我去去就來。」

「大人保重！」說話的卻是展鵬，在他身邊龍曦月充滿擔憂地望著胡小天，胡小天朝他們笑了笑，隨同劉允才一起向中軍大帳的方向走去。

大帳內燈火通明，唐伯熙和李沉舟兩人相對而坐，桌上擺著四樣小菜，一罈美酒，四副碗筷。

看到胡小天走入營帳，唐伯熙哈哈大笑道：「胡大人來了，哈哈哈，快，快快請坐！」

胡小天雖然是今天才認識唐伯熙，卻已經看出這貨並非表面上看起來那麼魯莽，實則是一個大智若愚的人物，可真正讓他警惕的乃是李沉舟，李沉舟最初出現在他面前的時候給他的印象不錯，本以為李沉舟通情達理溫文爾雅，卻沒有想到李沉舟突然斬殺了一名大康武士，性情多變，錯綜複雜，讓人難以捉摸，從目前的情況來看，李沉舟殺人或許是為了震懾他們這幫大康使團的成員。

現在的李沉舟已經完全恢復了冷靜，起身道：「胡公公，吳大人沒一起過來？」

唐伯熙又笑了起來：「對，是胡公公，胡公公哈哈哈！」

胡小天淡然笑道：「承蒙吾皇眷顧，讓胡某擔任此次送親隊伍的副遣婚使，兩位將軍若是不見外的話，可以直接叫我的名字，如果看得起我，叫我一聲胡老弟也行。」他來到桌邊坐下，表情平靜無波，絲毫沒有流露出任何的畏懼。

唐伯熙愣了一下，想不到這小太監還有幾分勇氣，說起話來不卑不亢，難怪大康的皇帝會派他前來出使。

李沉舟悄然使了一個眼色，唐伯熙這才明白過來，衝著胡小天大聲道：「噯！

我兄弟問你的話你還沒有回答呢！」他聲音洪亮，如同奔雷炸響，換成尋常人只怕早就被他嚇得一屁股坐在地上。

胡小天卻依然面不改色，看都沒看唐伯熙一眼，微笑道：「貴軍紀律嚴明，陣營整齊，吳大人在江水中泡了半天，又受了驚嚇，現在頭疼得很，我讓他留在外面休息，吳大人還讓我代他向兩位將軍問好呢。」

李沉舟微笑道：「我請兩位大人過來也沒有其他的意思，兩位特使從大康而來，唐將軍特地設下酒宴，為兩位大人壓驚洗塵。」

唐伯熙粗聲粗氣道：「是啊！想給你們接風洗塵來著，公主那邊不方便請，請你們兩人過來，卻只來了一個，根本是不給我面子啊！」他將一雙虎目瞪得滾圓，腮邊虬鬚一根根豎起，形容威猛，聲勢駭人。

胡小天暗罵，果然是宴無好宴，敢情是故意擺下鴻門宴嚇唬老子來著。他微笑道：「唐將軍想要什麼面子？難不成要吳大人抱病過來給您賠罪？吳大人在大康官拜禮部尚書，三品大員，不知唐將軍官居幾品？」

唐伯熙被胡小天給問住，如果論到官階，他現在只不過是個正五品的定遠將軍，雖然吳敬善是大康的禮部尚書，可是自己找人家要面子也屬於無理取鬧了。

李沉舟笑道：「胡大人勿怪，我大哥向來喜歡開玩笑，你千萬別當真。」

唐伯熙哈哈大笑，伸出蒲扇大的手掌在胡小天肩膀上重重拍了兩下，恨不能將胡小天一巴掌拍到在酒桌上，卻想不到這太監的肩膀居然相當硬朗，受了他兩巴掌紋絲不動，唐伯熙道：「我開玩笑的，胡公公別當真。」

胡小天微笑道：「我就知道唐將軍在開玩笑，哈哈哈，我也喜歡開玩笑，你這種豪爽性情的朋友，可交，可處！」他也揚起手來在唐伯熙肩膀上蓬蓬來了兩下，有來有往，老子不能白挨你兩巴掌。

唐伯熙雖然皮糙肉厚，可是胡小天這兩巴掌也是不輕，砸得他有些肉疼，唐伯熙明知胡小天在故意報復，可是他挑起事端在先，現在只能打落門牙往肚裡咽。

李沉舟咳嗽了一聲，一旁侍衛走過來為他們倒酒。李沉舟端起面前酒碗，低聲道：「剛剛又打撈上來二十多具屍體，根據貴方提供的人數，目前失蹤的還有三百餘人，想來這些人也是凶多吉少了。」

胡小天歎了口氣道：「想不到竟遭此厄運，這讓我等還有何顏面去見皇上。」

李沉舟道：「節哀順變，胡大人有什麼需要我們幫忙的地方只管言明，只要我們力所能及必全力以赴。」他的這番話說得誠意十足。

胡小天道：「我想請兩位將軍派船將我等送回武興郡。」

李沉舟道：「出嫁不走回頭路！胡大人難道不清楚這個道理？雖然這次無妄之災讓大康使團損失慘重，可畢竟安平公主無恙，三月十六就是她和七皇子殿下的成婚之期，此事不可耽擱。」

胡小天道：「現在才是二月初五，距離成婚之日尚早，我請示過公主殿下，她也是想先返回武興郡整頓行裝，畢竟此行帶來的嫁妝大都已經落入了水中。」

李沉舟笑道：「錢財乃是身外之物，我大雍泱泱大國又豈會在乎那些嫁妝，真正在意的乃是公主殿下，只要公主殿下平安無事就好。再者說，剛剛收到消息，武興郡發生民亂，饑民已經將武興郡外面層層包圍，就算送你們回去，你們也進不了武興郡，武興郡周邊狼煙四起，動亂不堪，若是公主出了差錯，別說你們不好交代，就連我們也無法向陛下交代。」

胡小天隱然意識到想要回頭已經沒有了任何可能，身在大雍，李沉舟不會輕易放他們離開。

李沉舟看到胡小天濃眉緊鎖，知道他仍然沒有打消念頭，輕聲道：「嫁妝的事情胡大人也不用擔心，唐將軍已經傳令下去，派出水軍在船隻失事的水域進行打撈，目前已經打撈上來了不少行李，相信還會有嫁妝被陸續打撈上來，胡大人只管安心在這裡休息，等打撈完成之後，清點物品，我方會幫助你們重新裝箱，護送你們前往雍都，不知胡大人意下如何？」

李沉舟已經將話說到了這種地步，胡小天也無法說不，形勢所迫，已經由不得他做出選擇，目前剩下的唯一出路就是護送紫鵑這個假公主繼續前往雍都成親了。想到這裡，胡小天點了點頭道：「多謝兩位將軍。」

李沉舟淡然道：「安平公主和七皇子成親之後，兩國就是一家人，又何必那麼客氣。」他此時已經完全冷靜了下來，和剛才殺人之時已經判若兩人。

胡小天甚至懷疑眼前換了一個人，對李沉舟更加警惕，生怕在他的面前露出破綻。

唐伯熙道：「喝酒，喝酒！」他端起酒碗跟胡小天碰了碰。

胡小天只沾了一下嘴唇，就放下。

唐伯熙瞪大眼睛道：「咋地？你咋地不乾呢？莫不是看不起我們？」

胡小天歎了口氣道：「唐將軍、李將軍，今日發生的慘劇仍然歷歷在目，想起死去的那麼多兄弟好友，胡某這心中著實難過，他們再也見不到明日的太陽，胡某卻坐在這裡喝酒……這酒我無論如何也喝不下去……」胡小天將那碗酒緩緩放在桌上，抬起衣袖，裝模作樣地擦眼角。

唐伯熙看了看李沉舟，然後猛然將酒碗頓在桌上，酒水四處飛濺，他大吼道：「胡公公，我唐伯熙好心請你喝酒，你不喝就不喝，還說這些壞人心情的混帳話，無非是看不起我，不給我唐某人面子！」

胡小天心中暗自冷笑，你唐伯熙根本是看著李沉舟的眼色行事，在這裡一驚一乍，兩人一個唱紅臉一個唱白臉，真當老子是大康皇宮中的一個小太監，老子是嚇大的！胡小天道：「唐將軍誤會了，胡某絕沒有看不起你的意思，今日若不是唐將軍率部搭救，胡某早已淹死在江心，哪還有機會坐在這裡飲酒？」

唐伯熙餘怒未消道：「那就是懷疑我酒中有毒？擔心我害你！」

胡小天道：「大雍和大康同為大國，泱泱大國，怎會出宵小之輩，唐將軍若是想殺我，又何必那麼麻煩將我救起？即便是救了我，又反悔，現在想殺我，以唐將軍的性情也一定堂堂正正地拔出刀劍，怎會用這種卑鄙無恥下流齷齪的手段？」

「呃……」唐伯熙根本沒有想到胡小天是這樣一個伶牙俐齒的傢伙，被他說得愣在那裡，一時間不知如何應對。

李沉舟目露欣賞之色，開始的時候他雖然猜到胡小天年紀輕輕就能被大康皇帝委以重任，必有過人之處，可是對他的能力仍然缺乏準確的估計，今晚設宴，是利用機會和唐伯熙配合唱一齣好戲，爭取從胡小天和吳敬善口中得到更多關於沉船的資訊。但是吳敬善稱病沒來，胡小天雖然只是一個太監，卻是一個極難對付的角色。

李沉舟道：「胡大人節哀順變，事情既然已經發生，即便是心中再難過也無濟於事，唯有打起精神，重振士氣，早日將安平公主護送到雍都，完成貴國君主的任務才是正道。」

胡小天點了點頭道：「李將軍所言極是。」他端起面前的那碗酒，緩緩灑落在地上，聲音低沉道：「僅以這杯薄酒祭奠遇難將士的英靈。」說話的時候，擠出了兩滴眼淚，倒也顯得情真意切。

唐伯熙道：「好好的酒，你灑了作甚？」他也是個嗜酒如命的主兒，看到胡小天將酒灑了不免有些心疼。

胡小天這邊剛剛將空碗放下，侍衛又走過來給他滿上。

李沉舟端起酒碗道：「胡大人，一醉解千愁，乾了這碗酒，心中會好過一些。」

胡小天歎了口氣道：「借酒澆愁愁更愁，可兩位將軍如此盛情，胡某若是再不喝就是不識抬舉，兩位將軍，胡某先乾為敬。」他端起酒碗咕嘟咕嘟一口氣將那碗酒喝乾了，將空碗放在桌上，雙目靜靜望著唐伯熙，沒別的意思，你嚷嚷的起勁，該你喝了。

唐伯熙當然不會在一個小太監的面前示弱，端起那碗酒一飲而盡。

李沉舟捕捉到胡小天唇角的笑意，心中明白，一碗對他們兩碗，終究還是這廝占了便宜。飲了口酒，將酒碗放下。

胡小天道：「李將軍為何不喝？」

李沉舟道：「李某不勝酒力，若是喝下去肯定會醉得不省人事。」

胡小天心中暗罵，剛才還說要一醉解千愁，敢情是想把我給灌醉，你一口都不喝。

唐伯熙道：「胡公公，我兄弟不能喝酒，你別勉強他。」

胡小天真是哭笑不得了，我不能喝你非得勉強，你兄弟不能喝，就不許別人勉強，這大雍國的將領都是這樣蠻不講理嗎？

李沉舟道：「那位不幸殉職的文將軍可是大康太師文承煥的公子？」

胡小天點了點頭道：「不錯，就是他。」

李沉舟歎了口氣道：「久聞大康新近湧現出一位文武雙全的少年英才，我對文將軍也是仰慕已久，本以為趁著這次機會可以相互認識，交個朋友，卻想不到文將軍英年早逝，真是讓人不勝唏噓。」

胡小天道：「文將軍遭遇不幸實在是我國的莫大損失，他文武雙全，深得皇上器重，年紀輕輕便被皇上委以重任，籌建神策府，八方英雄紛紛前往投靠，真可謂一個不世出的將才，朝中文武大臣無不將他視為大康的希望，國之棟樑，卻想不到天妒英才，剛剛踏入大雍國境就遭遇如此橫禍……」

唐伯熙毫不客氣地打斷他道：「喂！胡公公，你可別胡說八道，文博遠明明是死在了你們大康，跟我們大雍沒有關係。」他看似粗獷魯莽，可實際上一點都不糊塗。

李沉舟心如刀絞卻還要強作平靜，想起慘死的弟弟，忽然難過地說不出話來。

胡小天道：「唐將軍不要誤會，我沒有推脫責任的意思，我只是說，文將軍的遺體就在這裡，難道這裡不是大雍的疆域？」

唐伯熙又被他問住，撓了撓頭道：「雖然屍體在這裡，可是他們的死跟我們大雍可沒有一丁點關係。」

李沉舟道：「現在並不是追究責任的時候，胡大人，你是否知道究竟是誰伏擊了你們？」

胡小天叫苦不迭道：「我若是知道早就通報天下，必將這幫殘忍的惡賊剿殺殆盡，可是從頭到尾，我連一個敵人都沒有見到。」

唐伯熙撇了撇嘴，暗罵大康的這幫人膿包，連敵人什麼樣都沒看到就已經死了那麼多人。

李沉舟道：「你們的船不會無緣無故沉了。」

「當然不是無緣無故，船行到江心，突然從上游飄來了三艘漁船，我們正在阻止漁船撞上來的時候，突然之間天空中有無數石塊墜落下來，文將軍率領我等奮勇反擊，射下了幾隻禿鷲，應該是這些扁毛畜生攜帶石塊飛向高空，然後將石塊從高空中拋下來攻擊我們的艦船。」

李沉舟雙眉緊鎖，假如胡小天所說的一切屬實，那麼這些禿鷲絕不是偶然出現在庸江上方並發起攻擊，而是有人在背後操縱，能夠操縱這樣規模的禿鷲軍團發動攻擊，必然是極其高明的馭獸師所為，天下間馭獸師雖然眾多，可是擁有這樣能力的卻屈指可數，只要循著這條線索，應該不難查出背後操縱這場屠殺之人。

唐伯熙也想到了這一層：「一定有馭獸師在操縱。」

胡小天點了點頭道：「我也是這麼想。」

李沉舟道：「我問過那些獲救的武士，據說當時安平公主所乘坐的艦船在江心失火，然後兩艘船又發生了碰撞？」

胡小天心中暗自提防，看來李沉舟已經經過一番調查，此人心思縝密，須得格外留神，千萬不可在他的面前露出破綻。胡小天點了點頭道：「的確如此，當時我們因為那些禿鷲的攻擊亂成一團，突然之間發現公主乘坐的那艘船燃燒了起來。」

李沉舟眉峰一動：「胡公公沒有和公主同船？」

胡小天已經預料到他會發覺此事，也沒有隱瞞：「不錯！」

李沉舟道：「胡公公在大康乃是紫蘭宮總管，職責就是貼身伺候公主，緣何沒有選擇和公主同船？」

胡小天苦笑道：「皆因我在倉木的時候不慎得罪了公主殿下，所以公主讓我滾到另外一艘船上去。」

聽他這樣說，唐伯熙不禁哈哈笑了起來，他拍了拍胡小天的肩膀，這下倒是沒使太大的力量：「胡公公，看來當太監也有當太監的苦處。」

「可不是嘛，伺候人的活兒，必須要留意觀察主子的臉色。」

李沉舟道：「吳大人也和胡大人在一艘船上，三位遣婚使全都沒有和公主同舟，究竟是巧合呢？還是這樣的安排另有深意？」

胡小天暗讚李沉舟，此人的頭腦真不是一般，想要糊弄他可沒那麼容易。胡小天道：「說起此事我也極為不解，我本以為文將軍會和公主同船，也因為這件事問過文將軍，可文將軍卻說水上和陸地之上完全不同，在陸地之上可以貼身保護，在水上卻要保持距離，一旦渡江之時遇到意外的狀況，我們的那艘船可以為公主擋住危險。」說到這裡他故意停頓了一下，眼圈一紅，淚水在眼睛裡直打轉：「只是我們無論如何都沒有估計到危險會來自天上。」

李沉舟道：「即便是遭遇到禿鷲的攻擊，也不至於傷亡如此慘重。兩艘船為何會撞在一起？那些船工為何會犯下如此低級的錯誤？」

胡小天道：「李將軍，其實至今我也沒想明白。」

唐伯熙道：「會不會其中混入了奸細？」

胡小天道：「我也不知道，沒證據的事情豈可亂說，只是有一點我可以確定，若是有人想要加害公主，必然是不想公主嫁給貴國的七皇子殿下。」

李沉舟因這句話而內心一震，他其實早已想到了這一層。

唐伯熙道：「你國公主嫁給我國皇子本來就是天作之合，誰會不想他們成親？」

胡小天道：「或許有人不想大康和大雍兩國締結姻親，意圖謀害我家公主破壞這場聯姻。」

唐伯熙道：「也可能是你家公主得罪了什麼人，所以才有人要殺她。」

胡小天道：「我家公主自小養在深宮，平時輕易連皇宮的大門都不曾踏出去過，又怎會得罪什麼人？興許是你們的七皇子得罪了什麼人，所以有人為了報復他，所以才想出了謀害他未婚妻的主意！」

唐伯熙怒道：「放肆！」他的手掌重重在桌上拍了一巴掌，震得杯碟碗筷全都跳了起來，指著胡小天的鼻子大吼道：「我們好心救你，你這太監竟然想把所有的責任都推到我們身上，其心可誅，用心歹毒，實在是太無恥了，太卑鄙了！」

胡小天卻絲毫沒有流露出懼色，歎了口氣道：「唐將軍何苦動怒，咱們不是分析這件事，我只是說可能，又沒說一定是你們國家的人做的。」

唐伯熙忍不住爆粗道：「干我們屁事？胡小天，分明是你們護住不力，麻痹大意，如果你們是大雍的臣子，我家皇上定然砍了你們的腦袋一個不留。」

胡小天道：「聽唐將軍這麼一說，胡某幸虧生在大康，我家陛下宅心仁厚通情達理，一定能夠明辨是非還給我們一個清白。」

唐伯熙聽他字字句句都在諷刺自己，偏偏又說不過他，氣得霍然從椅子上站了起來，伸手抓住刀柄，哇呀呀大吼道：「你這閹貨，真是氣煞我也，老子現在就要了你的性命？」他說翻臉就翻臉。

胡小天依然坐在那裡，唇角露出冷笑道：「唐將軍端得是威風霸氣，胡某雖然只是大康的一個宮人，可此次奉皇上旨意而來，便是大康的使臣，家有家規，國有國法，我胡小天即便是有罪，犯的也是大康的國法，輪不到你這個他國的將軍對我指手畫腳，胡某聽說大雍民風樸實，百姓知書達理，看到唐將軍今日做派，看來果然是百聞不如一見！」

「你……」唐伯熙雖然握住刀柄，可刀卻沒有從鞘中拔出來。

李沉舟上前攔住他道：「大哥，你喝多了！」

唐伯熙冷哼一聲：「娘的，老子男人大丈夫不跟你這個不男不女的東西一般見識！」他也只是按照和李沉舟之間商定的計畫演戲，看到嚇不住胡小天，現在剛好下台。

胡小天道：「不是長了一根東西就稱得上大丈夫，有人表面雄壯焉知不是外強中乾？這個世上欺世盜名者不少，虛張聲勢者更多，銀樣鑞槍頭也是不計其數。」

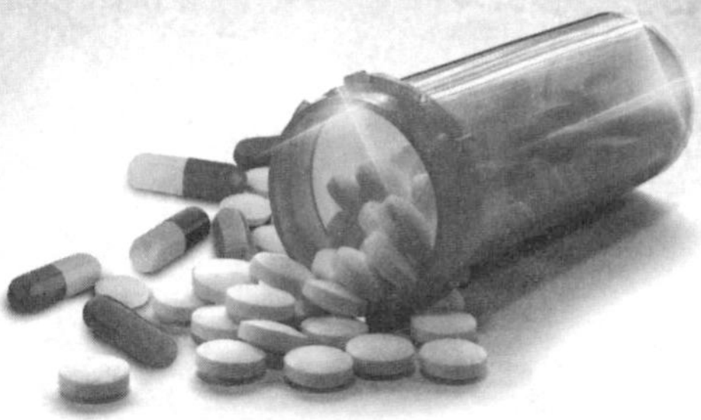

第十章

人間的最後一夜

李沉舟徹夜未眠，在營帳內靜靜守護著兄弟的屍體，
雖然他們兄弟兩人活著未曾來得及相認，
可是他這個做大哥要盡他的責任，
陪著弟弟度過人間的最後一夜，讓他黃泉路上不至於感到害怕。

唐伯熙氣得張口結舌，論到口才，十個他也不是胡小天的對手，他還想發作，李沉舟向他悄然使了個眼色道：「大哥，胡大人乃是大康使臣，是咱們大雍國的貴客，你不得酒後無禮，來人，送唐將軍回去休息。」

兩名侍衛走上來攙著唐伯熙離去，唐伯熙氣得腦袋都大了，倘若不是李沉舟攔著他，今日他一定要一刀劈了這個小太監。

唐伯熙走後，李沉舟向胡小天拱了拱手道：「胡大人見笑了，我大哥不勝酒力，酒後言行無狀，還望胡大人千萬不要往心裡去。」

胡小天道：「承蒙兩位將軍相救，救命之恩沒齒難忘，可是胡某做事向來公私分明，今生今世胡某絕不會忘記兩位的恩情，可是胡某乃是大康的臣子，我等前來大雍乃是為了護送公主完婚，大雍大康同為大國，禮儀之邦，想必不會做出辱及他國的事情！」

李沉舟道：「胡大人言重了，今日事發突然，我方沒有做足準備，許多事情或有不足之處，可是在我等心中絕無有輕慢貴國使團的意思。」其實他心中也明白得很，從唐伯熙到下面的士兵對大康使團並不友善，他自己更是在認出自己同父異母的弟弟，看到文博遠慘死的模樣之後悲痛莫名，情緒失控殺死了一名大康士兵。如果不是安平公主平安獲救，或許他還會以此作為藉口再殺幾人。

李沉舟此時已經完全冷靜了下來，殺人無濟於事，即便是將大康使團的人全部殺光，他的弟弟也不會死而復生。更何況，安平公主安然無恙，這場聯姻仍然可以繼續，他也就沒有了繼續殺人的理由。此事不能作罷，他必須要查出真凶，要為自己沒有來得及相認的弟弟報仇雪恨，以此來告慰弟弟的在天之靈。

胡小天道：「李將軍，我方遭此橫禍，死傷慘重，八百多人渡江，如今活著的只剩下三十六人。唐將軍剛才的那番話沒錯，我們回去，陛下絕不會輕易饒過我們，可是我們此次的使命未完，必須要將公主殿下平平安安送到雍都，並不是想要抵消什麼罪孽，只是不想有負聖恩，完成了這次的使命之後，就算是死，我等也了無遺憾了。」

李沉舟點了點頭，雖然他並不能夠確信胡小天的這番話完全出自真心，可是這番話多少還是讓他有些感動，李沉舟道：「胡大人忠心報國，實在讓李某欽佩，我敬你一碗。」他端起面前的酒碗。

胡小天也將酒碗端了起來，輕聲道：「李將軍，無論之前發生了什麼事情，過去了就是過去了，胡某絕不會做出詆毀李將軍的事情，還望李將軍能夠幫助我們，將公主平安送到雍都。」

胡小天的這番話暗藏深意，他是在告訴李沉舟，今天被李沉舟活活砍死的那名士兵就此了結，他不會再提這件事也不會事後追究。

李沉舟心中冷笑，倘若不是安平公主及時出現，我就算再殺你們幾個也難解心頭之恨，你當我怕你對外宣揚這件事嗎？這太監居然以為有跟他談條件的資格，大康的國力又豈能和如今的大雍相提並論。李沉舟雖然心中同樣看不起大康，可是他在表面上並沒有流露出來，輕聲道：「胡大人放心，公主嫁入大雍就是我大雍國未來的皇子妃，她的安全，我等自當盡力。」李沉舟端起那碗酒一飲而盡。

胡小天也乾了那碗酒，心中暗歎李沉舟剛說不勝酒力，現在喝完這碗酒卻面不改色，此人不厚道啊。他並不想在此長留，向李沉舟告辭道：「今日發生的事情實在太多，李將軍，請容胡某先行告退了。」

李沉舟道：「胡大人早些休息，我會讓人做出妥善安排，還請胡大人轉告公主無需擔心，一切都會好起來的。」

胡小天回到他們的營地，發現多了不少營帳，乃是大雍方面剛剛送過來的，同時送來的還有不少的食物衣服，還有一位郎中也過來為受傷的武士療傷。

吳敬善雖然又睏又乏，可是胡小天離去之後他卻一直都候在這裡，發生了這麼多的事情之後，吳敬善已經是六神無主，如果不是胡小天在關鍵時刻做出決斷，認紫鵑為公主，吳敬善恐怕連死的心都有了。

看到胡小天安然返回，吳敬善也是如釋重負，他老於世故，當然能夠察覺到這南陽水寨中雍軍將士對他們這些倖免於難的使團成員並無太多的善意，尤其是李沉舟一刀斬殺武士的情景將他們嚇得魂飛魄散，幸虧安平公主及時出現，這才讓他們的心中重新浮現出生的希望。

吳敬善將胡小天拉到營帳旁，低聲道：「胡大人，營帳不多，今晚咱們將就著住在一起。」

胡小天知道他邀請自己同住是假，想詢問狀況是真，跟這個老傢伙也沒什麼可交代的，讓他擔心一下也無妨，低聲道：「吳大人還是早些去休息吧，您年事已高，不能熬夜了，今晚我還有要事。」

吳敬善哪裡能夠安心去睡，苦笑道：「他們怎麼說？」

胡小天道：「大人無需多慮，萬事都包在我的身上，只要公主平安無事，我等就能夠過了這一關。」

吳敬善點了點頭，附在胡小天耳邊道：「可是這些倖存的武士之中，也有不少他的親信。」他沒有提文博遠的名字，胡小天領會了他的意思：「沒有人會嫌自己的命長。」

胡小天向遠處的周默招了招手，舉步走向遠方陳列屍首的地方。現場已經有幾名倖存武士在負責清點辨認屍體，看到胡小天來了，他們慌忙過來見禮：「胡大人！」這幾人還是文博遠過去的親信，現在主人死了，他們自然失去了主心骨，對待胡小天畢恭畢敬，雖然逃過了覆舟之劫，可是並沒有脫離險境，李沉舟劈死一名他們的同伴，讓這群人早已成為驚弓之鳥。

胡小天道：「情況如何？」

遠處傳來熊安民的咳嗽聲，他和熊天霸一起也在現場幫忙，聽聞胡小天來了，兩人也過來相見，他們帶了五十多名手下登船給胡小天幫忙，包括他們父子在內，僥倖逃生的只有四人，其餘人全都不知所蹤。

胡小天對他們父子兩人多少有些內疚，假如不是他臨時起意讓他父子兩人送行，也不會將他們捲入這場劫難之中。

熊安民道：「胡大人，我們找到了十七名手下的屍體。」

熊天霸充滿悲憤道：「若是讓我查出是何人下手，我絕饒不了他。」

胡小天歉然道：「是我連累了熊大人。」

熊天霸道：「胡大人千萬不要這樣說，保護公主原本就是我等的責任，發生這件事誰也不想，照我看逃出來的應該不僅僅是我們這些人，別的不說，隨同我們上船的那些士兵，大都是從小生活在江邊的子弟，水性極佳，橫渡庸江也不在話下，豈會那麼容易被淹死。」

熊天霸補充道：「是，死去的十七名弟兄多半都是被石頭砸死的，還有被人刀劍砍殺的，淹死的並不多。」

熊安民道：「葉落歸根，這些死去的將士全都是大康人，葉落歸根，還望胡大人能夠跟他們商量一下，能夠將這些人的遺體送還給大康。」

胡小天道：「武興郡那邊出了大事，亂民將武興郡團團圍住，青龍灣也被亂民佔領了，就算他們同意將這些屍體全都送回去，恐怕也無人顧得上安置。」

熊安民歎了口氣，黯然道：「一江之隔，竟然要長眠於異國他鄉。」

胡小天道：「儘量辨認出他們的身分，以後也好告知他們家人。」

周默道：「雖然不是戰死沙場，他們也都是大康的義士。」

胡小天點了點頭。

此時劉允才走了過來，唐伯熙讓他負責處置這邊的事情。劉允才道：「胡大人這麼晚還沒睡？」

胡小天道：「睡不著啊，死了這麼多的兄弟，心裡難受。」

劉允才道：「一共找到了四百六十七具屍體，因為天色已晚，打撈只能明天清晨繼續了，不過應該不會再有多餘的倖存者。」

胡小天心中黯然，一將功成萬骨枯，這些武士多半名字他都記不住，卻都已經成為了冰冷的屍體，姬飛花為了除掉文博遠和安平公主，不惜犧牲這麼多年輕的生命，此人實在是冷血無情，其實自己如果不是命大，豈不是也成為這些屍首中的一個。既然生在亂世，就必須要適應這個世界的規則。

胡小天向劉允才道：「劉將軍，貴方打算如何處置這些屍體？」

劉允才道：「就地焚化了。」

熊安民聽他這樣說，不由得有些著急：「可否給我們提供一塊土地，讓他們入土為安？」

劉允才冷冷道：「這裡大雍，大雍的土地不會平白無故地提供給外人。」

熊天霸怒道：「有什麼了不起，過去這裡都是我們大康的土地。」

劉允才聞言勃然大怒：「你說什麼？」

熊天霸正想重複，卻被周默喝止：「混帳，這裡沒你說話的份兒，給我滾一邊去。」

熊天霸雖然天不怕地不怕，可是對這位剛認的師父卻是敬畏得很，嘴裡嘟囔著，卻老老實實走到了遠處。

胡小天笑道：「劉將軍何必跟一個孩子一般見識。」

劉允才陰陽怪氣道：「孩子這麼說，未必不是大人教他的。」

胡小天道：「劉將軍，可否提供給我們一艘船，由我們護送這些屍首返回大康？」

劉允才搖了搖頭道：「我家將軍說過了，這些屍體你們辨認之後，馬上就地焚燒，不會出船將他們送回去。」離去之前又道：「我們將軍定下來的事情，不會更改，胡大人無需再白費口舌了。」

熊安民黯然歎息，那些倖存的武士聽聞大雍方面要將同伴的遺體就地焚化，一個個也是扼腕長歎，可是他們眼下在人家的軍營之中，又有什麼辦法？胡小天望著那一具具的屍體，大雍方面不願意提供給他們土地安葬，又不肯借船給他們將屍首送回去，即便是借給他們船，如今青龍灣局勢未明，送到哪裡也無人過問。

胡小天舉目望向前方的江面，低聲道：「大家一起出來，風雨同行，就是兄弟，雖然他們走了，咱們這些僥倖活命的人必須要讓他們走得有尊嚴。」

眾人齊齊望向胡小天，胡小天的目光投向江邊的樹林道：「咱們有三十多人，一起動手，多紮幾個筏子，送兄弟安安穩穩的離去，讓他們的英靈順著庸江漂回大康。」

李沉舟徹夜未眠，在營帳內靜靜守護著兄弟的屍體，雖然他們兄弟兩人活著未曾來得及相認，可是他這個做大哥要盡他的責任，陪著弟弟度過人間的最後一夜，讓他黃泉路上不至於感到害怕。

李沉舟走出大帳，夜空已經放晴，深藍的天空中繁星閃爍，北風將白日裡籠罩在天空中的陰雲吹得一絲不剩，抬起頭就能夠看到那璀璨的銀河。李沉舟仰起頭，夜空中有一顆閃亮的流星劃過。記得爺爺曾經說過，人死後就會化為星辰懸掛於夜空之中，默默守護著他的親人和朋友，那顆流星會不會就是弟弟的亡魂？

江邊仍然有人影不停移動，李沉舟瞇起雙目，隱約分辨出那群人都是來自大康使團的倖存者。他招了招手，將一名在不遠處負責值守的士兵叫過來：「他們在幹什麼？」

那士兵答道：「啟稟將軍，他們在紮木筏，為死者水葬。」

胡小天帶著眾人合力將剛剛紮好的木筏推入水中，木筏之上躺著六名已經辨認出身分的士兵。他們的身上覆蓋著樹枝，又在其上澆上火油，木筏順水漂流，向下游緩緩而去。

暗夜之中燃起一束火光，卻是展鵬彎弓搭箭，覷準了越漂越遠的木筏一箭射了出去，火箭準確無誤射入木筏之上，點燃了柴草，也點燃了那六名士兵的屍體。

胡小天率領眾人除去頭盔，向漸行漸遠的木筏深深一躬。在眼前的情況下，他們只能做到這一步，大雍不願提供給他們土地安葬這幫將士，唯有讓這些將士的屍體安葬在庸江之中，胡小天心中暗想，有朝一日，若是能夠收復庸江，那麼這些士兵也等於是返回了故土。

轉過身去，卻見龍曦月也站在他的身邊，表情顯得有些疲憊，美眸中蕩漾著晶瑩的淚光，在龍曦月看來，這些士兵的死全都是因為她的緣故，她過來幫忙送這些士兵最後一程也是應該的。

李沉舟道：「四百多具屍體，他們至少要紮八十個筏子。」

那士兵道：「本來他們是想提出找一塊土地安葬那些士兵的，可是唐將軍發話，咱們大雍的土地不可提供給他們康人使用。」

李沉舟皺了皺眉頭，略作沉吟，緩步走了下去。

胡小天他們正在繼續準備木筏的時候，李沉舟出現在他的身邊。胡小天頗感詫異：「李將軍這麼晚了還沒睡？」

李沉舟道：「你們在這裡叮叮咚咚地伐木，我可睡不著。」

胡小天歉然道：「耽擱李將軍休息了，只是我們想抓緊為這些兄弟送行。」他又朝公主的營帳看了一眼道：「不想耽擱了公主的行程。」

李沉舟道：「他們都是溺水而死，你將他們安葬在水中只怕會陰魂不散。」

胡小天道：「庸江東流，希望他們能夠順著流水返回故鄉。」

李沉舟心中暗歎，這胡小天倒也有些情意，低聲道：「若是紮起這麼多筏子恐怕要花上好幾天的功夫。」

胡小天道：「就算多花上一些時間也是應該的，總不能眼睜睜看著這幫兄弟死後連個歸宿都沒有。」

李沉舟道：「這樣吧，我跟唐將軍說一聲，讓他提供給你們一塊地，好生將他們埋葬了，畢竟入土為安。」

胡小天聞言大喜過望，選擇用這種方式水葬死去的士兵也是無可奈何的事情，如果能夠土葬那當然最好不過，以後有機會再將骸骨運回大康就是。慌忙向李沉舟作揖道：「多謝李將軍。」

李沉舟道：「你不用謝我，我是可惜這片林子，怕你們將這片林子給砍完了。」

李沉舟當然不是可惜這片林子，他想到了自己的兄弟，倘若胡小天利用這種方法水葬死者，那麼自己的弟弟也難逃這樣的結局，該說這群死去的士兵還是在無形之中沾了文博遠的光。

李沉舟正想離去，胡小天卻道：「我還有件事想和李將軍商量。」

李沉舟點了點頭：「胡大人請講。」

胡小天道：「還請將文博遠將軍的遺體歸還給我們。」

李沉舟當時帶走文博遠的遺體也是因為悲不自勝，那時他的情緒幾乎接近失控，生怕在眾人面前表露出來，現在的李沉舟已經完全恢復了冷靜，他絕不能讓外人知道文博遠和自己的兄弟關係，輕聲道：「今日之所以將文將軍的屍體帶走是因為看到他胸口的刀傷，特地找人勘驗傷口。已經確定文將軍乃是死於他殺，文將軍的身分非比尋常，此事我們已經上奏朝廷，胡大人只管放心，文將軍的遺體我們會妥善安置。」他的這番解釋倒也合情合理。

胡小天對文博遠的屍體原本也沒有太多興趣，之所以提出來，無非是做做樣子，走走形式。

李沉舟離去之後，胡小天讓眾人停下製作木筏全都回去休息，聽說李沉舟答應幫忙解決埋葬士兵的事情，眾人也是欣喜不已。

雍軍方面雖然提供了一些營帳，可是普通的士兵是沒有資格享受到的，即便是龍曦月貴為大康公主，如今她已經易容成為一個普通小兵，自然不可能再像過去那樣養尊處優。胡小天讓她在自己營帳外放哨，雖然是個苦差事，可龍曦月芳心中卻欣喜萬分，無論有多苦，只要在胡小天的身邊她都不會覺得辛苦。

眾人全都去歇息之後，龍曦月坐在營帳外，獨自守著那堆篝火，美眸望著溫暖的火苗呆呆出神，今天發生的事情實在太多，她無法斷定這兩艘船在江心沉沒是否與胡小天有關，假如一切真的是他做的，即便是為了營救自己，這樣的代價也實在太大了。想起死去和失蹤的七百多名勇士，想起頂替自己成為安平公主的紫鵑，龍曦月心中如同壓了一塊千鈞巨岩，難過到了極點。為了一個人的自由，犧牲那麼多人的性命，賠上他人的幸福，值得嗎？

胡小天的身影悄然出現在她的身邊，龍曦月慌忙站起身來。

胡小天淡然笑道：「你不用驚慌，坐下就是。」

龍曦月這才重新坐了下去，胡小天在她身邊坐下，環視周圍，行營周圍靜悄悄的，只有遠處的箭塔可以看到人影晃動，那是負責值守的衛兵。胡小天撿起一根枯枝掰成兩段扔到篝火之中，以傳音入密向龍曦月道：「我知道你心中定然不會好過。」

龍曦月點了點頭，她想將內心的感受說出來，想撲倒胡小天的懷抱中痛痛快快的大哭一場，可是她不敢，擔心被他人看到，識破真相，反倒害了胡小天。

胡小天低聲道：「你不用說話，只需靜靜聽我說。我在倉木就已經得悉文博遠想要在庸江動手，他想要加害於你，我並不知道他的目的，現在看來應該是和皇宮內的爭鬥有關，興許文家父子不想讓兩國聯姻，不希望看到兩國長久和平。我在離開康都之時，姬飛花就交給我一個任務，讓我尋找機會除掉文博遠。」

龍曦月美眸圓睜，一直以來她都不知道此次聯姻的背後會有那麼多的爭鬥。

胡小天道：「你穿的那套水靠，其實就是姬飛花所贈，因為文博遠不通水性，所以他讓我在通天江動手，可是我萬萬沒有想到，他決定在庸江動手，前來倉木接應我們的趙武晟其實是他所派。」

龍曦月心潮起伏，她自小生在宮中，雖然皇宮乃是勾心鬥角最為險惡的地方，可是她一直都置身事外，不願去涉及任何的權力紛爭。胡小天也是直到今日方才將他的計畫一一細說給她聽，在龍曦月聽來，這一切是如此的波譎雲詭，又是如此的驚心動魄，難怪胡小天沒有提前將計畫告訴她。

胡小天道：「我本以為趙武晟是來配合我除掉文博遠，卻沒有想到姬飛花的目的不僅僅是殺掉文博遠，此人籌畫的卻是一石二鳥的陰謀，庸江沉船，乃是他一手策劃。所以你無需自責，這些死去的將士和你沒有任何的關係。」胡小天早就看出龍曦月內心壓力極大。

龍曦月咬了咬嘴唇，撿起一根枯枝扔入了篝火之中，目光投向遠方的營帳，那座營帳本該屬於她，此時卻是紫鵑待在裡面。

胡小天道：「你更不要因為紫鵑感到內疚，她早已和文博遠暗地裡勾結，這一路之上始終在監視你的行動，能夠活著已經是她的運氣。」

龍曦月鼻子一酸，眼圈紅了起來，想起紫鵑自小和她一起長大，她對紫鵑情同姐妹，可以說紫鵑是她在這世上少有能夠信任的幾個人之一，卻想不到她也會背叛自己。

胡小天道：「事已至此，我們也只能將錯就錯，由她冒充你的身分，頂替你前往雍都，還好見過你真容的人並不多，吳敬善雖然知道紫鵑並非公主，可是他以為你已經遭遇不測，絕不敢將真相說出來。」

龍曦月幽然歎了一口氣，事情的發展早已超出她的想像之外，胡小天為了營救她機關算盡，可是人算終究不如天算，看來連他也沒有料到會是現在這種局面。

胡小天道：「這兩天要委屈你了，暫且安排你跟隨在我的身邊負責警戒，順便幫我照料馬匹，展鵬會悄悄保護你，等咱們離開了南陽水寨，前往雍都的途中，我會尋找合適的機會助你逃走。」

龍曦月卻搖了搖頭，用只有他們兩人才能聽到的聲音道：「我哪裡都不去。」

胡小天微微一怔。

或許是害怕胡小天不明白自己的意思，龍曦月補充道：「大人去哪裡，小的就去那裡。」她又往篝火中添了一些乾柴，輕聲道：「經歷了這麼多的事情，大人早已身心俱疲了，還是早些回去歇息，無論什麼事情，明日再說。」

胡小天點了點頭，眼下也唯有如此，秦雨瞳送給他的人皮面具果然派上了用場，龍曦月不但戴上了人皮面具，而且也服用了變聲丸，不然她溫柔軟糯的聲調只要說話就會露餡。服用變聲丸之後，說話粗聲粗氣，再加上她儘量避免和他人交談，避免引起懷疑。回營帳之前，胡小天將尚未用完的暴雨梨花針悄悄遞給了龍曦月，供她遇到危險的時候防身。

外形的改變容易，可是想要改變行為舉止卻很難，龍曦月裝成足踝受傷，走路一瘸一拐，多少可以掩飾她婀娜多姿的步態。為了掩人耳目，胡小天狠心讓她在外面給自己值夜，龍曦月從小到大何嘗吃過這樣的苦頭，不過她雖然性情溫柔，骨子裡卻是極其堅強，這一夜片刻未眠，守著那堆篝火，想著女兒家的心思，竟然不眠不休地熬了一整夜。

南陽水寨的清晨來得很晚，整個水寨晨霧籠罩，江風雖然不大，可是卻無孔不入地鑽入人們的衣領袖口，龍曦月剛剛打了個瞌睡，就被刺骨的冷風凍醒了，禁不住接連打了兩個噴嚏。

睜開眼睛一看，卻發現面前的篝火已經熄滅了，火堆之上冒著縷縷青煙，肩頭不知何時多了一件破舊的棉衣，她掀開營帳的簾門，方才發現胡小天早已離去。

龍曦月芳心頓時慌亂起來，站起身向周圍望去，卻見展鵬牽著小灰走了過來，展鵬向她笑了笑：「大人看到你睡著了，給你披了一件棉衣。」

龍曦月俏臉一熱，芳心中無比溫暖，錦衣玉食也比不過情郎的這件破舊棉衣，她將棉衣在身上緊了緊，小聲道：「展大哥有什麼事情讓我做？」

展鵬道：「胡大人去找地方安葬咱們的那些兄弟了，你牽著小灰去吃些水草，再帶牠蹓一蹓，不要走遠，不要離開我的視線之外。」

龍曦月點了點頭，從展鵬手中接過馬韁去餵馬了。

胡小天一早就被劉允才找了過去，卻是李沉舟已經做通了唐伯熙的工作，同意他們將這些士兵就地安葬，不過不能葬在南陽水寨的範圍內，需要在水寨外另尋一塊地方，唐伯熙要求他們要離開水寨三里之外。

其實南陽水寨外到處都是荒地，胡小天叫上周默一起，兩人從水寨借了兩匹馬縱馬離開了水寨，一路向西，在水寨以西三里之外的地方找到了一片荒草叢生的土丘，胡小天翻身下馬，將馬兒栓在一棵歪脖子松樹之上。周默也緊跟他的步伐，兩人步行來到草丘頂點，舉目望去，卻見庸江仍然籠罩在白茫茫的霧氣之中，南陽水寨就在東邊不遠處，可是因為有晨霧籠罩，也看不清水寨的輪廓。

胡小天道：「就在這裡吧，離南陽水寨夠遠，而且天氣晴朗的時候，從這裡應該能夠看得到庸江對岸，那邊就是咱們大康的疆土了。」

周默點了點頭，心情凝重道：「不知何日才能將他們的骸骨送還家鄉。」

胡小天道：「大哥何時變得那麼多愁善感，他們好歹還有埋骨之處，若是咱們出了差錯，恐怕連葬身之所都找不到。」

周默聽他這樣說不禁笑了起來，伸手拍了拍他的肩膀道：「發生了這麼大的事情咱們仍然能夠活著來到這裡，足以證明你的命夠大。」

胡小天道：「也不算太壞，至少咱們都活著。」如果說還有些遺憾，那麼最大的遺憾就是周默沒有來得及帶著龍曦月順利逃走，中途被雍軍發現不得不陪著他們一起前往雍都了。

周默低聲道：「有人來了……」他的話音剛落，胡小天也聽到了得得的馬蹄聲由遠而近，不多時一隊人影出現在草丘下方，卻是劉允才帶著一群大雍士兵追尋著他們的腳步而來。

胡小天笑道：「劉將軍，您急著跟過來是害怕我們逃走嗎？」

劉允才道：「胡公公是咱們大雍的貴客，為何要想逃呢？」

胡小天呵呵笑道：「開個玩笑。」

劉允才道：「李將軍讓我來接胡大人回去，說有重要事情商量。」

胡小天道：「好！」

劉允才道：「胡公公選好墓地了？」

胡小天不禁苦笑道：「大吉大利，大清早的劉將軍能不能說些吉利話。」

劉允才笑道：「我這人嘴笨，應該是胡公公幫那些死者選好墓地了？」

胡小天道：「我看這裡還行，符合唐將軍的條件，距離南陽水寨三里之外，而且地勢較高，以後即便是水位上漲也淹沒不了這裡，那些兄弟的亡靈在這兒還可以看到故土。劉將軍覺得怎樣？」

劉允才道：「胡公公覺得好就行，咱們回去跟唐將軍說一聲。」

胡小天向周默使了個眼色，兩人上馬跟隨劉允才一行返回了南陽水寨。

剛剛進入水寨的大門，太陽就從東方升起，晨霧短時間內就消散了，天空晴朗，藍的像純淨的大海，沒有風沙，沒有霧靄，庸江兩岸起伏綿延的松林，顯露出水洗一般的清脆，陽光很溫暖，在遙遠的天際，依稀看到幾絲薄得像輕紗一樣的雲彩。

空氣裡彌散著一股腐敗植物和潮濕艾蒿的氣味，這氣味並不好聞。水寨中不少地方升騰起了嫋嫋的炊煙，是士兵們正在生火造飯。

胡小天看到己方的營地之中堆放著幾十個木箱，這些全都是從江中打撈出來的嫁妝。大雍士兵軍紀嚴明，無人擅動屬於他們的物品。

大康禮部尚書吳敬善正在現場清點物品，經歷了這場劫難，想要找回全部的物品已經沒有任何可能，這些嫁妝只有他們帶來的三分之一。胡小天來到吳敬善的身邊道：「吳大人，情況如何？」

吳敬善苦笑道：「找回了一些行李和嫁妝，只是多半還是失落了，以後不知如何向陛下交代。」

胡小天淡然笑道：「錢財乃是身外之物，只要公主殿下平安無事，咱們就不算辱命。」

吳敬善一臉苦相，他心知肚明，現在的公主也是個冒牌貨，胡小天這一手可謂是兵行險招，倘若有人看出不對，那麼他們多少顆腦袋都不夠砍的，可是眼下也唯有這個辦法了，假如他們說公主死了，十有八九見不到明天的太陽。

胡小天道：「把所有的箱子全都打開，好好晾曬一下，順便重新整理一下。」

吳敬善點了點頭，吩咐那些武士趕緊去做。

此時李沉舟和唐伯熙兩人一起過來了，胡小天和吳敬善一起迎上前去，拱手行禮道：「唐將軍、李將軍，多謝兩位救命之恩。」

唐伯熙今天的態度似乎好了許多，見到胡小天哈哈大笑道：「胡公公，昨晚我喝多了，不到之處還望多多擔待，我是個粗人，你可千萬別跟我一般見識。」

胡小天笑道：「唐將軍太客氣了，我最喜歡您這種直來直去的豪爽性情，什麼事情也比不上您對我們的救命之恩。」

李沉舟微微一笑，目光投向吳敬善道：「吳大人病好了嗎？」

吳敬善惶恐道：「好多了，說來慚愧，年紀大了，身體虛弱，昨天老夫頭痛欲裂，所以沒有去見兩位將軍，還望兩位不要怪罪。」

李沉舟道：「吳大人乃是名滿天下的飽學大儒，沉舟對大人也是仰慕已久，咱們前去雍都的路上，沉舟定然要好好向先生討教了。」

吳敬善謙虛道：「哪裡敢當啊，李將軍文武雙全，老夫也是聞名已久了。」

聽話聽音，胡小天卻聽出李沉舟話中的意思分明是要跟他們一起前往雍都，內心不由得一怔，笑瞇瞇道：「李將軍是要和我們一起前往雍都嗎？」

李沉舟點了點頭道：「我請胡大人回來就是商量這件事呢，剛剛接到七皇子的命令，讓我護送安平公主儘快前往雍都。」

胡小天聞言一怔：「李將軍，不是說七皇子正從通天江往這裡來的路上嗎？」

李沉舟道：「不錯，可是中途皇子殿下接到皇上傳召，讓他即刻返回雍都，所以就將此次護送安平公主前往雍都的事情交給了在下。」

胡小天聽到這個消息可謂是喜憂參半，喜的是七皇子薛道銘暫時不會出現，防止提前露餡的可能。憂的是，李沉舟親自護送他們返回雍都，李沉舟智慧出眾，為人精明，這一路之上必然會對他們嚴加盯防，自己原計劃在途中尋找機會，讓周默帶龍曦月提前離開，在李沉舟的眼皮底下應該很難找到機會。

胡小天面露喜色道：「李將軍陪我們過去自然最好不過，只是咱們最快可能也要三日之後才能出發了。」

李沉舟道：「無需耽擱，今日午後咱們就離開南陽水寨，前往雍都。」

胡小天聞言大驚，吳敬善也是難以相信自己的耳朵，愕然道：「可是這裡的事情還沒有理出頭緒，死去的武士尚未來得及善後。」

李沉舟微笑道：「什麼事情也比不上七皇子的婚期更加重要，兩位大人不用擔心，這些武士的屍體，就交由唐將軍妥善處置，至於這些嫁妝，本來所剩不多，直接裝船運走就是。」

吳敬善聽說還要坐船，嚇得臉色都變了：「怎麼？還要坐船？」

李沉舟道：「從這裡前往雍都要翻山越嶺，路途艱險難行，選擇坐船，可以沿著運河一路向北，直達通天江，在那裡上岸之後，再經由陸路前往雍都，吳大人放心，大雍境內國泰民安，李某可以保證你們的安全。」

胡小天雖然沒有提出什麼反對意見，不過也認為出行實在是太倉促了，低聲道：「此事我還未稟報公主，兩位將軍，容我向公主說明此事之後，再做決定。」

唐伯熙道：「胡公公，你果然不像我們男人做事，婆婆媽媽，優柔寡斷，你們費盡辛苦送安平公主來到這裡不就是為了前往雍都嗎？怎麼現在又推三阻四，故意拖延時間，難道你們還有其他的盤算？」

胡小天暗罵這廝嘴巴欠抽，老子的身分是太監，可並不真是太監，你在這件事上反反覆覆做文章，嘲笑老子不是男人，人品真是下作，胡小天微笑道：「哪有什麼盤算，只是這麼大的事情無論如何都得先報給公主知道。」

李沉舟道：「胡大人只管去稟報，我這就讓人開始準備，午後咱們就乘船出發。」他的這番話等於告訴胡小天，他的決定絕無更改的餘地，你請示也罷，稟報也罷，總之在我們大雍的地盤上就得服從我們的安排。

胡小天來到公主營帳，紫鵑此時從裡面走了出來，換上了一身嶄新的華麗宮裝，這身衣服卻是從撈起的一個木箱中找到的，紫鵑臉上蒙著面紗，只露出了一雙明澈的美眸，人要衣裝，佛要金裝，紫鵑換上這身衣服之後，通體流露出高貴冷傲的氣勢。胡小天心中不由得暗讚，畢竟跟隨在龍曦月身邊多年，紫鵑打扮起來幾乎可以亂真，不過這妮子也的確很不簡單，經歷了這場變故，居然能夠保持這樣的冷靜和理智，看來自己過去一直都小瞧她了。

胡小天裝模作樣地深揖，恭敬道：「小天參見公主殿下，千歲千歲千千歲！」

紫鵑淡然道：「平身！」舉手抬足之間將公主的模樣表演得淋漓盡致。

胡小天將剛剛李沉舟的決定說了一遍。

紫鵑道：「反正早晚都要去雍都，什麼時候走也沒有分別。」

胡小天道：「公主殿下既然這麼說，我這就去準備。」

紫鵑道：「沒什麼好準備的，經歷了這場事情，大部分人都死了，倖存下來的不過三十幾個，嫁妝多半也已經失落在庸江之中。」

胡小天道：「嫁妝和行李倒是撈起了一些，回頭我會派信使返回大康，儘早給皇上報信，說明此事。」

紫鵑道：「大雍泱泱大國，還不至於將那點嫁妝看在眼裡，你們不用擔心，等到了雍都，我自己會向他們解釋。」

胡小天暗暗佩服，紫鵑居然這麼快就進入了角色，如果不是知道內情，連他也無從分辨這位究竟是不是公主了。

紫鵑抬起雙眸，望著那些正在忙於整理嫁妝的武士，忽然輕聲歎了口氣道：「胡小天！」

「在！」胡小天躬下腰去。

「假如途中有人想要加害於我，你會不會保護我？」

「小天願為公主肝腦塗地，死而無憾！」胡小天信誓旦旦道。

紫鵑一雙美眸充滿了冷意：「我不信，一點兒都不信！」

李沉舟做出午後出發的決定讓時間變得異常緊張，留給胡小天這群人善後的時間已經不多，胡小天和吳敬善商量之後決定將熊安民父子留在這裡，讓他們帶領四名武士協同南陽水寨方面負責那些武士屍體的善後事宜，同時吳敬善修書一封，讓熊安民辦完這裡的事情之後即可返回大康，想辦法儘快將這封信送去京城，交給皇上。之所以這樣做，也是希望能夠把情況說清楚，獲得皇上的理解，從而開脫自身的罪責。

本來熊天霸是不肯留下的，他想跟著胡小天他們一起前往雍都去湊個熱鬧，可是胡小天考慮到接下來的行程只怕危險更大，熊天霸性情剛烈，做事魯莽，若是在大雍惹了麻煩，恐怕會鬧得不可收拾，還是授意周默勒令他留下來照顧他的父親。

到最後護送安平公主前往雍都的只剩下二十九人，不過現在已經在大雍境內，安全方面已經完全由李沉舟負責。

當日午後，三艘艦船從南陽水寨出發，沿著運河向北逆流而行。

胡小天他們這些人陪同公主乘坐中間的那艘船，船隊進入運河之後。胡小天帶著倖存武士開始整理嫁妝，將木箱打開，把其中的物品在甲板上攤開曬乾，然後再重新裝箱。

這些木箱中倒還有不少珍貴的物品，由吳敬善重新登記在冊。這些人過去雖然屬於不同的陣營，可是經歷了庸江覆舟之難以後，八百餘人只剩下了他們這三十人，即便是昔日文博遠的親信武士也不再仇視胡小天，所有人都明白，如今他們必須要將昔日的過節和不快扔到一邊，唯有攜手共同進退，方才有希望度過難關。

讓胡小天欣喜的是，當初楊令奇送給他的山水畫居然絲毫無損，這些畫胡小天交給龍曦月收藏，龍曦月做事細心，每一幅畫都用油布仔仔細細地包裹了，所以並沒有被水浸泡，這其中也有胡小天為龍曦月畫的畫像，胡小天找到之後第一時間將之銷毀，此物絕不可留，若是落在有心人手中肯定會成為一個大麻煩。

龍曦月現在的身分就是胡小天的跟班小兵，看到胡小天要銷毀她的那幅畫像心中還有些不忍，胡小天猜到她的心思，以傳音入密向她道：「等脫困之後，我給你畫一百張一千張。」

龍曦月輕輕點了點頭，卻聽這廝又道：「不穿衣服的人體像。」

龍曦月俏臉一熱，恨不能找個地縫兒鑽進去，這廝當真是什麼話都說得出口，心中甜絲絲地無比受用，若然當真能夠度過眼前的難關，可以和情郎廝守一生，他想怎樣就怎樣。

李沉舟從船尾處走來，他身穿黑色武士裝，頭戴烏木髮冠，這身裝扮顯得有些老氣橫秋。胡小天心中暗忖，穿得跟喪服一樣，其實這一時代的喪服多數還是披麻戴孝，也有身穿黑衣者，李沉舟這身裝扮是別有用意，在他的內心深處，默默祭奠自己的兄弟。

胡小天留意到李沉舟腰間懸掛的長刀正是文博遠生前所用的虎魄，心中不由一動，這李沉舟也不是什麼好鳥，看到這把刀不錯，見財起意據為己有。他宛如春風拂面般迎了上去，抱拳行禮道：「李將軍來了！」

李沉舟道：「聽說公主暈船，我特地讓人準備了一些治療暈船的藥物送來，勞煩胡大人轉呈。」他將一個玉瓶遞給了胡小天。

胡小天雙手接過，連連稱謝道：「李將軍想得真是周到。」

李沉舟道：「區區小事，何足掛齒。」目光向遠處那些攤曬在甲板上的嫁妝看了一眼道：「怎樣？損失大不大？」

胡小天照實回答道：「多數都已經落入庸江之中，只找回來一小部分，不過還是多虧了你們。」

李沉舟道：「胡大人不用這麼客氣，大家無非都是為了同一個目的。」

胡小天故意在李沉舟懸掛在腰間的虎魄刀上多看了幾眼，其用意不言自明，文博遠縱然死了，可畢竟是大康的將領，他的東西也不是你們能夠隨隨便便拿走的。

李沉舟道：「這把刀名為虎魄，乃是文將軍的遺物。」

胡小天點了點頭道：「我看著有些熟悉呢。」心想你臉皮再厚，畢竟是大雍名將，也不至於貪墨死人的一把刀吧。

李沉舟卻沒有將虎魄還給胡小天的意思，輕聲道：「這把刀乃是風行雲所有，我和他也算得上有些交情，準備親手將這把虎魄還給他。」

胡小天哦了一聲：「其實將遺物還給文將軍的父母也是一樣。」

李沉舟道：「胡大人應該不知道這把刀的來歷，此刀乃是風行雲年輕時縱橫天下的兵刃，他既然將虎魄交給了文將軍，證明他對文將軍的偏愛，如今文將軍遇害，殺他的卻恰恰是這把刀，我相信風行雲絕不肯善罷甘休，一定會拿著這把刀找出真凶，並將他千刀萬剮。」說到這裡，他的齒縫之間透出深深的寒意，目光迸射出陰冷殺機。

胡小天內心不由得打了個冷顫，表面上卻感同身受地點了點頭，憤然道：「文將軍和我同甘共苦一路走到這裡，若是讓我知道他被何人所害，我一定要親手殺了那個惡賊。」

李沉舟忽然道：「胡大人會武功嗎？」

突然的一問弄得胡小天微微一怔，不知李沉舟問這番話的目的究竟是什麼，腦子一轉，馬上答道：「倒是學過一些防身手段，若說是武功恐怕要貽笑大方了。」

李沉舟道：「文將軍少年成名，又是風行雲的高徒，能夠害死他的兇手武功絕非泛泛，我給胡大人一個忠告，若是當真發現了兇手，還是不要衝動為好。」

胡小天歎了口氣道：「李將軍說的是，做人得有自知之明，就我那點三腳貓的功夫，遇到真凶也只有送死的份兒。」

李沉舟道：「胡大人從康都一路走來，想必經歷了不少風險吧？」他旁敲側擊試圖問出一些有用的線索。

胡小天道：「大康還算太平，再加上這一路之上有文將軍保護，沒遇到什麼太大的麻煩。」家醜不可外揚，哪怕是大康已經亂成了一鍋粥，也犯不著跟李沉舟這個外人說。

和李沉舟分手之後，胡小天拿著暈船藥來到船艙內，看到紫鵑正坐在窗前看書，聽到胡小天的腳步聲，她抬起頭來，放下書卷，一雙美眸冷冷盯著胡小天。

胡小天被她看得有些不自在，將手中的藥瓶呈上，恭敬道：「李將軍剛剛送來的暈船藥。」

紫鵑道：「為什麼會突然給我送來這東西？」

胡小天笑道：「皆因我對外放出風去，說公主暈船。」

紫鵑道：「我好得很，把這東西收回去，我用不著。」

胡小天低聲道：「公主難道對我都信不過？」

紫鵑眼神不屑道：「你以為自己可信嗎？」

胡小天道：「若是我不可信，這天下間再也找不到可信之人了。」

紫鵑道：「不知為何，我心中總感覺，她仍然活著。」雖然她沒有說出她的名字，可胡小天卻明白紫鵑所說的定然是龍曦月。

胡小天提醒紫鵑道：「過去的事情已經過去了，公主還是不必想得太多，關注眼前才是正事。」

紫鵑道：「難道你不害怕？」

「害怕什麼？」

紫鵑站起身來，一步步向胡小天走去，壓低聲音道：「若是事情敗露，所有人都會死無葬身之地。」

胡小天微笑道：「小天生來樂觀，而且運氣一直都很不錯。」

紫鵑道：「如果我和大雍的七皇子順利成親，你不擔心我為了保住這個秘密而將你們全都滅口？」

胡小天望著她雙眸中迸射出的森然殺機，不禁內心一凜！過去還真沒看出來，這妮子居然如此歹毒，小宮女成了冒牌公主，一場變故就完成了從奴才到主子的逆襲，難道這場變故也讓她的性情大變？對紫鵑還需多一些小心了，胡小天笑瞇瞇道：「倒是想過這種可能，所以我才會將熊家父子留下，以免在雍都糊裡糊塗的被害死，也無法將真相散佈出去。」

紫鵑咬了咬嘴唇，將信將疑道：「這些事你會隨便告訴別人？」

胡小天笑道：「公主只要不胡思亂想，小天就不會亂說，其實大家坐在一條船上，本該同舟共濟才對，小天雖只是一個宮人，可是對公主卻是忠心耿耿。」

「你若忠心耿耿，等到了雍都就長留在那裡陪我度過餘生吧。」紫鵑轉過身去回到剛才的位子上重新拿起那本書。

胡小天心中對紫鵑已經產生了殺念，此女絕不是省油的燈，只是現在局勢發展到了這種地步，已經無法由他完全掌控，想要除掉紫鵑絕沒有那麼容易。

回到自己的艙房內，周默正在那裡收拾床鋪，以傳音入密向胡小天道：「李沉舟在船上安排了不少的眼線，咱們一舉一動都得要小心了。」

胡小天道：「聽說他是大雍第一猛將，可看起來卻是個文弱書生，不知真實武功到底怎樣？」

周默道：「盛名之下無虛士，無論如何，咱們還是儘量小心為妙，等到了雍都，和你二哥聯絡上之後，再考慮脫身之計。」

胡小天歎了口氣道：「只是不知道這一路上是否還會有危險。」

周默低聲道：「你擔心姬飛花還想除掉安平公主？」

胡小天道：「這裡已經不是他的勢力範圍，他應該不會冒險做這件事，我只是聽說大雍內部紛爭也是異常激烈，各個皇子之間表面一團祥和，可背地裡勾心鬥角，都在覬覦太子之位，這其中七皇子薛道銘和大皇子薛道洪的呼聲最大。」

周默道：「若七皇子和公主順利聯姻，對他爭奪太子之位倒是大大有利。」

胡小天道：「我擔心的正是這一點，會不會有人想要破壞這樁婚姻呢？須知他們這幫皇子皇孫為了王位，什麼卑鄙手段都使得出來。」

周默道：「李沉舟究竟偏向何方陣營？」

胡小天搖了搖頭：「對咱們來說，平安的離開，別被牽連進去最為重要。」

夜深人靜，大康皇宮內官監內仍然亮著燈光，房門輕響，姬飛花從裡面走了出來，大紅披風隨著夜風飄起，宛如火焰般燃燒在深藍的夜色中。他的面孔蒼白如雪，唇如烈焰，兩道長眉斜飛入鬢，雙目冷冽如冰，抬起頭仰望著夜空中的那闕明月，如同冰霜的雙眸在月光中似乎融化，閃爍著星辰般的淚光。

「什麼人？」姬飛花突然厲聲喝道。

花叢中一道虛影閃過，轉瞬之間已經來到姬飛花面前一丈處，單膝跪了下去：「提督大人！」

此人身穿灰色夜行衣，整個身軀只有一雙眼睛露在外面。

「辛易！你的幻影移形真是爐火純青了，竟然連咱家都險些被你騙過。」

灰衣人道：「屬下絕非有意藏匿，只是沒想到提督大人會在此時出來。」

姬飛花背過身去，低聲道：「說吧！」

辛易道：「已經證實，兩艘渡船在庸江沉沒，大雍方面出動水軍營救，據悉有三十多人獲救。」

姬飛花有些不耐煩地皺了皺眉頭道：「簡單點。」

「文博遠死了，安平公主獲救！」

姬飛花緩緩點了點頭。

辛易又道：「胡小天和吳敬善兩人逃過了此劫，目前正在南陽水寨。」

聽到這個消息，姬飛花的雙眸中流露出欣慰之色，輕聲道：「想不到他們倒是命大。」

辛易道：「龍曦月如今已在雍軍的保護之下，想要除掉她恐怕並不容易。」

姬飛花冷冷道：「咱家何時說過一定要她死？此事暫且作罷，你們停止一切行動。」

辛易道：「相信消息很快就會傳到京城了。」

姬飛花唇角流露出淡淡的快意：「不知文太師聽到這個消息會有何反應？」

翌日的朝會是在充滿悲愴的氣氛中展開的，因為北方民亂，消息的傳遞受到了不少的影響，對具體的情況瞭解的也不甚清楚，但有些事情還是能夠確定的，護送安平公主渡江的兩艘船在庸江沉沒，死傷慘重，八百多人大半都已經死亡，目前死亡的人數和身分暫時無法確認。

龍燁霖聞言大驚，從龍椅上站起身來，連聲道：「怎會如此？怎會如此？」偌大的天和殿內鴉雀無聲，文武百官都已被這突然的消息驚到了，不過多數人感到惋惜之餘並沒有太多的痛感，畢竟死去的這群人中沒有他們的親人在內，這場聯姻本身就可有可無，誰也不會相信兩國之間會因為一場婚姻而永遠和平下去。

文承煥聽到這個噩耗，眼前一黑，瞬間感覺到天旋地轉，身軀一軟就向地上倒去，幸虧周圍的大臣及時將他扶住：「文太師，文太師！」

文承煥點了點頭，強自支撐著鎮定下來，畢竟目前仍沒有確實的消息，或許兒子躲過這場劫難也未必可知，不過他知道自己兒子不通水性，心中煩亂到了極點。

大康左丞周睿淵出列道：「陛下，此事目前還無法證實，眼下要做的是儘快落實消息，查清當日在庸江究竟發生了什麼……」他的話音剛落，卻聽到外面一個陰測測的尖細聲音道：「已經查清了！」

卻是姬飛花身穿紫紅色宮服出現在天和殿內。

文武百官面面相覷，在大康過往律例之中，宦官是不可上朝參與議政的，姬飛花雖然囂張跋扈，可是在過去從未出現在朝會現場，今日居然破例前來，卻不知他的心中究竟作何盤算？

周睿淵目光一凜，姬飛花在此時出現絕非偶然，莫非是他借著這個機會故意試探文武百官的底線？以姬飛花今時今日的權勢，即便是周睿淵這位左丞相也不敢當眾和他發生衝突，更何況其他的文武官員，每個人都在心中暗自掂量著自身的份量，卻沒有人主動出頭去斥責姬飛花不該出現在這裡。

姬飛花來到天和殿內站定，恭敬道：「微臣叩見吾皇萬歲萬萬歲！」他屈膝跪了下去。

龍燁霖對他早已恨之入骨，可是礙於他的權勢又不得不忍氣吞聲，強壓心頭怒火，和顏悅色道：「愛卿平身！」

姬飛花順勢站起身來。

龍燁霖道：「姬愛卿，你有何要事非要選擇朝會之時上奏？」他在提醒姬飛花，這裡是皇上和百官商議國家大事之處，你只是一個宦官，本不該出現在這裡。

姬飛花道：「陛下！若非有十萬火急的事情，臣也不敢輕易打擾陛下和諸位大臣議事，臣剛剛收到北方密報，事關重大，微臣不敢耽擱，所以才打破以往的規矩來見皇上，還請陛下恕罪！」

龍燁霖點了點頭道：「恕你無罪，趕快說吧。」

姬飛花直起腰來，環視眾人，目光最後落在文承煥的臉上，他歎了口氣道：「護送公主前往雍都成親的兩艘船在庸江中心遭遇襲擊，兩艘船隻在慌亂之中相撞，因損毀嚴重而先後沉沒，送親使團死傷慘重……」

龍燁霖迫不及待地問道：「我皇妹如何？我皇妹現在如何？」

文承煥也是一臉期待，望著姬飛花的目光中充滿了祈求和垂憐，倘若姬飛花告訴他兒子平安的消息，他情願放棄針對姬飛花的一切行動。

姬飛花低下頭去：「陛下請不用擔心，據可靠消息，安平公主已經被聞訊趕去的雍軍救起，吳大人和胡小天也沒什麼事情，倖存的使團成員大概有三十多人。」姬飛花故意掠過文博遠的消息。

文承煥無論如何老謀深算，畢竟也是一個普通的父親，關心則亂，他已被這突然的噩耗弄得六神無主，顫聲道：「姬公公……可有……可有我家博遠的消息？」

姬飛花並沒有看他，而是向龍燁霖道：「陛下，文博遠將軍不幸捐軀了！」他的這番話說的聲音並不大，可是在文承煥聽來卻不啻於五雷轟頂。

文承煥老淚縱橫，只叫了一聲我的兒啊！便昏厥過去。即便是他昔日的政敵，看到文承煥這般情形，也生出同情之心。周圍群臣紛紛將文承煥圍住，有人匆忙去叫太醫，有人幫他揉捏胸口掐壓人中，文承煥總算將這口氣緩了過來，痛不欲生道：「博遠……我的兒……我苦命的孩兒啊……」

朝會到了現在已經無法再繼續進行下去了，龍燁霖走下御座來到文承煥身邊，握住他的雙手，語重心長道：「老太師，節哀順變，你可千萬要挺住，朕還要靠你出謀劃策，朕的江山社稷還要靠你輔佐，博遠在天有靈也不想你如此傷心。」

文承煥望著龍燁霖，眼淚嘩嘩直流，心中這個恨啊，若不是因為你這個混帳皇帝，我又怎會讓我兒子去冒險？淒然道：「陛下，博遠他……他死得冤枉啊……」

一旁姬飛花道：「據前方傳來的消息，文將軍的遺體已經被大雍方面打撈而起，目前應該在南陽水寨，公主和其餘倖存者也都在那裡。文將軍究竟冤不冤枉，又有何冤情？此事因何而發生，還望陛下徹查。」

文承煥含淚道：「陛下，求陛下給我兒一個公道，他……對大康忠心耿耿，鞠躬盡瘁死而後已，還望陛下早日查明真相……」

龍燁霖本想當朝封賞，可是看到文承煥悲不自勝的樣子，現在封賞似乎時機不對，目光瞥了姬飛花一眼，姬飛花剛才的那番話顯然有影射之嫌，他放開文承煥的雙手，向姬飛花道：「有沒有查清到底發生了什麼事情？」

姬飛花道：「陛下！具體的事情還不清楚，臣已經派人前往徹查，只是聽說在倉木縣城的時候，文將軍從水師提督趙登雲那裡調撥了一百名士兵補充到隊伍之中，緊接著就發生了這件事。」

龍燁霖怒道：「趙登雲身為水軍提督，做事竟然如此疏忽，朕的皇妹渡江這麼大的事情，他竟然沒有做好保護措施，傳朕的旨意，速召趙登雲入京向朕親自解釋這件事，若然此次事件跟他有關，朕絕不會輕饒他。」

「是！」姬飛花領旨。

此時周睿淵出列道：「陛下，我看此事不應操之過急。」

龍燁霖正在氣頭上，對周睿淵這位昔日的老師也沒什麼好臉色，冷冷道：「操之過急？何謂操之過急？朕之皇妹被人暗算，文將軍為國捐軀，使團死傷大半，你讓朕不急？」

周睿淵道：「陛下，武興郡一帶發生民亂，水師提督趙登雲一向忠君愛國，這件事上他或許有不得已的苦衷。」

「朕不管他有什麼苦衷，這件事一定要徹查清楚，無論誰在這件事上犯錯，朕都不會手下留情。」

退朝後，姬飛花快步離開天和殿，卻聽身後有人叫他：「姬公公，請留步！」

姬飛花停下腳步，卻見周睿淵趕了上來，他停下腳步，恭敬道：「丞相，不知您找在下還有什麼指教？」

周睿淵道：「姬公公可知道北方正鬧著民亂？」

姬飛花道：「在下平日裡最關注的只是皇上的飲食起居，身體狀況，再多也就是這皇宮裡發生的事，國家大事平日裡很少去關注。」

周睿淵意味深長道：「看來是我聽錯了。」

姬飛花微笑道：「眾口鑠金積毀銷骨，丞相大人如此睿智的人物肯定不會相信外界的流言。」

周睿淵道：「武興郡一帶鬧起了民亂，是皇上親自下旨讓趙提督派出水師協同武興郡方面平定民亂，現在若是將趙登雲調來京城，北疆的局面將會變得更加混亂，搞不好會不可收拾。」

姬飛花道：「送婚使團發生了這麼大的事，也難怪皇上震怒，無論怎麼說，趙帥在這件事上還是疏忽了，倘若他能夠多點重視，多派一些人手護送公主，或許不會發生這樣的慘劇。」

周睿淵道：「兩國若是聯姻不成，還不至於反目為仇，可北疆若是亂了，大康委矣，你我身為大康臣子，應該都不想看到這樣的局面發生。」

姬飛花道：「大人此言差矣，您是國之重臣，飛花卻只是皇宮中的一個奴才罷了。國家大事，我不懂，也不會過問。」

周睿淵道：「姬公公知不知道皇上最近正在忙於立嗣的事？」

姬飛花微笑道：「倒是聽說了些風聲，難道皇上已將太子的人選定下來了？」

周睿淵道：「在姬公公心中，以為誰當這個太子合適呢？」

姬飛花呵呵笑了起來：「丞相今天怎麼了？總是問這些讓在下為難的話。」

周睿淵淡然笑道：「這裡只有你我二人，咱們不妨敞開胸襟談論一下。」

姬飛花道：「自太宗皇帝那時起就立下了規矩，宦官是不得議政的，丞相大人這是讓我壞了祖宗的規矩啊，不過我對丞相大人一向佩服得很，既然您問我，那飛花就斗膽說一句，其實陛下眼中無非是兩個人選，一是大皇子，二是三皇子，在我看來，他們都不適合。」

周睿淵眉峰一動，他本以為姬飛花不敢公然說出來，卻沒有想到姬飛花居然如此坦白。

「為何？」

姬飛花微笑道：「一個合格的君主未必要有多大的能力，更不需要太大的雄心，關鍵是知人善任，更要有容人之量，一統天下，重振河山，這樣的雄心壯志必然要以血流成河，戰火紛飛作為代價，如今的大康似乎已經承受不起了。」

周睿淵道：「姬公公的見解還真是有些出人意料呢。」

姬飛花道：「其實周大人比任何人都要明白，越是病重的病人，越是不能用猛藥，能有丞相這樣的忠臣為陛下分憂，實乃大康之幸。」這番話正是當初周睿淵親口對皇上說過的。他此時說出這番話，一來是表示對周睿淵觀點的贊許，二是在暗示周睿淵，他的一舉一動瞞不過自己的眼睛。

請續看《醫統江山》卷十三 盧山面目

醫統江山 卷12 一石二鳥

作者：石章魚
發行人：陳曉林
出版所：風雲時代出版股份有限公司
地址：10576台北市民生東路五段178號7樓之3
電話：(02) 2756-0949
傳真：(02) 2765-3799
執行主編：劉宇青
美術設計：許惠芳
行銷企劃：林安莉
業務總監：張瑋鳳

初版日期：2020年5月
版權授權：閱文集團
ISBN ：978-986-352-802-9
風雲書網：http://www.eastbooks.com.tw
官方部落格：http://eastbooks.pixnet.net/blog
Facebook：http://www.facebook.com/h7560949
E-mail：h7560949@ms15.hinet.net
劃撥帳號：12043291
戶名：風雲時代出版股份有限公司

風雲發行所：33373桃園市龜山區公西村2鄰復興街304巷96號
電話：(03) 318-1378
傳真：(03) 318-1378
法律顧問：永然法律事務所 李永然律師
北辰著作權事務所 蕭雄淋律師

行政院新聞局局版台業字第3595號 營利事業統一編號22759935

定價：270元

國家圖書館出版品預行編目資料

醫統江山 ／石章魚 著. -- 臺北市：風雲時代，
2020.02- 冊；公分

ISBN 978-986-352-802-9（第12冊；平裝）

857.7 108022924